多梦之夜

［美国］盖尔·月山 著
黄英利 译

NIGHT
OF
MANY DREAMS

Gail Tsukiyama

译林出版社

图书在版编目(CIP)数据

多梦之夜 / （美）月山（Tsukiyama, G.）著；黄英利译. —南京：译林出版社，2014. 6
（盖尔·月山作品）
书名原文：Night of many dreams
ISBN 978-7-5447-4592-5

Ⅰ. ①多… Ⅱ. ①月… ②黄… Ⅲ. ①长篇小说-美国-现代 Ⅳ. ①I712.45

中国版本图书馆CIP数据核字（2013）第250974号

书　　名	多梦之夜
作　　者	[美国]盖尔·月山
译　　者	黄英利
责任编辑	王　维
出版发行	凤凰出版传媒股份有限公司 译林出版社
出版社地址	南京市湖南路1号A楼，邮编：210009
电子邮箱	yilin@yilin.com
出版社网址	http://www.yilin.com
经　　销	凤凰出版传媒股份有限公司
印　　刷	江苏凤凰通达印刷有限公司
开　　本	880毫米×1230毫米 1/32
印　　张	8.5
插　　页	2
字　　数	181千
版　　次	2014年6月第1版 2014年6月第1次印刷
书　　号	ISBN 978-7-5447-4592-5
定　　价	32.00元

译林版图书若有印装错误可向出版社调换
（电话：025-83658316）

目 录

献给

我或远或近的家人

这里将是我们的家。不知不觉中，我已经将它建好，而且地基很深，很坚实。

——雷诺兹·普赖斯[①]《凯特·威登》

① 雷诺兹·普赖斯（1933—2011），美国著名诗人、小说家、剧作家，《凯特•威登》（1986）是他的代表作之一。

第1章

风雨中飘摇的家　1940

埃　玛

罗家的其他女人都很漂亮。埃玛一次次地看着妈妈、姐姐、先辈们已经泛黄的照片。她们个个容貌出众、光彩照人。只有她不同。这种不同使她耿耿于怀。不是说她丑，可是从她的照片里可以看出，从小她的鼻子就太大，脸也太圆，这使她觉得很显眼也很尴尬。有时她搞不懂是什么命运让罗家世世代代的美丽从她这里停止了延续。

埃玛坐在父母卧室里的桌子旁，看着她姐姐阿琼为了出去要账而忙着穿戴。还是小姑娘的时候，阿琼就试着穿她母亲的衣服，擦她母亲的化妆品使自己看起来成熟一些。她常常把梳妆台上排列整齐的瓶瓶罐罐搞乱，惹得妈妈每次回家都不高兴。现在十四岁的她，正像艺术家一样一丝不苟地工作着，把她上唇左边的痦子涂暗，然后化妆更衣，看起来好极了。埃玛想阿琼一定是全香港最漂亮的女孩。

埃玛看了一眼放在桌子边上、镶在银色相框里的照片。她倾身用指尖摸着黑白照片上的两个小姑娘，那是大约两年前在他们家房前照的。照片里，阿琼十二岁，比她大五岁，比她至少高一英尺。埃玛使劲地打量着照片中的自己：她的脸向后扭着，毫无生气。她站在那里，穿着西式泡泡袖小圆翻领的纯棉连衣裙，显得瘦弱而苍白；而阿琼穿着无袖的丝质旗袍，埃玛记得好像是翡翠色的，看起来很漂亮。埃玛记得对着相机时，她踮起了脚尖，好让自己显得高一点，身子轻轻地靠在阿琼的身上，不至于摔倒。但不管怎样，她们看起来还是更像熟人朋友而不是亲姐妹。从照了这张照片开始，埃玛就试着追赶，仿佛隔开她与阿琼的那些岁月只是一点空间，她能够轻易穿过。

爸爸是在日本侵占广州前几个月，也就是 1938 年夏天，给她们照的这张照片。日军侵占广州后不久，阿琼就开始到欠父亲钱的商店和商场去要账。从阿琼脸上轻松的笑容看，埃玛知道这张照片是在她去按月要账前拍的。因为她上唇的痦子很淡，看起来不那么明显。

1939 年以前，她们父亲的万利贸易公司一直经营得很好。他从他在日本的总公司，出口一切能出口的东西——一匹匹丝绸、一件件漆器、古董，它们被运到香港和内陆各地。当父亲和母亲到日本和大陆忙生意的时候，最多时长达六个月，埃玛和阿琼就和她们镶金牙的用人宽妈一起待在香港。她们母亲的表妹戈姨，与她们的住处只隔着两幢房子，也经常过来照看她们。

直到她父亲的生意开始变萧条，埃玛才真正明白战争开始了。要想挽救公司意味着他要在日本待更长的时间。所以爸爸决定派十四岁的阿琼去收别人的欠账。万利公司一直是家族企业。没有儿子，阿琼是他唯一的选择。好在经过长时间的生意往来，阿琼已经认识了一些商店的店主。阿琼要来的每一分钱都用来支付她们在香港的开销。她们经常一月月地勉强维持着生活。

埃玛奇怪阿琼怎么会那么勇敢。将近一年来，每个月的最后一个礼拜四，埃玛都坐在房子外面紧张地等待着阿琼回来。埃玛总是担心钱。起初，如果阿琼空着手回来，埃玛就会觉得很紧张，甚至头晕目眩。但现在，当阿琼最终进入她的视线，慢慢地走上小山坡时，埃玛都会用心观察，从一点点蛛丝马迹上判断阿琼这一天过得怎么样。看到阿琼熟悉的笑容，她变暗的痦子，她就会放松下来。不管她对钱有多在意，她还是希望姐姐能安全回家。

当她姐姐拧开一个罐子盖的时候，埃玛从照片上抬起头来。阿琼坐在镜子前，轻轻地将化妆品拍在两颊及前额。埃玛已经记不清有多少个礼拜四，她坐在这里看着阿琼习惯性地为要账做准备。大多数时间，埃玛喜欢坐在红绿相间的丝绸床罩上。如果妈妈在家，妈妈是不许她坐在上面的。她喜欢闻香水的味道，这能使她想起琳琅满目的百货商店。不过埃玛绝不会浪费这么多时间坐在镜子前化妆。尽管如此，埃玛还是入迷地看着姐姐仔细地画唇线，将眉毛画成铅笔笔迹一样细的半月形，轻轻喷上妈妈的一千零一夜香水。阿琼试图让自己看起来成熟一些的最后一招，是穿上母亲的带海狸毛领子的黑色开司米外套，配上黑色手套和帽子。当阿琼最终对自己的装扮感到满意时，她会轻叹一口气，像一个即将登台的演员一样转一圈，用低沉嘶哑的嗓音说："我准备好了。"

"嘉宝吗？"埃玛猜着，继续着多年来她们一直在玩的游戏。

阿琼笑了。"对。你知道的多了，要不就是我知道的更多了。"她转动着眼睛，把头向后斜仰着，模仿着电影《茶花女》中的镜头。这部电影是她们一起看的。

通常情况下，埃玛只是看着，并不说话。但今天，在这样一个晴朗凉爽的二月早上，她心里有种渴望。在阿琼转身离开镜子前，埃玛捉住她的目光，问："我可以跟你一起去吗？"

埃玛紧张地咽了下口水，等待着回答。好几个月了，她一直想问，希望自己能帮上点忙。

阿琼回过头来看着她，然后对着镜子又调整了一下她的帽子。"你太小了。"

"我已经快十岁了。"埃玛争辩道，"再说，你就不想要个伴吗？"

阿琼沉默了一会儿，看着她小妹妹在镜子中的影像。"那好，下不为例啊。"她最后答应了，"但不要说话。由我来谈。"

当阿琼满怀信心地走过人群，走上皇后大道时，埃玛轻轻地扯着妈妈黑色外套的后襟。看到走过身边的一张张模糊的脸，她感到晕眩，但注意到大多数人都注视着阿琼时，她又感到很自豪。多少年过去了，她依然记得开司米的轻柔感觉，以及阿琼身上香水的浓郁芬芳。它飘浮在清爽的空气中，保护着她们。

她们转到一条小街上，进了一家小店。小店里放满了装饰华丽的花瓶、螺钿首饰盒和印度编织毯。埃玛喜欢这一色系的所有颜色：藏红色、橙色、咖啡色，这些颜色令她想起荒漠古墓，想起让人困惑不解的神秘莫测的黑色和金色图案。这个店的空气里弥漫着熏香和遥远地方的气息。突然，店主激动的大喊声打破了这一切。他严厉地斥责着她们。埃玛走到离阿琼近一点的地方，拉着她的手。店主将账单推回到阿琼的面前。

"我没钱。"他喊着，"看看你的周围，我的货还都压在店里，没卖出去呢。那些日本鬼子把大家吓得都不敢买东西了！你们是好姑娘。回家告诉你爸爸我会尽早还账的。"

埃玛紧紧盯着这个男人。他挺瘦，前额很高，满头黑发，皮笑肉不笑地带着她们穿过拥挤的屋子走向门口。

阿琼站住了，不肯再向前走。她转过身来，坚定而充满自信地说道："如果您现在不能给罗先生钱，他会从您这里拿点东西做抵押，直到您能还账为止。"

埃玛在阿琼的身后倒抽了一口冷气。天哪，她怎么有勇气说出这样的话？埃玛和阿琼不太一样。她总是很安静。她喜欢学习、读书、画画。不论什么时候，她手里总是拿着本书，如果考不上班级的前三名，她会伤心欲绝的。

店主沉默了一会儿。他的眼睛眯起来看着她们。然后他用低些的、理智些的声音问："你想要什么？"

埃玛胆怯地向后退了一步，阿琼却摘下手套，像猫一样在店里转着。埃玛屏住呼吸，看着她总愿逛商店的姐姐。当阿琼发现了她想要的东西时，她停了下来，微笑着，然后转过来面向店主。"那个。"她指着放在铮亮的桌子上一个玻璃橱下面的花瓶说。

"你疯了吗？那东西的价格是我欠你爸爸的钱的两倍。"

"那我相信您肯定希望早点把它换回来。"阿琼冷静的声音丝毫也不畏惧，"我们今天下午会派人来取。"

当她们终于离开那个小店的时候，埃玛觉得心里美滋滋的。她从未像今天这样以阿琼为傲为荣。她想起了阿琼目前最喜爱的中国电影之一《木兰从军》① 。它讲述的是一个叫花木兰的女孩子代父从军、凯旋而归的故事。埃玛很确定地认为，阿琼像花木兰一样勇敢无畏。她放松地倚着她姐姐，迈着胜利的步伐朝永安百货的方向走去。

到后半下午的时候，埃玛累了。她能感到姐姐也消耗了太多的

---

① 《木兰从军》，1939年，华成影业公司出品，卜万苍导演。作为"孤岛电影"的奇迹，曾创造连映85天的票房纪录。

体力。阿琼的肩膀无力地向前耷拉着，妈妈的黑色开司米外套在她身上突然显得很肥大。如果她不能要到足够的钱来应付这一个月的开销，她就不得不给在日本的爸爸发电报，自责地说她让全家失望了。

在她们去其他店里的时候，埃玛总是待在狭小的、堆着高高的箱子和纸张的休息室里，而阿琼则清清喉咙，挺胸抬头地从一个办公室转到另一个办公室。透过薄薄的墙，埃玛能听到阿琼坚定有力的像琼·克劳馥① 一样的声音，接着是一个男人的笑声，然后随着门再次被打开关上，说话声变得时强时弱。

"你为什么要出来要账啊?"男人们总是说，"你长得那么漂亮，应该去演电影!"在门口，他们把自己的名片递给阿琼，并承诺会尽快还钱。

当阿琼和埃玛往家走的时候，她们被拥挤的人群推搡着。在过去的几个月里，埃玛看到很多从大陆来的难民拥入香港。几乎每次上街，她都能看到一家一家靠纸箱遮风挡雨，拿着空空的木碗乞讨的人。她感到稍许欣慰的是凉爽的冬季使这些拥挤的难民们可以呼吸。现在，她低着头，努力避免遇上那些故意挡着她路的人。小贩们高高的带着哭腔的声音无力地喊着。她能感到阿琼已经筋疲力尽，就连她身上的一千零一夜的香水也变了味儿。

"我们能在这儿停一会儿吗?"阿琼问道，她的声音又显得年轻并熟悉起来。

阿琼轻轻地拽了拽埃玛的衣袖，然后指着一个很小的拥挤的商

---

① 琼·克劳馥（1904—1977），好莱坞黄金时代著名女影星。曾凭《欲海情魔》（1945）获第18届奥斯卡最佳女主角奖。

店。埃玛就站在门里边，紧靠着墙站着，以免挡了别人的路。她的目光一刻也没离开过阿琼。她知道，阿琼每个月都心急火燎地等着这几天，好用过年的压岁钱买最新的中国或好莱坞的电影杂志。现在当阿琼俯着身子去拿一本本珍贵的杂志时，她脸上的表情终于轻松下来。在油亮光滑的封皮上，埃玛能看到加里·库珀[①]和罗纳德·考尔曼[②]微笑着的英俊脸庞。她看着她苗条优雅的姐姐付了杂志的钱，然后感到阿琼抓住了她的手，开心地拉着她穿过喧闹的人群，一直到家。

当她们走上那个山坡时，埃玛看到一个小小的瘦弱的身影，在位于干德道的灰色两层楼前来回踱步。从远处看，她像其他用人一样，穿着黑色长袍和裤子。但当她们走近时，埃玛看到了宽妈高高的额头和充满智慧的黑眼睛。

“出什么事了吗？”埃玛问。宽妈在这里等她们，很不寻常。

“你们的妈妈提前一个星期回来了。”宽妈警告说。

埃玛转向阿琼，阿琼紧紧抱着胸前的杂志，像石头一样一动不动地站着。埃玛发现阿琼的目光沉重地落在她的身上。她们两个都知道她们的生活又要变了，又要充满了吵闹的搓麻将的声音，因为她们的妈妈正在为阿琼的将来建立社会联系并在做着计划。埃玛还小，还没有被妈妈纳入她的宏远规划。妈妈现在把所有的精力都放在阿琼身上。一次又一次，埃玛听到人们说阿琼好看，加上家庭的原

---

① 加里·库珀（1901—1961），美国著名男影星，曾五次获得奥斯卡奖提名，两次获奖。代表影片有《日正当中》（1952）、《战地钟声》（1943）等。

② 罗纳德·考尔曼（1891—1958），好莱坞黄金时代著名男星，代表影片有《双城记》（1935）、《鸳梦重温》（1942）等。

因，她应该能轻易地找到理想的丈夫并过上她想要的生活，妈妈责无旁贷地要证实这一切。唯一敢跟妈妈大声说话的人是戈姨，但她经常要忙于应付她的针织厂的生意，因此无暇顾及这些。

阿琼转向埃玛，努力挤出一丝微笑：“咱们最好还是进去吧，妈妈在等咱们呢。”

埃玛点点头，她感到嗓子有些发干。她知道阿琼在想，妈妈回来了，一切都会不同了。她们的生活将按照妈妈的计划安排着、规划着。她感觉她们好像总是在用一种生活交换着另一种生活。埃玛伸出手，抓着阿琼的衣袖，爬上石阶走向她们的二楼房间。

埃玛看了一眼宽大的摆满了古董的客厅，又看了一眼敞开的通往阳台的两扇门，都没有妈妈的影子。她偷偷地瞄了一眼放着大大的圆桌和几把椅子的餐厅，也没有。然后她和阿琼快步跑下大厅，跑过她们两人的房间，朝着有妈妈香水味道的地方跑去。

发现妈妈在她自己的房间整理行李箱，她们冲向她打招呼。妈妈看见她们过来，迅速从行李箱上抬起头来。她穿着一件褐紫色的丝质旗袍，埃玛觉得她看起来格外漂亮。

“妈妈。”她和阿琼几乎异口同声地喊着。

当埃玛跑去拥抱妈妈的时候，阿琼站在她身后，当埃玛让开后，她也只是简单地在妈妈的脸颊轻轻地吻了吻。

“我觉得既然不能确定你爸爸什么时候才能忙完生意上的事，我还是早点回来好了。他忙完就回来了。我厌倦了没完没了的等待。回家真好。你怎么样啊，妹妹？”

“我今天跟阿琼一起去要账了。”她应声说，咧嘴微笑着。不管事情如何变化，她都很高兴再次见到妈妈。

“进展如何啊？”妈妈越过埃玛的头看向阿琼。

“他们说生意不太好。”阿琼很快地回答。

“这些浑蛋！他们拿走了你爸爸的货现在却说没钱。他们只是不想付账。如果你是男孩就不一样了。她们看见年轻漂亮的女孩就认为可以占便宜。我告诉过你爸爸叫你去不合适。像你这样的女孩子就应该全力找一个好丈夫，其他的什么都不要管。”

“她可能会要到一个很好的花瓶。”埃玛自告奋勇地说。

“花瓶又不能当饭吃。”妈妈厉声说，把她的丝袜扔到床上，“你爸爸回来后，我就不会再让你出去要钱了。罗家的女儿出去求着人要钱，像什么样子？尽管那都是我们自己的钱，也不行。你爸爸自己可以去要这些钱。”过了一会儿，妈妈冷静下来说：“不管怎么说，日本人正在对一切喊停。”

埃玛使劲咽了口唾沫，知道妈妈除了抗议，一切都无法改变。每当爸爸和妈妈回到香港，阿琼就会回到她最喜欢的东西上——电影。每个星期当她看完南希·陈、李绮年或葛丽泰·嘉宝及罗伯特·泰勒[①]的片子后，她黑色的眼睛都会连续几小时闪闪发亮。宽妈经常在国王或皇后影院门口等着放学后的阿琼，在电影开始前，把阿琼的书本拿回家。只要有可能，埃玛就也会跟着去。在两个小时的时间里，她有时咬着小小的带点甜味也带点咸味的李子干，有时吃着一条条硬硬的中式牛肉干，看着阿琼沉迷在电影的奇幻世界里。阿琼对同一部电影百看不厌，而埃玛则只能看一遍，相对于看电影，她更喜欢回去看一本好书。

---

① 罗伯特·泰勒（1911—1969），美国电影演员，主要作品有《茶花女》（1937），《魂断蓝桥》（1940）等。

以后的几个月里，阿琼会从要账的任务中解放出来。但一旦父母离开香港，阿琼就又会成为爸爸的讨债者。

埃玛转过来看着阿琼，忽然害怕她会对母亲说出一些不敬的话来。埃玛不喜欢她们争吵。通常争吵都会由那些简单的像击掌一样既短又快的话开始："我不愿意……"、"你必须……"、"我不能……"。但这次阿琼保持着沉默，她光洁的脸庞非常冷静。埃玛知道妈妈可能是对的。阿琼要账的日子应该快要结束了。中国正在经历磨难。随着日子一天天过去，校园里谣言四起，说日本鬼子正在向香港一点点逼近。

看着妈妈收拾东西，呼吸着芳香馥郁的气息，埃玛向后倾着身子，使她刚好能靠到姐姐身上，感受着身后她姐姐的温暖。

到了1940年6月，埃玛开始看到一些严重的迹象，表明香港的生活正在发生变化。西方人开始带着家人撤离。学期结束前两周的一天早晨，埃玛的许多欧洲同学突然要从香港撤到澳大利亚。天空一阵隆隆的雷声滚过，接着下起雨来，留下水泥潮湿的气息。

"你爸爸会和你们一起离开吗?"埃玛问她的朋友玛丽·克拉克。

玛丽慢慢地清理着她书桌里最后一些彩色铅笔，然后说："不，他不走。他必须留下来战斗，以防小日本侵略香港。"她低下头，躲避着埃玛的目光。

"你觉得等这一切结束后你还会回来吗?"

"我想是的。"然后玛丽抬起头看着埃玛，"你知道我是在这儿出生的。"

"我也是。"

"好啊，那就是说我们肯定还会见面的。你帮我保存着这些东西吧。”玛丽把像一束鲜花般的彩色铅笔递给埃玛。

整个夏天，其他的战争迹象也透过一些细微的事情体现出来：政府大楼、重要的银行大楼前都堆放了很多沙袋以防炸弹爆炸。经常有阶段性的断电演习，一些人并不热心地开着车推销战争债券。埃玛看着香港人做着这些演习，仿佛在玩某种游戏。包括她自己在内，没有人相信日本人真会跑到这么远的地方来。除此之外，香港的生活一如往常。泛美水上飞机按时抵达，而打麻将及下午茶还是妈妈每日的老规矩。阿琼注视着凯瑟琳·赫本和加里·格兰特的照片，兴奋地谈着《费城故事》在全中国的首映。埃玛听到她信心十足地说："日本人永远也击不垮我们。"

到了1941年秋天，爸爸从日本回到香港。几个月来为了保护他的生意，他呕心沥血，现在看起来身体瘦弱，疲惫不堪。埃玛为他能安全回来并和她们共进晚餐感到高兴。

"我已经无能为力了。"他摇着头说，"美国和英国对出口到日本的钢铁和石油都实行了禁运令。这给整个太平洋地区增加了紧张气氛。日本人没收了我大部分货物，但我在仓库里和货柜里还藏了一些。"

"他们发现了怎么办？"阿琼问。

"我在那儿有很多朋友，他们会照应的。"

"这些已经无关紧要了，"妈妈说，挥着手让宽妈开饭，"只要你别在中间被抓住就行了。"

埃玛知道她爸爸是幸运的，那些日本人没有发现他藏的货物。很多人已经一无所有了。

宽妈从厨房出来，端着带盖的大汤钵。她揭开盖后，一股强烈的海带味弥漫了整个房间。埃玛抽了抽鼻子，但她保持着沉默，看着宽妈慷慨地盛了一大碗递给爸爸。

十二月初，战争使他们的生活变成了噩梦，这完全出乎他们的预料。日本人冲过防线进入了香港，炸了启德机场，摧毁了皇家飞机。幸好在这一切发生前，戈姨关闭了她的针织厂。收音机广播说日本军队在四天的时间里，横扫北部新界，逼近城门的堡垒。

妈妈试图维持表面的冷静与日常生活的节奏。她甚至还让埃玛每天下午练习一小时的钢琴。

"那是什么？"埃玛突然停止了肖邦的《波罗乃兹舞曲》。她竖起耳朵听着，然后站起来打开了房门。

"你在干什么？"阿琼问，把电影杂志扔到沙发上，跟着埃玛走过来。

"你们没听到吗？"

妈妈也走出来，好奇地问："听到什么？"

"你听。"

从远处，缥缈的音乐声传来。噼里啪啦的电波干扰声中，她们只能分辨出《家，温暖的家》的旋律断断续续地从港口方向传来，接着听到有人用英文和中文反复说："我们来是为了把你们从英国帝国主义的统治下解放出来。"

"那些魔鬼简直是岂有此理！"妈妈厉声说，转身回了屋，"过来，妹妹。你还得练习。"

一层细密的汗珠在她的额头闪烁，埃玛看了看阿琼，说："好了，咱们最好还是进屋去吧。"

"我马上过来。"阿琼说，她纤细的身体靠在石墙上。

埃玛走进屋，在钢琴旁坐下，开始大声地弹琴发泄。

连续很多天，到处都是尖锐的空袭警报声。盘踞在九龙半岛的日本人，开始炮击香港岛。在她们去往指定的防空洞的路上，埃玛一次次地听着自己焦虑的脚步声在有裂缝的马路上响着。以前，这里不过是拥挤的、鼠患滋生的地下室。埃玛坐在冰凉的地上，和爸爸妈妈及戈姨挤在一起。阿琼的双眼紧闭着，大概在回忆着她刚看过的最后一部电影。一个孩子在哭闹着，她妈妈用紧张而有节奏的嗓音低声说："安静点，安静点，安静点。"埃玛试着将爆炸想象成是弥漫于空气中的爆竹，祈祷着那长长的、解除警报的信号能在他们被窒息之前响起。

大多数时间，埃玛和她的家人都尽量待在家里面。为了挡住室内光线、防止空袭而用来挡着窗户的厚重毛毯，像是一根根的蚕丝，把他们紧紧地捆缚在屋子里。在憋在家里很多天后，一天早晨，埃玛和阿琼央求要跟宽妈一起去市场。妈妈犹豫了，爸爸看着他的女儿们，说："我陪她们一起去吧。"阿琼和埃玛试图用意念让自己隐身，尽管她们知道这是徒劳的。爸爸和宽妈小心翼翼地在被毁坏的街道上走着，埃玛和阿琼则躲避着大弹坑，这些弹坑像深深的、锯齿状的伤口，布满了街道。被炸弹炸死的尸体经常在街上一放就是好几天，已死的和将死的人身上散发出的令人作呕的恶臭包围着香港。

"他们来了，他们来了。"埃玛有时会一身冷汗地从噩梦中醒来。她经常会在黑夜里踮起脚尖穿过大厅，跑到阿琼的房里睡。每天，她的恐惧都在增加。只要一想到日本人她就感觉心惊胆战。

从他们的屋顶，埃玛和阿琼眼睁睁地看着湾仔区被大火烧毁，看着皇后大道被淹没在浓重的、令人窒息的烟雾中，心里满是惊愕与无助。“全都‘随风而去’了。”埃玛听到阿琼喃喃地说。埃玛想猜是费雯·丽扮演的郝思嘉，但她张开嘴却什么也说不出来。最后，在1941年的圣诞节，英国投降，将香港让给了日本。

✣ ✣ ✣

日本人的占领令香港的生活几乎静止。可怕的死一样的寂静笼罩在城市上空，埃玛和她的家人屏声静气地等待着。妈妈一直坚持让戈姨搬过来和他们住在一起。

“哎呀，你一个单身女人，在这种时候逞什么强啊！阿戈，放弃你愚蠢的想法，搬过来吧。那些日本鬼子肆无忌惮，是什么坏事都做得出来的。”

埃玛看到戈姨在掂量妈妈的话，这些话沉重地回荡在空气中。埃玛知道姨妈把独立视作珍宝一样。妈妈认为的愚蠢是戈姨珍视的独立。和同龄的其他中国女人不同，戈姨一直未婚，经常穿着西式服装，有时甚至是凯瑟琳·赫本式的松散的服装。她经营着一家小型针织厂，创造着自己的生活。戈姨现在三十多岁，做着她自己喜欢的事情。在某些方面，她与埃玛和阿琼的关系比她们与她们的妈妈还亲近。

“咱们只隔着两幢房子，用不着吧。”戈姨最后说，叹了口气。

“替丫头们想想吧，”妈妈继续说，知道埃玛和阿琼是戈姨的软肋，“你如果自己一个人待在那边，她们会担心的。”

“我还有明妈和陈妈呢。”

妈妈的手在空中挥着，仿佛要把戈姨的话赶跑。“她们是用人。即使日本人来把所有东西拿走，她们也不会在乎的。那些鬼子还没到前门，说不定她们已经从后门跑掉了。求求你，阿戈，过来跟我们待在一起吧。”

戈姨保持沉默。她看向埃玛，微笑着，然后温和地说：“好吧。坤玲。但是明妈和陈妈得和我一起过来。”

埃玛很高兴戈姨搬过来一起住。以前一有时间，埃玛就会跑到戈姨家听她讲那些商务旅行的故事。埃玛坐那儿全神贯注地听着，被不同的人、不同地方的充满异国情调的故事吸引。

她刚刚和姨妈待了一个下午。“纽约什么样？”埃玛问道。

“很大很吵。”戈姨回答，“但也很让人兴奋。第一次看见自由女神像，我就明白了为什么移民认为美国是个非常伟大的国家。”

“为什么？”

“因为它的规模和实力。”戈姨回答，饮了一口茶。

埃玛笑了，提醒自己把纽约加到她以后要去的地方的名单上。纽约将被排在第二，巴黎排第一，埃及排第三。

每天，埃玛看着日本人把他们自己的东西强加给她曾经生机勃勃的城市。所有的街道、旅馆，甚至餐馆都被改成了日本名字。原来的“连卡佛”变成了“松板屋”，她永远也不会习惯去“松板屋”购物；原来的“半岛饭店”被更名为“东亚”，她也没法去“东亚”喝茶。铁制的皇家雕像被移走，送到日本去熔化。太阳旗在楼房和汽车上飘扬。宽妈干脆拒绝在“中米地通”路上散步，而这条路在数周前还叫“皇后大道”。

埃玛和阿琼在香港被占领期间，和大多数人一样，花了头几个星期的时间学习一套规矩，可没过几天又转到另一种。她们学习如何向实在避不开的日本士兵鞠躬，在他们面前低着头，眼睛盯着路面。

一天下午她们看到了让人恐怖的一幕：一个中国人因为鞠躬时身子弯得不够低，没让日本哨兵满意，就被他们不停地扇着耳光。这个人被拖走的时候，埃玛看到他的嘴角还流着血。在她脑子里，她想对所有被动地麻木地站着观望的中国人喊："制止他们！让他们住手！"他们的人数当然多过日本鬼子。但是在心里，埃玛知道他们一定和她一样吓呆了，他们受到了强烈的震撼，以至于不敢相信在他们面前发生的事情。就连阿琼也移开了目光，茫然地看着路面。

恐怖事件屡屡发生，花样百出。埃玛听说留守的英国官员及他们的未成年子女被集结到斯坦利营房，那里离海边村落只有不到一小时的距离。埃玛很高兴她的朋友玛丽·克拉克一年前就离开了。她很想念那些欢快的、面孔白皙的英国同学，希望她能有本事让所有日本士兵消失。

但是一天又一天，沉重的空气中不时传来人们低沉的喃喃声，告诉人们天主教马里诺神父们和平民医生们受到了怎样的酷刑：他们被绑住手脚，脖子上系上绳子，从地面吊起来。他们就那样站上几天，没有食物，没有水，唯一的支撑物就是一根窄窄的竹竿。埃玛甚至听到妈妈和爸爸低声说，大白天里就有无数的英国和中国护士及用人被暴打或被强奸。

"强奸是什么意思？"埃玛问。

妈妈的目光投向爸爸，又转回来。她清了清嗓子："是某人不顾你的意愿，强迫你做你不愿做的事情。你明白我的意思吗，妹妹？"她沉重而严肃地说。

埃玛浑身颤抖，觉得脖子后面的寒毛都竖了起来。"明白了。"她也低声说，不敢看爸爸。

在被占领期间的头几个星期里，埃玛很少看到妈妈。因为妈妈在日本待了很长时间帮着爸爸打理生意，所以她能说流利的东京腔日语。她经常被紧张的朋友们央求着去帮他们跟日本军官交涉。所有中国和英国的财产都被有计划地没收——钱币、珠宝、家具和汽车——大部分被装上船运回日本。她妈妈花了很长时间保存好了他们“价值连城”的传家宝：一套刷子和梳子，家人的照片，一只世代相传的花瓶。宽妈摇着头，再也不敢笑了，害怕丢了她的金牙。

当妈妈尽可能地为朋友和家人保存所有能保存的东西时，埃玛和其他家人则像别人一样抢着食物，他们在长长的队伍里排上半天，只能得到一捧米和几片白菜叶。

宽妈成了专家，在黑市上以物换物或讨价还价弄到了一两只鸡。有一次她还带回来几个鹅肝酱罐头。埃玛依然能记得舔着又硬又干的饼干上那带点咸味的鹅肝酱时，舌头感到的细腻与柔滑。

有时候，埃玛会在太阳升起之前起来，跟戈姨一起在中心市场排队领大米。她们到达时，埃玛站在队里，看着一群男人、女人和孩子向前拥挤着。吵闹声此起彼伏。空气中弥漫着咸鱼、臭汗和尿骚的混合气味。

“他们推什么啊？”埃玛问，“还没开始发米呢。”

戈姨向四周看了看，然后在人群中快速地往前挪着。“每个人都想挤到前面。每次米都不够。后面的人很可能领不到米，只能空着手回家。”

埃玛感到有人从后面推她。她站住了，用胳膊肘和屁股往后顶。当她转过身来，戈姨不见了。埃玛感到又被人从后面推了一下，被挤到前面，瞥见了前面她高个子的姨妈。埃玛又往前挤了挤，感到有人抓她的胳膊，但没回头看，被人推来搡去的，她终于挪到了姨妈面前。

戈姨往前探着身子，小声对埃玛说："咱们领到大米后，必须马上离开。有时没领到米的那些人会找麻烦。"

埃玛点点头。她听说过有人为了一点米而发生骚乱并大打出手。最后打得头破血流或日本人来干预才罢休。

戈姨终于有策略地挤到了前面，日本士兵的目光看向埃玛，让埃玛不寒而栗。他的小眼睛眯缝着看着他们，仿佛沉醉于掌握着这些人命运的力量。他嘴里用日语嘟囔着很粗野无礼的话，然后哈哈大笑。戈姨没有退缩，她递上粗麻布口袋领取那几勺珍贵的稻米时，面部表情平静而镇定。

等到她们领到一小袋米往家走的时候，埃玛觉得又热又累。她感到手里拿着的粗麻布口袋很轻，算计着这点粮食可能只会够两天，或许三天。想到戈姨还得来排队，就不禁一阵战栗。

在日军侵略期间，学校也关闭了，这让从不愿上学的阿琼很高兴。在第一个月里，埃玛坐在家里，重读小说《小妇人》和《红字》。后来，妈妈安排她们跟着英教授学习古汉语。英教授是知名的学者，对古代诗歌与散文有很深的造诣。"这是很大的荣耀，"妈妈不断地跟她们说，"你们以为他会轻易收学生吗？他的时间可像黄金一样宝贵啊。"

英教授住在一栋旧楼里，离一个狭窄的充满了尿骚与垃圾酸臭味的胡同不远。他的房间既阴暗又潮湿。看到了英教授，埃玛马上知道，作为一个快八十岁的老人，他已经太老，不能教书了。妈妈可能不知道，他的名声传播得挺远，可他已经展现不出什么授课技能了。他既没有体力也没有耐心来教小孩子了。尽管阿琼比埃玛大出很多，他还是给她们每人同样的作业。

不过也没什么关系。反正只有埃玛在做书面作业，阿琼则静静地坐在那里，或任由思绪飘飞，或凝神看着小餐厅里一个锁起来的玻璃柜。柜里面放着教授的食物。看到有人来跟他学习，英教授很兴奋，竟然兴奋到不肯收学费，也从未跟她们的妈妈提过任何关于阿琼上课溜号的事情。他把注意力都集中在埃玛身上，要求她每个星期都背诗给他听。他低着头，闭着眼睛，仿佛睡着了一样，陶醉地听着记忆的诗行从埃玛的唇间流出：

香雾云鬟湿，清辉玉臂寒。

何时倚虚幌，双照泪痕干。[1]

埃玛对阿琼上课分心一事也只字未提。不过她对阿琼不尊重别人的行为感到很不舒服，但她又不能告诉妈妈，妈妈只是想让她的女儿们有更好的前途。由于妈妈脾气不好，有时比这更小的事也能使她将生气转成愤怒。只有离开英教授家黑暗酸臭的公寓楼，与宽妈一起往家走时，阿琼才会在新鲜的空气中又充满活力。

“为什么他把食物都用大锁锁起来呢？”有一次课后，阿琼问，嘴里却在笑着，“他自己一个人生活，柜子上又没有玻璃，任何人都能从他没有玻璃的柜子里把饼干和奶粉拿走，他锁上又有什么用？”

宽妈偷偷笑着。

“可能这样他会感觉好一点吧。”埃玛快速地说，尽管她有时自己也纳闷，但她还是护着教授。

埃玛从母亲和戈姨那儿听到很多关于战争使人们显露出一些

---

① 引自杜甫《月夜》。原诗是：“今夜鄜州月，闺中只独看。遥怜小儿女，未解忆长安。香雾云鬟湿，清辉玉臂寒。何时倚虚幌，双照泪痕干。”

潜藏的特性或古怪行为的故事。有一个女人再也不能洗澡或换衣服,因为她把珠宝首饰都用胶带黏到了自己身上;一个男孩突然之间完全瞎了,没有医学上的解释,谁也说不上原因。她知道每个人都得有自己赖以生存的方式。大多数时间她试图让自己沉浸在书里,而阿琼还是尽可能地去看电影。

“我认为这绝对是很怪异的。”阿琼大声笑着说,“我想英教授可能也疯了。”

埃玛想绷着脸不做声,但她感到阿琼的胳膊肘从一侧轻轻地碰了她一下,然后她也用胳膊肘回敬回去,跟着也放声大笑起来。

第2章

木兰从军　1942

阿琼

一整天，阿琼都在看着中国和好莱坞的电影杂志，试图从她已经研究了近百遍的内容中找出她或许漏掉的电影。她记得海蒂·拉马尔将帽子轻轻向左倾斜，或南希·陈如何恰到好处地抬起手腕的姿势。阿琼笑了，然后把杂志合上，把它们扔到地上的一个书架上。她下了床，心神不定地从一个房间走到另一个房间，感觉像被关在了笼子里。大多数日子里，她和埃玛都被留在家里，不让出去。但在今天这个特别潮热的四月午后，在被监禁了几个月后，阿琼需要重新呼吸。有些日本军官正在搜查朋友的房子，她父母都出去帮助处理与日本军官的事情了。埃玛跟戈姨出去排队领米了。阿琼听着宽妈在厨房走来走去，知道现在最好别去打扰她，因为她正在绞尽脑汁地想怎样用少得可怜的东西准备足够的晚餐。

在客厅里，阿琼拿起一份日本人印刷的英文报纸《香港新闻》。早些时候她听到埃玛对戈姨大声读着日本的宣传语，还有一则广告：

"看，"埃玛说，"它说香港饭店里的快餐店改成了天妇罗烧烤，而且这儿还有一篇日语课文：'谢谢！'。"她重复了好几遍。

"为什么要谢你？"阿琼自言自语着。她翻过一页，看到一个专栏叫"城市信息"，上面写道："随着本地的战状已趋于平稳，香港影院将会有条件重新运营。"阿琼在污浊的空气中呼吸着。她看的上一部电影是卡罗尔·隆巴德的《有名无实》，那已经是几个月之前的事了。单单是想一想还能再看电影已经使她精神振奋了。

自从被占领到现在已经五个多月了。父母不允许阿琼和埃玛天黑后出去，也不允许她们在没有宽妈陪同下单独散步。在罗便臣道和般咸道的检查口，依然有士兵肩上挂着来复枪来回巡视。每次阿琼冒险出去都会被拦住并被骚扰一番。"用不用我送你回家，小甜妞？"一个长着蛇一样眼睛的士兵说。"今晚愿不愿意帮我暖暖身子？"另外一个小声说。当阿琼魂飞魄散地回到家时，妈妈会摇着头说："无论你如何用大衣、帽子伪装自己，都没用。那些士兵就像野兽一样，你躲不过他们的。听爸爸的话，待在家里，这样就会安全些。"

阿琼叹了口气。尽管有妈妈的警告，她还是比以往任何时候都想出去。她放下《香港新闻》，然后小心翼翼地走向厨房。这是一个小小的方形的灰色屋子，在房子的后部。靠墙的两边是石台，石台中间是一个水槽和能放两个炒菜锅的炭火炉。

后面还有一点空间给宽妈当卧室。从她们很小的时候起，父母就不让埃玛和阿琼去窥探宽妈的休息空间。阿琼好像记得，宽妈原来是住在狭窄的餐具储藏室里。有一次，宽妈去了市场，阿琼和埃玛偷偷溜进了厨房，偷看已经褪色的红色帘子后那被隔开的地方。对她们而言，这像是个游戏。埃玛那时只有六七岁，控制不住地咯咯笑着。阿琼转过身，用手掌捂住埃玛的嘴，直到她不再笑了为止。厨房很冷，在冬天的阳光下也显得很暗，但一尘不染。阿琼抓起一件粗布衣服，慢慢地放到一边，埃玛在她身后晃来晃去。开始，一阵强烈的霉味差点将她们熏倒，后来阿琼发现气味来自放在架子上的干蘑菇。屋里没窗，在一片黑暗中，她俩实际上什么也没看清。

阿琼转过来低声对埃玛说："你出去看着点宽妈。"

然后阿琼慢慢向前摸索着，伸出手寻找能打开灯的绳子。灯一打开，阿琼就察看了这个几乎转不开身的空间，一边只够放一张临时用的双层床，另一边放着一排搁物架。架子上东西不多，大多是宽妈做饭用的干货。只在双层床的下边，有一张床单和毯子，上面放着宽妈的几样东西——两摞衣服，一件夹克，还有一个夏天她经常戴着去市场的破旧草帽。这是阿琼第一次意识到宽妈是如此渺小地存在着。这一切仅够体现一个生命的存在。

"那里都有些什么?"埃玛笑着问，她不敢离开门边。

"只是一张床和一些衣服而已。"阿琼掩饰地说。她快速地关了灯。但宽妈过于简朴、卑微的生活却存在了记忆里，挥之不去。

阿琼慢慢地打开厨房的门，一股强烈刺鼻的草药味立刻包围了她，这是宽妈特有的气味，使她垂涎欲滴。尽管食材短缺，但每天晚饭，宽妈都会拿出一盘令他们惊喜的食物。奇怪的汤和蔬菜经常会被端上桌，阿琼只能猜测它们是用某种干草药或蔬菜做的。宽妈就像是一个魔术师一样，神秘地做着无米之炊。如果哪天她运气好，能够从黑市上弄回来一只鸡或一块肉，他们也会很尽情地享用，没人会问她是从哪弄来的。

通向院子的窗户开着，但厨房还是感觉很闷热。阿琼清了清嗓子好让宽妈知道她在那儿。

"你想要什么?"宽妈问道，挤着蒜，并未抬头。

阿琼一步一步地走着。十六岁了，她依然觉得自己像是个老用人身边的小女孩。“晚饭什么时候好？”她最后问，认为还是跟宽妈做一次轻松的交流好一些。

“和往常一样。”宽妈抬起头，眼睛近距离地看着阿琼，“怎么了？”

“我在想我可不可以出去一小会儿。我会在天黑前回来。我保证会非常小心。”

宽妈向后下方看了一眼，继续挤蒜。“你妈妈让你待在家里。”

“她不会知道。我会在她回来之前回家。”

“太危险了。”宽妈说，没抬头。

阿琼徘徊着，看着宽妈的双手快速地把挤好的蒜倒进一个碗里。

“那我只到罗便臣道的路口去迎一迎戈姨和埃玛，行不行？”阿琼问，这样至少可以出去。

“不再走远？”

“不再走远。”

宽妈拿起一扎有点蔫巴的小葱。“那就去吧。”她说，举起菜刀快速地切着。

阿琼跳下石阶，走到幽暗又凉飕飕的大楼入口处，那里总是散发着发霉的臭味。她快速地走到干德道，在她棉布旗袍的外面裹着妈妈的一件开司米毛衣。她希望能像女战士花木兰一样把自己伪装起来。在大街的尽头，阿琼停住了，看了看四周。街上没有日本兵的影子。只有几个女人和用人捧着宝贵的限量食物急急忙忙往家赶。

阿琼犹豫了一会儿,思考着是否要继续到中环去。她非常急切地想知道影院是不是在营业,希望她最喜欢的这样东西能够回归正常。以前走过千万次的路就在前面,静静地向她发出邀请。她觉得如果换做是凯特·赫本,她一定会继续向前,花木兰也一样。

由于后半晌温热的天气,也由于对宽妈说了谎话,阿琼心怀愧疚,走到中环一半的时候,就开始汗流浃背。她想脱掉毛衣,但想了想又决定不脱。到目前为止,她发现避开日本人的检查站很容易,但湿热的空气中有一些不安定的因素,使她继续用妈妈的毛衣裹着自己。当阿琼走过圣保罗中学的时候,似乎听到有人在喊她的名字,她停下来待了一会儿,意识到是自己的幻觉。离中环越近,就有越多的声音及形形色色的东西包围着她。周围手推车的车轮吱吱地响着,高叫声、哭喊声划向空中。

她看着路面,小心地绕过无数炸弹产生的水泥碎石。她从儿童时代就经常路过的临街店面被洗劫一空,没有玻璃的窗户被木板挡着。瘦得皮包骨头的小贩们蔫头耷脑地靠墙坐着,卖着他们无人问津的铅笔和梳子。来到开满鲜花的大街尽头时,阿琼看见一群日本兵在半条街以外闲逛着。他们看起来和她年纪一样大,穿的制服很不合身,不是长就是肥。她迅速地调转目光,穿过街道向皇后影院走去。有一刻,阿琼怀疑自己这样一个人跑出来是不是个错误,但当她抬头看到大天幕还写着《女友礼拜五》的广告,看到加里·格兰特和罗莎琳德·拉塞尔的宣传海报时,她的心就激动得怦怦直跳。当来到影院的阴凉处时,她环顾四周,希望那些士兵没有注意到她。阿琼很高兴是她自己独自一人享受这一时刻。阿琼往上走着,去看影院门上贴的一张纸条。纸上用汉语和英语两种文字写着:"皇后影院会在本周末重新开放。鉴于目前是在日本人的管理下,所以一系列日本电影会先期上映，以方便大家用日本的方式了解在香港的日本人。”阿琼向后退着，对即将上映的电影不是好莱坞电影感到很失望，对日本鬼子连电影都从她身边夺走感到很气愤。正当她要转过身来的时候，有人从后面抓住了她的胳膊。她使劲一推，想要脱身，却被抓得更紧，两手被绞在一起，疼痛无比。她猛然一转身，看到了一个年轻的日本士兵正对着她，一瞬间，她脑子里想的是他看起来像是自己班级里的某一个男孩。

“跟我来。”他用日语严厉地说。

她的胃开始难受。她再次试图从日本兵的手中挣脱，高温使她闷得快要窒息了。她禁不住想如果妈妈知道她这么不听话、自己一个人跑出来会何等生气。

“你想干什么?”她用嘶哑的声音低声说。

那个士兵抓着她毛衣的后边，把她转过来，半拖半拉地又把她弄回到影院的大门处。她试图喊叫时，他用手捂住她的嘴，用力地向后拽着她的头发，力气之大，使她以为他可能会拧断她的脖子。

好一会儿，阿琼的大脑一片空白。她闻到一股带有金属的油污味，模糊地听到日本兵用日语嘀咕着什么。他使劲把她推到墙上，把他的身体贴过来，阿琼想，不该这样，电影里从来也不是这样的。他撕扯着她的衣服，想把她的旗袍拉起来。然后，像突然猛醒一般，阿琼开始拼命反抗。她推搡着，用手去抓他的脸。他狠狠地骂着她。但当阿琼弄掉他的眼镜后，他向后趔趄着退去，使阿琼有机会抓住他，抬起膝盖使劲朝他的下面顶去。听到他发出低沉的呻吟声，或许也有可能是她自己的沉重的喘息声，她的心差点跳出来。趁着他跌跌撞撞，她又使劲地推了他一下，然后撒腿就跑。

阿琼无目的地跑着，觉得她的肺好像要炸了。从她面前过去的面孔全都模糊不清。她往后看了一两次,没有看到日本兵追上来的迹象。但是她不敢冒险。她在一栋栋楼房里、在狭窄小路上钻来躲去。躲在香港饭店的卫生间里,她禁不住浑身颤抖,这种情况持续了近一小时,她才觉得好了一点。最后,她迫不及待地钻进了一辆出租车,胃里翻江倒海的,直想呕吐。

阿琼到家时,天空已经变得灰蒙蒙的。她肌肉酸疼,双腿像灌了铅一样沉重。她理了理散乱的头发,把脏得令人作呕的衣服抚平。阿琼想她永远也不会忘记那个士兵身上的油腻味。她慢慢地推开前门,迈进屋里。在大厅里,她就看到宽妈在客厅里来回走着,对埃玛嘟囔:"幸好你妈妈还没回来。"阿琼从没见过宽妈如此担心过,一阵强烈的恐惧感向她袭来:在这个如水的月夜里,如果她没逃掉会怎么样?心里不由得一阵后怕。

宽妈抬起头来,露出了她的金牙。埃玛跑向阿琼,但阿琼伸出胳膊,仿佛想要使埃玛保持在安全距离以外,埃玛停住了。

"戈姨出去找你了。"埃玛说,她的声音很响亮很兴奋。

不论宽妈心里怎样想,她都保持着沉默,什么也没说。阿琼看到有一丝恐惧从她眼里闪过,当她在客厅里踱来踱去时,额头上有一层细密的汗珠。她眯着眼睛,上下打量着阿琼,打量了很长时间。然后她停下来,说:"快!趁着你妈妈还没回来,赶紧去把衣服换了。"

埃玛跟着阿琼进了她的房间,并在身后关上门。"出了什么事?你去哪儿了?"埃玛一口气问道。

阿琼开始解她旗袍上的纽扣,她的手指麻木而笨拙。她的舌头打结得厉害。"我被一个士兵跟踪了。"她小声说。

埃玛靠近了一些。“那你没事吧?”

阿琼点了点头,试图保持平静。“当然没事了。我甩开了他。我藏在香港饭店的女厕所里。从那里我叫了辆出租车。”

街道上的潮湿气味还依然环绕在她的毛衣和旗袍上。阿琼把它们脱下,把自己围裹在一件旧的浴袍里。她的头发在她后背垂着。她把它们弄到脖子上,一想到士兵那油唧唧的手指曾碰过它们,就又把它们放下了。一阵恶心袭来,她极力使自己冷静下来。隐约中,她听到埃玛又问了一遍她怎么样。她想说点什么,但看到妹妹如此害怕,她就避开了埃玛那满是疑问的大眼睛,抿紧嘴唇,保持着沉默。接着,她没有像往常那样把衣服整齐地放在床上,而是把它们一起扔到了黑色樟木箱旁边的地上。

阿琼深吸了一口气,让自己平静下来。她打开门,蹑手蹑脚地走向卫生间,埃玛紧随其后。她从柚木柜子里拿出妈妈用的大剪刀,然后转向镜子。她慢慢地谨慎地把头发剪成了像男孩子一样的短发。看着她的头发飘落,阿琼惊奇地发现成为另外一个人竟然如此容易。从镜子里看,自己的那张脸已经变得年轻而轻松。随着剪子的每一次迅速而锋利的舞动,越来越多的黑缎子般的头发弯曲着无力地飘落到地上,像死去的动物身上的毛。

那一晚阿琼吃得很少。她似乎很难听懂别人的谈话。戈姨和埃玛的话始终在她耳边萦绕。当妈妈看到阿琼的短发时,简单地说:“短发更容易打理。况且,到时候还会再长出来。”

阿琼关上了她的房门后,轻松地舒了一口气。在这个小小的熟悉的空间里,她感觉更安全。她祈祷着能够赶快摆脱那个关于士兵的噩梦。她摸了摸裸露的脖子,又摸了摸剪短了头发的头,感觉像是别人的。直到几个小时后,当晨曦初现,屋里洒满朝阳的光亮时,她才敢伸出手，关掉了电灯。

✣ ✣ ✣

七月末一个热得没有一丝风的下午，妈妈把阿琼和埃玛叫到客厅。阿琼扫了一眼钢琴、扫了一眼放在桌子上的镶珍珠的漆器盒子以及几年前她从那个欠爸爸钱的店主那里拿来的花瓶。它还是原封未动地放在那里。阿琼屏住呼吸回想起他们家差点被日本人搜查的那一天。通常，日本人到哪里都会快速地劫掠一番，会拿走所有他们想要的东西，直到剩下几面空墙。她听到有谣言说，就连厕所里的东西也被他们搬走运回了日本。

妈妈刚刚到家，手里还拿着包，她站在高大的台阶边的窗户旁，沐浴在阳光下等着她俩。阿琼禁不住想已经三十八岁的妈妈，何以看起来比她自己大不了多少。

“我已经向日本政府申请准许咱们搬到澳门，”她们一坐下她就说，“我和你爸爸认为这对你们俩会好很多。”

“什么时候？”埃玛问。

“越早越好。”妈妈说。

阿琼看向埃玛，她正在兴奋地拍着手笑着。阿琼控制着自己的感情。虽然搜索枯肠，她还是想象不出来像埃玛现在这样由衷的高兴会是一种什么感觉。自从被日本兵骚扰过后，她似乎一直很麻木。转眼间，几个星期过去了。阿琼看着埃玛跑着去拥抱妈妈，妈妈手里的包重重地落到地上。

她们谈话时，阿琼慢慢地消化着这个消息。在她们小时候，埃玛和阿琼去过澳门几次，探亲访友。新鲜芒果布丁和椰子糖的香甜浮上脑海。澳门一直是中立的，对一些中国人来说，澳门也是赌徒的天堂。根据报上所说，日本人恨不能有更多的人撤离，以减少中国人的人口，好用日本人来补充。澳门给人一种很浪漫的感觉，使阿琼想起了查尔斯·博耶主演的电影《海角游魂》。几周来，她第一次感到内心深处有些东西被触动了。

不到两个月，她们的申请就被批准了。妈妈把她们叫到她的房间，递给她们每人一个手提箱。

“渡轮一定会很拥挤，”妈妈告诉她们，“所以箱子不要装得太满太沉。”

“爸爸也去吗？”埃玛问。

妈妈摇了摇头。她把旗袍的领子抻直，然后说：“戈姨和宽妈会和我们一起走。爸爸必须得留下来照看这个房子。现在看来，他在日本做生意二十多年来，唯一的补偿就是能保住这所房子。安定下来后，他会过来看我们。”妈妈对她们挥着手。“快点，去收拾东西吧。”

阿琼关上了她房间的门。她不喜欢把爸爸一个人留在香港的主意。她摸了摸剪短的头发，想说点什么。最后还是什么都没说。她已经迫不及待地想要离开这个被日本占领的戒备森严的香港。在澳门，她的噩梦或许就不会再出现。有时，她会一整夜让自己醒着，以逃脱出现在她梦里的黑影。第二天早上，阿琼总是无精打采，很难熬过一整天。只有到了困得无以复加的时候，如果她运气够好，她才能睡点觉。

第3章
孤岛天堂　1942—1945

埃玛

1942 年 10 月的那个下午，埃玛一离开渡轮，踏上澳门的土地，她就感到受到了保护，有了安全感，终于摆脱日本鬼子了。

她转向阿琼。在半清醒半恍惚的状态中，阿琼看起来很平静。她黑亮的短发在温暖的咸咸的海风中飘动着。埃玛心里最大的愿望，就是希望她姐姐能重新振作起来，能再次笑着演绎电影里的场景。自从阿琼被日本兵跟踪的那个夜晚，埃玛就忧心忡忡。大多时候，阿琼看起来有些封闭，她的话语很少很简洁。即使她在说话，埃玛也能感到她姐姐声音里的冷淡与距离，感到她记忆中的黑影。埃玛祈祷着澳门的生活能帮助她把那一段记忆抹去。

埃玛能感觉到她们的搬迁已经初见成效。还在渡轮的围蔽甲板上时，妈妈和义姨站起来，穿过人群去取茶。在她们周围，叫喊声、抱怨声在拥挤的人群中、在闷热无风的空中回响。埃玛知道阿琼很喜欢嘉宝，对她的话不会反感，所以她学着嘉宝，用《安娜·克莉斯蒂》

的恐怖版本中的台词在妈妈和戈姨的身后叫着："给我一杯威士忌，宝贝儿，别小气！"试图引起阿琼的注意，看阿琼是否会有一些反应。

阿琼一动不动地坐在木凳上，双眼无神地盯视着水面。埃玛等着她做出一点反应，表示她听到了她的话，哪怕是一个浅浅的微笑。但是阿琼却好像根本没听到，没有一点表示。埃玛耸了耸肩，转而去读她的那本已经被翻烂了的《呼啸山庄》。就在这时，阿琼嘶哑的低语突然含糊不清地从她的耳边掠过："给我一杯威士忌，宝贝儿，别小气。"

她们的很多朋友和亲戚都已在澳门安定下来，埃玛很高兴和他们一起在绿树成荫、到处是地中海风格建筑的环境中享受安全的生活。当她还是个小姑娘时，她就梦想着能到书中描述过的遥远的地方看一看：博大开放的美国、街道宽阔的巴黎或者柏林。香港有时给人的感觉就像是个拥挤的、四面都被封闭了的房间。

在码头，女人们坐在木箱后面卖着水果和鲜花。埃玛回过头来确定戈姨和宽妈跟在自己身后。当她看到比宽妈高出一头的戈姨和宽妈肩并肩走在一起的时候，她就想笑。当她们匆匆离开码头，穿过游荡的人群时，她紧紧地拉着妈妈和阿琼的手。在友谊大马路的主要路段，停着一排两座三轮车。司机们拉扯着人们，招徕顾客。宽妈呵斥着他们："走开，走开。"当她们往前走时，埃玛觉得既欣喜又惊奇，澳门的生活似乎没有停歇地继续着，而在三个小时的距离之外，战争却使香港的生活变得完全不同。这里新鲜的空气中充满着奇异的水果的芬芳。她大口地呼吸着，仿佛怎么也吸不够。

在亲戚的帮助和联系下，妈妈卖出了她的一些珠宝首饰，租了一间很小但很舒服的房子，房子带一个圆形阳台，像是缠绕在房子上的一条丝带。埃玛和阿琼共用一间卧室，妈妈和戈姨共用另一间，宽妈则占据着厨房外的一个小空间。

埃玛立刻就喜欢上了这所房子。它只是他们在香港的房子的一半大小，但它简单的白色泥外墙和红瓦屋顶使它具有了一些浪漫的元素。她感觉到阿琼已经放松了一些，这所小房子以某种方式拥抱着她们，让她们安全地远离那些日本人。

她与阿琼共用的房间朝着一条安静的街道，街道两旁各种着一排伞状的棕榈树。打开行李安定下来后不久的一天早晨，埃玛听到一些甜美悦耳的声音从外面传来。她跑到卧室窗口，看到一帮澳门孩子在跳绳。他们一边高声唱着，一边跳着。戈姨曾经告诉过她，这些孩子是多元文化的奇妙组合，他们中间有葡萄牙人、中国人、巴西人，还有非洲人。埃玛很羡慕他们光滑黝黑的皮肤及矫健的步伐。她虽然已经十二岁了，可觉得自己还是像个小孩子一样愚笨。当一个澳门女孩抬起头，捕捉到她的目光时，她感到双颊发热，立即羞涩地转过身去。

小小的葡萄牙聚居区也让埃玛看到了另一个世界。轻轻的葡萄牙语在铺满鹅卵石的街道上回响，像是她喜爱的带有异国情调的音乐。澳门从未入眠，它只是按照自己的节奏运转着。在这里，你可以以极高的价格买到或卖出任何东西。开发黑市的商人变富了。没人知道战争什么时候会结束，所以很多人愿意付极高的价钱购买奢侈品，像香烟、丝袜等。

每天在上学的路上，埃玛和阿琼都得要极力回避小贩们兜售他们货物时单调的喊叫："小姐，看看吧，小姐。"两个姑娘与朋友们一起走下宽阔的浓荫遮蔽的新马路。有时她们在芳香馥郁的空气中谈笑着，忘了过去；有时，她们又会满怀忧伤地谈起还滞留在香港的朋友。

埃玛发现，在某些方面，澳门的日常生活与被占领前的香港很相似。妈妈恢复了她的社交活动，跟别人一起吃午餐然后玩麻将。戈姨则打理花园，为她的工厂做新计划，以期战争结束后能尽早恢复生产。宽妈待在厨房里的时间越来越长。但埃玛更关注阿琼，埃玛静静地等待着能再次看到她熟悉的姐姐。

每天早晨，当阿琼拿起发梳时，埃玛都会想：梳子梳过她的短发时，她在想什么？

“你想它吗？”有一天早晨，埃玛靠在门框上，问阿琼。

“想什么？香港吗？”阿琼抬起头，仿佛第一次看到埃玛。

“不是。你想念你原来的长发吗？”埃玛看到她转头看向镜子，她的手从头部后面滑向脖子后颈。

“有的时候想。”

埃玛摸了摸她自己的齐肩短发，用手指解开发结。“我也是。”

从她们还是孩子的时候开始，她和阿琼就在两边家庭的拉锯战中保持着平衡，在相貌与脾气秉性上向这一边或那一边倾斜着。尽管她们外貌如此不同，个性又几乎相反，但埃玛还是能看到她们之间一些细小的相似，比如举手投足，比如笑起来的样子。但是，是光亮的黑发使她们看起来尤其相像。

埃玛喜欢去赌场和夜总会，它们使澳门的夜晚充满活力，也给这个聚居区带来繁荣。从她们喜欢的中餐馆楼下，经常传来来自赌场的大声喊叫，这些声音吸引着她。要到这家中餐馆，她得走过这个烟雾缭绕的巨大赌场。赌场里到处是孤注一掷的人，他们从牌九到骰子，废寝忘食、夜以继日地用各种方式押赌。对埃玛来说，赌博的人好像是着了魔一样，对着骰子和纸牌大声喊着，就好像它们真会听他们指挥。

“七，七。”一个人对他手心里的一对骰子喊着。骰子在破旧的绿色桌子上翻滚了几下，朝上分别显示出 3 和 1。“真该死。”他对它们喊着，怒气冲冲。

埃玛停下了，尽可能地看了很长时间，直到妈妈和戈姨推着她走开。

坐着等餐的时候，埃玛会央求着让她玩一种叫读数的数字游戏，她可以选择从 1 到 9 的小号，也可以选择从 9 到 18 的大号。如果她够幸运，就可以使她的钱翻番。为了使埃玛高兴，妈妈和戈姨通常会让她玩一局。然后埃玛会停止吃东西，热切地等待着。当骰子滚动，灯泡亮起来的时候，埃玛会双眼发亮地盯着台板，她热切的目光在墙上的数字和手里紧攥着的一张纸条上来回转着。阿琼通常对周围的这些活动不感兴趣，但当灯泡亮起的时候，阿琼也会停下观看一会儿。

✣ ✣ ✣

在澳门湿热的冬日夜晚，埃玛看到阿琼慢慢地打开心结，重新回归自己，感到非常高兴。在她们到达的两个月时间里，阿琼的头发长了，长得像个小听差式的短发，使她看起来像是法国民族女英雄贞德。

周六早晨，埃玛和阿琼经常陪着宽妈去市场买晚饭要用的东西。经过几个月在香港食不果腹的生活，她们发现这里的东西虽然有点贵，但大米、肉类和蔬菜都很丰富。埃玛喜欢听小贩们音乐般的叫卖声，喜欢看摞得很高的大木箱子，里面装满了各种东西，从小鸡到大蛇。她们站在一边，饶有兴味地看着宽妈一边挑挑拣拣一边跟人讨价还价，从橙子到白菜，无一例外。

“太贵了，太贵了。”她争辩着。

“一分价钱一分货嘛。”一个牙齿都掉光了的老男人回敬道。他把绿油油的叶子放进一个口袋，递给宽妈：“你到底是要还是不要？”

宽妈摆了摆手。她拿起一把叶子有点蔫巴的小葱，看了看长长的葱白和没有花苞的茎叶。“如果包括这个，我就要。”

老人咧嘴笑着，点点头。“行啊，行啊。”他向前倾着身子，打开包，宽妈把菜放进去的时候，听到他嘴里自言自语地嘟囔着。

就是从这时起，阿琼开始真的对烹饪产生了兴趣。市场上的一幕幕戏剧性场面比本地影院放了几个月的葡萄牙情景剧有趣多了。埃玛和阿琼看这种情景剧看的次数太多了，那些对话她们已经烂熟于心，不过她们可能并不完全理解那些对话。夜里躺在床上，阿琼用流利的葡萄牙语模仿着台词：“*亲爱的，我全身心地爱着你。*”阿琼脱口而出，字正腔圆，准确无误。

“*我也全身心地爱着你。*”埃玛用英语回答。

“*来和我一起共度我们的余生吧。*”阿琼说。然后她们两人放声大笑。

埃玛依然觉得神奇，想不到阿琼有如此令人信服的模仿与表演天赋，即使是用外语，也是无可挑剔。

埃玛发现她姐姐经常待在狭小闷热的厨房里。在那里，宽妈把牛肉切成长条，给莲藕或萝卜削皮。阿琼看着，学习着，还轻轻地背着中餐里最主要的五种食材：小麦、芝麻、大麦、豆子和大米。不久，她就开始在宽妈的指导下切菜、炸东西，学习着能让鸡既脆又嫩，还有烹炸姜蒜明虾的火候等小秘密。“它们一变成奶白色，就不要犹豫、不要等待，赶紧出锅。”没用多长时间，阿琼就可以准备出一桌饭菜了，水平和宽妈不相上下。

记得有一次，妈妈逮到了阿琼在厨房做饭。妈妈站在门口，她身上的香水味与炸东西的香味混合在一起。“你功课做完了吗？”她问阿琼，声音呆板严厉。

阿琼吃惊地抬起头。她刚开始翻动大锅里的青豆和猪肉片。“做完了。”她快速回答，回头看向锅里正响着的油。

宽妈已经盛好了四碗汤，妈妈还在那儿直直地站着，眼睛看着阿琼。厨房又热又拥挤。埃玛静静地站着，看着妈妈的嘴唇张开又合上，仿佛在品尝浓重的气息。“小心点。”妈妈最后说，转身离开了。但即使关上了门，她的香味依然在房间里缭绕。

二月下旬的一天下午，妈妈和戈姨出去了，埃玛想趁机溜进厨房，但是宽妈阻挡着，不让她进。“不行，不行，还没到时候。”宽妈说，把她推出门外。

出于好奇，埃玛极力向阿琼一直在忙着做饭的厨房看去。不一会儿，一股异样的气味透过关着的门飘了出来。埃玛辨别出这是椰子和咖喱的气味，与宽妈在香港做的菜全都不同。埃玛把耳朵紧贴在厨房门上，想着能找个什么借口再溜进去。不是她对做菜感兴趣，她只是想知道那个大秘密是什么。阿琼和宽妈低声而亲密的耳语她丝毫也听不见。埃玛又使劲推了一下锁着的门，推不动，只好放弃了。她得找点别的事干了。

埃玛走出前门，在身后轻轻地关上门。在澳门，这是她第一次冒险独自外出。前几天下的雨使空气中有一股强烈的泥土味。凉爽清新的空气瞬间将她包围,她感觉好多了。她很高兴自己穿了件长袖衬衫和长罩衣。埃玛跳下石阶,站在一棵大棕榈树下,不知道该往哪里走。一声尖锐的口哨声传来,她转头看见隔壁的澳门女孩正站在几步以外。自从第一次看见这女孩在她窗外唱着歌跳绳,埃玛就对她充满了好奇,经常站在她家窗口看着他们一大家子喧闹着玩游戏,却因为太害羞而不敢走近。

"你出来了?"姑娘用英语问,口音很重。她手握着绳子的两端,前后摇着,她穿着露脚趾的凉鞋,绳子绕着她健美的腿一会儿收紧一会儿打开。

"是。"埃玛不好意思地回答。这个女孩不比埃玛大,但是稍高一点。她卷曲的头发张扬着,不太顺,穿着一件无袖套衫。

"你想找个人做伴吗?"

埃玛听出她说话带有葡萄牙语口音。"我只想散会儿步,如果你能陪我走一会儿就最好了。"

澳门女孩没再说什么,就把她的跳绳放在了湿润的草地上。埃玛跟上她的脚步和她并排走着。当她们沉默地走着的时候,埃玛看了一眼她的胳膊,一条长长的白色的伤疤从她的胳膊肘延伸到肩膀。她的皮肤是浅茶色,埃玛觉得她身上有一股淡淡的肉桂香味。

"你和他们一样是从香港来的吗?"女孩问。

"对,我和我家人一起来的。不过我爸爸没来,他还在香港。"

"我爸爸死了。就在我最小的弟弟若泽出生后不久,他死于一次钓鱼事故。"

"对不起。"

女孩踢开了她们面前的一块石头,埃玛好奇她怎么没弄疼她的脚趾。她转向埃玛,笑了。

“我叫玛丽亚·特雷莎·费里斯特·巴尔博扎，但多数人都跟我叫利亚。”

“我叫罗埃玛。”解释她出生时的中国名字，总是让她有点不自在。

“听说香港很雄伟很壮丽。”

埃玛点点头。“香港也很吵很拥挤。不像这儿。”

“各种各样的人都跑到澳门来了。”利亚说，小心地绕过了路边的一只小蜥蜴。“大多数是因为日本人。其他人是为了赌博，虽然我不明白吸引那些赌徒的究竟是什么？”

“我认为可能是因为兴奋或刺激吧。”埃玛不假思索地说，“就像追寻一些梦想。”她不禁想到自己玩读数时的体验。

“他们为什么要追求自己无法把握的东西呢？”

埃玛没想好如何回答。她想说因为好玩，但决定还是不说为好。

“我去过的最远的地方就是那些岛。”利亚说。

“哪些岛？”

“凼仔岛和路环岛。”利亚把飘到脸上的黑色鬈发撩开，“它们离这儿不远。主要是树和小山包。我叔叔用他的船把我们全都拉去了。”

“你有几个兄弟姐妹？”

“四个弟弟一个妹妹，都比我小。”利亚轻松地说。

埃玛微笑着：“我有一个姐姐。”

“短发的那个吧？很甜美。”

“是的，我们很不一样。”

埃玛觉得利亚的目光落在她身上探寻着什么，使她感觉很不舒服。她把两手插进口袋。

“那样有什么不好吗？”利亚最后说，“如果我们大家长得都一样，做事的方法也都一样,会有什么意思呢?”

埃玛耸了耸肩。她感到自己脸红了。她迅速改变了话题。“咱们最好往回走吧。”她想她应该早点回家,免得让宽妈注意到她不在家。

折身往回走时,利亚开始轻轻地哼着一个曲子。轻松的旋律,弥漫于雾蒙蒙的空中,埃玛认真地听着。这让她再次感到:她已经爱上了澳门,爱上了这个满头黑发随风飘舞的茶色女孩。

就在两天前,阿琼心急火燎地在等着埃玛回家。埃玛刚一进家门,阿琼就拉着她的手。阿琼的脸既阴沉又严肃,嘴唇紧抿着。

“怎么了?”看到姐姐如此沮丧,埃玛问。

“妈妈不想让我花太多时间和宽妈一起在厨房。她认为这会占用我学习和社交的时间。我不知道如果不做饭我还能干什么?”阿琼紧张而急促地说。

“可我能做什么啊?”埃玛问,虽然已经知道了答案。

“跟她谈谈。告诉她这对我有多么重要。”阿琼央求着说。

*她不想让你学做饭。*埃玛自己想着。*你是她的唯一希望。她知道你有多漂亮,希望你能嫁个好人家,多生几个孩子。*埃玛几乎脱口而出。但相反,她却说:“如果你认为我能帮忙,那我就试试吧。”

阿琼笑了,咳嗽了一下,笑着说:“你当然能帮忙了。妈妈最爱你了。”

埃玛经常疑惑她妈妈到底有多爱她。她记得她等着看到妈妈的笑容,以证明妈妈对她的爱,可她的双颊只是快速地碰一下她的嘴唇,就闪开了;她搞不清楚房间里飘散的一千零一夜的香味是意味着妈妈刚刚离开还是刚刚回来。妈妈的感情总像是在玩躲猫猫——

而这个游戏她一直也不喜欢。

那天晚饭，宽妈和阿琼安排妈妈、戈姨和埃玛在桌边坐下，然后又撤回到厨房了。

“宽妈，你们俩在搞什么？”妈妈喊着，手指不耐烦地敲着她椅子的扶手。

“耐心点，她们想给我们一个惊喜。”戈姨说。

“什么惊喜还需要这么长时间？”妈妈停了一会儿，然后站起来。正在这时，厨房门开了。

“来了，来了。”宽妈说，用手把着已经打开的门。

阿琼小心地端着一个大碗。热气加蒸汽使她额前的短发紧贴在头上。她把碗放到桌上，退后一步，说：“葡萄牙风味的鸡汤，是由最新鲜的澳门材料做的。”

戈姨最先鼓起掌来，接着是埃玛，最后，是妈妈。阿琼对掌声报以微笑，朝大家鞠了个躬，挨着埃玛坐下了。

宽妈端进来一盘芥蓝、一大盆米饭。“吃吧，吃吧。”她像是在发号施令。

“这里都是些什么？”埃玛指着汤问。

阿琼笑着冷静飞快地说了一串配料的名字：“鸡、西红柿、椰子、土豆、橄榄油、咖喱、橄榄，还有藏红花。”

在她们吃着的时候，宽妈紧张地徘徊在她们身边。品尝了阿琼做的葡萄牙风味的鸡汤，连妈妈似乎也放松下来，开始享受。“很好吃。”她小声说。

“太好吃了。”戈姨说。她又在米饭里加了一点调料汁。

埃玛转向阿琼。她嘴里塞得满满的，不能说话，只能点着头笑着表示赞许。阿琼给她回以微笑。在她们短暂的沉默中，埃玛再次看到她那个以前的姐姐，那个曾信心满满地去要账的女演员。

在她们快要吃完饭的时候，听到了第一声叫喊，声音很高很尖锐，如此出乎意料，如此不合时宜，以至于开始大家都没动。当第二声叫喊划破夜空的时候，戈姨从椅子上跳起来跑向窗口。

“隔壁出事了。”她说，向前门冲去。

埃玛和阿琼扔下餐巾，一言不发地跟了出去。

当她们冲到利亚家的时候，空气里依旧雾气重重，湿气很重。埃玛觉得脚下的土地很松软。看着这个豪华的大房子，她觉得似乎有点干涉她新朋友家的生活，但是当令人毛骨悚然的第三声喊叫传来的时候，她知道一定是出了什么大事，就顾不得那么多了。

当她们到达前门台阶的时候，发现房子的门大开着，但刚才的高声喊叫已变成微弱的、几乎是有节律的呜咽。看到利亚连推带拉地带着三个男孩一个女孩冲出房间，戈姨转过身，告诉他们在外面等着。

“你还好吧?”戈姨问。她的声音很冷静，但很关切。

利亚抬起头，埃玛想她的朋友看到她们，一定会放声大哭。可相反，利亚控制着自己，只用遥远的声音轻轻地说：“是我弟弟，若泽。”

戈姨跑上台阶，进到房里。埃玛和阿琼没动。但埃玛感到阿琼拉住了她的胳膊。利亚和她的妹妹、三个弟弟挤在一起，坐在门廊上，仿佛埃玛和阿琼根本不存在似的。埃玛试图说点什么，可觉得嘴发干，什么也说不出来。她站在那里看着利亚安抚那四个孩子，给他们擦鼻涕、抚平他们扬起来的头发。在那一刻，埃玛发现，利亚看起来比她曾经见到的那个唱着歌跳绳的女孩子大了许多。

那一晚，埃玛在床上重新回忆起戈姨告诉她们的整件事情的来龙去脉。利亚最小的弟弟，三岁的若泽，像往常一样边笑着边吃晚饭，但突然他就不出声了。开始没人注意。因为桌子上有六个孩子，总是很吵闹。等利亚的妈妈转过身来，她发现若泽的脸已经变成了猪肝色。她跳起来，开始使劲拍男孩的后背。利亚撬开他的嘴，试图弄出卡住他的东西，但没用。她们把若泽转过来，让他头朝下，拍他的后背，好让他把东西吐出来。“我的孩子。”利亚的妈妈一遍遍地哭喊着，“吐出来，吐出来。”开始他的脸是红色，继而转青。随着若泽的脸变白，他的两只手耷拉下来，双腿痉挛着，眼睛也不再转动。利亚的妈妈失声叫喊着。等到戈姨冲进来的时候，若泽静静地躺在妈妈的怀里，像睡着了一样。

第二天下午，埃玛和她的家人，与其他前来吊唁的利亚家的亲戚朋友一起坐在巴尔博扎家的客厅里。拉长的缎子窗帘和厚重的木家具使房间里显得凝重而庄严。埃玛感到鲜花的芬芳里也带有哀痛。利亚的妈妈在楼上休息，留下利亚来坚忍地接受着人们含泪的拥吻和一篮篮的水果与蔬菜。她的三个弟弟和妹妹安静地跟叔叔阿姨们坐在一起。

埃玛看着她悲伤的朋友礼貌地从一个人走向另一个人。就在利亚走过来的时候，埃玛听到妈妈小声对戈姨说：“可怜的姑娘，她不得不做着她妈妈该做的事。”

利亚机械而快速地轻轻说着：“谢谢你们过来。”

她木然而沉重地移动着，像是一个埃玛从未见过的人。利亚带点野性的头发被梳理得紧贴着头皮，她穿着一件不合身的白色长袖上衣，袖子挽着，搭配着一条黑色裙子。埃玛的目光一直集中在利亚身上，希望能引起她新朋友的注意，哪怕只是一瞬间。但从她的脸上，埃玛看到的是不相信所爱的人已经离去的那种哀伤与茫然无措，就像香港被占领后很多人所表现出来的一样。

以后的几周里，巴尔博扎家里死气沉沉，仿佛利亚和她的家人都从那个黑色的屋子里消失了，埃玛渴望能听到那个经常把她吸引到窗口的歌声和笑声，但每天迎接她的只有寂静的空院子。

唯一能捕捉到利亚目光的时候是她早上离家上学时。利亚带着她弟弟妹妹们离开家，走一小段路，到葡萄牙天主教学校，她看起来苍白而憔悴。还没等埃玛开口，她就漠然地挥挥手走过，留下埃玛注视着她和她弟弟妹妹消失在去往学校的路上。她始终没有回头。

在泊都中国女子学校，阿琼和埃玛的教室在不同的方向。埃玛有很多香港朋友也在那儿读书。其实这个学校只是几所相邻的房子，楼上和楼下的房间被用来做临时学校。很多老师都是香港被占领前，在香港给埃玛和阿琼上课的老师。有时，在课堂上，听到她周围熟悉的耳语声，她会觉得她还是在香港，只有当她离开泊都，走进带有海的气息的潮湿空气中时，她才会放松地叹口气。她快步走过坑坑洼洼的马路，往家赶，希望能看见利亚。

一个月后，当埃玛从学校回家的时候，惊喜地发现利亚在等她。利亚看起来清瘦了，也比实际年龄成熟了，仿佛刚刚得过一场大病。她站在一棵巨大的棕榈树下，头发向四面八方飘舞着。两辆旧自行车靠着树站着。

“我们一个月的丧期过了。”利亚不好意思地说。然后，在埃玛开口之前，她问：“你愿意骑会儿自行车吗？”“愿意。”埃玛答道，很庆幸自己没跟阿琼和宽妈一起去市场。“我去换换衣服就来。”

埃玛跑进家，把背包放到走廊的桌子上，把她的连衣裙换成一套背带裤。从她的卧室窗口，她向外瞥了一眼，确定利亚还在那儿等她。当她看到朋友的黑发，她抑制着兴奋的心情，跑了出去。

“若泽的事，我很难过。”在她们把车推上大路时，埃玛说。当她说出男孩的名字时，她使劲地转着车把。利亚停住，关上大门。她把飘到脸上的头发撩开，慢悠悠地说：“妈妈认为是亡灵在搞鬼。”

“什么？”

“就是个鬼。妈妈认为是鬼魂杀死了若泽。”利亚把她的腿跨过自行车座，当她坐上去的时候，车座发出一声长长的叹息。

埃玛犹豫着问：“你家房子里有鬼？”

利亚点点头。“开始，它带走了我爸爸。现在是若泽。这房子很老了，那些鬼魂不肯走。”

埃玛叉开腿坐在车座上，用一只腿支撑着自行车。“如果你们知道那个房子闹鬼，那为什么还不搬走呢？”

“这个房子是我妈妈的姨婆卡梅莉塔留给我们的。我们没有其他地方可去。只是她的鬼魂不肯离去。”

“但是她为什么要杀害自己的家人呢？”

“妈妈说卡梅莉塔姨婆对我爸爸的态度一直都很奇怪。她会长时间地盯着他，然后会低声说他和妈妈结婚只是为了房子。”

“那若泽呢？他还只是个孩子。”

“若泽跟我爸小时候长得一模一样。所以我妈妈认为卡梅莉塔就因此而不喜欢若泽，不想让若泽再住在这个房子里。”

“那她一定是个很可怕的人。”埃玛说，压低了嗓音。她突然打了一个寒战。她转过身，看着巴尔博扎家那个古老又豪华的大房子。除了需要重新刷漆，它看起来很平常很无害。

“我从没见过她。”利亚说，把脚放到自行车的踏板上，“就在我出生的那一年，她死了。”她转过来，开始滑行。“来吧，咱们比赛看看谁能先到友谊大马路。”

埃玛停了一会儿，消化着那个关于卡梅莉塔姨婆的故事。埃玛不知道这个故事是真是假。但她猜想利亚的妈妈不得不找个借口来解释若泽莫名其妙的死亡。另外，巴尔博扎的房子里有鬼的想法引发了埃玛的想象。她向前望去，利亚已经骑出去了一段距离。突然，一阵冷风从埃玛的后脑勺吹过。现在连早春的花还没有开放，可是却有花的甜蜜芳香弥漫于空中。埃玛回头看了一眼空空的院子，两棵幽影一样的棕榈树像警卫似的站立两旁。她赶紧骑上自行车，使劲地蹬着，希望能尽早撵上利亚。

埃玛和利亚骑着车穿过码头来到了友谊大马路。在下面的码头，她们看到展现在面前的是近乎完整的生活场景：小贩们坐在柳条箱和木箱后面，兜售着各种各样的东西，从带汤的面条到厚厚的瓷茶杯。他们高声地叫着、喊着，希望有人能停下来听他们说几句。渡轮鸣叫着慢慢地靠近狭窄的码头下客。她可以轻易地看出哪些人是从香港来的。他们忧心忡忡，目光茫然，在人群中格外醒目。她想拉起他们的手，领着他们穿过迷宫般的澳门街道。但是她也明白，他们会像她的家人一样，很快就能找到自己的方向。

埃玛身上带了一点戈姨给她的钱，所以她们从一个对她们很友好的小贩那里买了一点椰子糖。那个瘦弱的老人还格外多给了她们一块。“给可爱的和聪明的那一个。”他说着，在她们两人间晃着那枚糖果。埃玛和利亚一人一半分着吃了，从没想过谁是谁。这让她们有了额外的体力骑上大炮台山了。矗立于山顶上的石头建筑是圣保禄天主教堂。一块纪念碑上记载着，这座辉煌的巴洛克式的教堂是 17 世纪由葡萄牙人建造的。其余的礼拜堂，在历经两百年的战争与海盗的侵袭后，被一场大火烧毁。但它的外观依旧是力量与坚韧的象征。埃玛和利亚立即将它认定是自己的,想象着她们穿过它宽大的前门,进入辉煌的教堂大厅的情景。大厅的屋顶高高的,点缀着条条木线,宽大的窗户上镶着五光十色的玻璃。在那一刻,她们沉迷于自己的想象中,仿佛她们可以随心所欲地去往任何地方、做任何事、忘记任何人。

那天晚饭时刻,埃玛的家人和平时每天一样,像一群鸟一样地围桌而坐。随着筷子与碗轻轻的碰撞声,每个人都讲着这一天发生在自己身上的故事。

妈妈和戈姨是跟爸爸那一边的一个远房表姐一起吃的午饭。她们以前从未谋面,因此双方都极为小心地观察着对方。

“她看起来一点也不像罗家的人,骨架大多了。”妈妈说。她左掌心里托着饭碗,另一只手拿着筷子,像拿着魔术棒一样在空中挥舞着。

“可能是像她家里的另一半吧。”戈姨说。

阿琼抬头问道:“你们在哪儿吃的饭?”

“曼德雷斯。”妈妈说。

“吃的什么?”阿琼继续问。

“糯米饭、早茶点心之类的,没什么特别的。”戈姨回答说。

埃玛听着,看到阿琼已把对电影的痴迷转移到烹饪上,感到很欣慰。妈妈筷子间夹着一块薄肉片,一边说着话,一边把肉片安全地放到埃玛的碗里。

然后妈妈把注意力转向阿琼。“我告诉这个表姐你就要从泊都毕业了。她有一个儿子在学法律,以后要做律师。还没结婚。”

阿琼咳嗽了一下,喝了一口茶,把她的半张脸藏在杯子后面。

“我今天下午跟利亚出去了。”埃玛说，迅速地换了话题。她迫不及待地想把卡梅莉塔姨婆的故事说出来。

“嗯……”妈妈回应着，往嘴里扒拉着米饭。她筷子的咔哒咔哒声在房间里响着。

“她妈妈怎么样了？”阿琼问，朝着埃玛微笑着。

“利亚的妈妈认为是她卡梅莉塔姨婆的鬼魂要了若泽的命。”

“哎——呀！”妈妈惊叫起来，“她又给你灌输这些东西了？”她放下饭碗，将椅子推回原位。

“听起来像电影一样。卡梅莉塔长什么样？”阿琼问。

“利亚出生前她就死了，但她一直都不喜欢利亚的爸爸，而若泽恰恰长得跟他一样。”埃玛解释着。

戈姨准备说点什么，但想了想，又把话吞回去了。

“鬼魂喜欢在老房子里游荡。”宽妈忽然插嘴说，从桌上收着空碗。她的舌头轻轻碰触着她的金牙。“人们都是这么说。多数情况下是闹着玩。他们拿起东西然后四处搬动。”

“宽妈，你吓着姑娘们了。”妈妈厉声说。

宽妈把其余的碗筷收好，把它们整齐地放在托盘上。然后她才回答道：“她们知道这些没坏处。沉默会使她们更害怕。”

埃玛经常发现她家人的脸上有一些细微的变化。虽然在澳门不过两年，可是岁月的痕迹在她们每个人的脸上都有了或多或少的显现。戈姨的体重一会儿增加一会儿减少，因为她老是担心着她的针织厂的生意，而且总是在房后的院子里忙碌着。阿琼变得成熟自信，每当在宽妈的指导下学会一道新菜，她的自信就会增加一分。就连妈妈也变了。埃玛发现每当她笑的时候，眼角和唇部就会出现一些细纹。但是埃玛注意到的唯一一个好的变化，是十四岁的她，在身高上已经快撵上姐姐阿琼了。

她们在澳门的第一年，埃玛很少看到爸爸。“爸爸的生意太忙了。”埃玛问了几次，妈妈都会这样说。埃玛知道，随着日本人的占领，万利公司已经不行了，她不知道待在香港公寓里的爸爸如何打发一天天的时光。阿琼说他在保护他们的传家宝。埃玛想象不出他会不会把时间浪费在打麻将和吃饭上。她甚至想，如果不工作，爸爸会不会像尘埃一样被风吹走。

后来她见过爸爸几次，他看起来瘦了许多，头发大多都变白了。她开始记日记，写下爸爸在她生命历程中的变化。仿佛这样写下来，她就能延缓他衰老的步伐。

当她走进他们小小的、外面白灰泥墙的家时，她闻到了爸爸那强烈的带有花香的古龙水味，埃玛知道不管怎样，他们一家人至少又可以团聚一阵子了。

从爸爸那里，她们得到了一些关于香港的第一手信息。“到处是一片混乱。”爸爸一边喝着茶，一边说，“城市的大多数地方还是保留着被炸弹摧毁的老样子，只要是好东西都被没收了。对粮食与燃料的短缺，日本人几乎视而不见。如果不是有三合会经营的黑市，我们真可能会一无所有了。”

听着这些话，埃玛感到嘴里发干发苦。妈妈和戈姨低声地跟爸爸说着什么，阿琼一直沉默着，她黑色的眼睛茫然地注视着远方。

从奶奶那里听到的关于爸爸小时候的一些故事，好像和今天已是她爸爸的这个男人没有多大区别。他的脑子里总是装满了数字和算术。他擅长计算，从不出错，而埃玛则有时在数学课上出错。他通常的思考方式是数字，而埃玛则是颜色与词句。“你长高了半寸。”他会说，或者：“给我拿两尺那种绳子。”

埃玛经常想，是什么样的机遇使沉默寡言的爸爸和漂亮的妈妈结合在一起呢？她虽然离他们很近，但依然找不到答案。不会再有别的伴侣像他们两人一样，个性如此不同。她爸爸的冷静沉着能使整个房子里喧闹的人群立即安定下来；而她妈妈则热情似火，随时都能燃烧起来。在爸爸的眼中，他们之间的关系一定是加进了正确的方程式，就像加到一起等于整数的两个分数。

在澳门的第二年，爸爸开始每隔几个月就过来看她们。五月末，他回来参加阿琼在泊都学校的毕业典礼。在临时学校拥挤的前院教室里，埃玛和她的家人坐在让人难受的金属椅子上，等着仪式开始。连宽妈也来参加了。她坐在戈姨旁边，手里捧着专门为阿琼熬的金柑汤。

等待中，埃玛倾着身子问她父亲：“爸爸，你自己一个人在香港，平时都做些什么呢？”她手心既热又黏。

她爸爸摘掉眼镜，微笑着。他一直都很瘦弱，但总是整整齐齐，他的头发在三十岁以前就开始变白了。“我照看着咱们的房子，等着你们大家回来。”

“你不觉得孤单吗？”

“和我离开你们在日本的时候差不多。”

“但你在日本的时候有工作做啊。”

“我现在的工作就是保护好咱们所剩无几的东西。”

“你不会再回到日本去，对吗？我的意思是，当日本人离开后？”从收音机里，埃玛听说日本在太平洋附近已经节节败退。

"那得等到时候再说。"他冷静地说,"日本人也不全是坏人。他们也是和咱们一样的人,是他们的统治者要……现在,我们得要安静了,妹妹。你看,你姐姐在那儿。"

埃玛点了点头,向上看去。首先走上讲台讲话的是校长陈太太,然后是穿着黄色袍子的毕业生们。开始的时候,阿琼拒绝穿。"太丑了。"她曾抱怨说。埃玛笑了,把她汗津津的手在她棉布连衣裙上擦了擦。在嗡嗡的低语声中,阿琼冷静而自信地站着。她站在台中央。在白色的光晕中,埃玛发现,即使穿着难看的黄色袍子,阿琼也是那么漂亮迷人。

埃玛的爸爸最后一次回澳门是 1945 年。她正准备跟利亚一起去骑自行车时,听到了宽妈兴奋的声音:"罗先生回来了,欢迎,欢迎。"

那是一个温暖而潮湿的日子,埃玛很高兴爸爸回来看她们。他看起来挺疲倦,但当埃玛拥抱他时,他温暖地笑着。

"妹妹。你很快就可以收拾行李了。"爸爸说。

"什么?"

"回香港。"

埃玛笔直地站着,好像瞬间变成了石头。她已经把澳门当成了自己的城市并喜欢上了它,也已适应了它慵懒的炎热,但更主要的是,她不能忍受要离开利亚的想法。

"什么时候?"稍稍恢复了镇静,埃玛问。

"过来,咱们一起去告诉她们。"爸爸领着她回到家。

他们围着餐桌坐下后,爸爸微笑着继续告诉大家他所知道的所有消息。

“日本人撑不了多久了。香港已经成了他们的烫手山芋。他们永远也统治不了香港。即使是他们自己的宣传工具《香港新闻》,也掩藏不了事实:希特勒在欧洲被打败了,他们正在失去太平洋的控制权。”爸爸看着埃玛和阿琼,“你们可能会比预计的早一些睡到自己的床上了。”

“那咱们什么时候回去?”阿琼先问。

“最多几个月。”爸爸说。

“我可以离开一会儿吗?我想告诉宽妈。”阿琼说。阿琼扫了一眼埃玛,站起来,用手指梳理了一下她的齐肩短发,然后消失在厨房门口。

埃玛想努力微笑一下。联想到听到的所有传言与消息,她知道爸爸是对的。战争的形势发生了变化,日本人没有坚持下去的资源。在洗手间,埃玛往脸上撩着凉水,然后决定去告诉利亚。她注视着镜子,惊奇地发现镜中那张看向自己的脸,满是忧伤与不舍。

八月中旬,广岛和长崎的爆炸宣告了战争的结束。罗家人兴奋地静静听着广播。最后,戈姨摇着头,大声说:“那些孩子们真可怜。”埃玛试着想象被热浪包围的感觉,想象肉体被熔化的感觉。这种恐怖的想象使埃玛感到深入骨髓的寒冷。

在这个湿润的夏季,当风暴袭击澳门的时候,白昼依然干燥,大海超乎寻常的风平浪静。在平静中,埃玛和利亚骑着车来到码头,最后一次一起来到圣保禄教堂。埃玛努力想把一切都存在记忆中:戈姨的花园里残留的花香、咸咸的带有鱼腥味的空气、闪耀在阳光中的教堂的坚固外墙。看着它高高地、与众不同地矗立在那儿使她感觉轻松,同时又感觉很强大。但终究还是要离开的想法让她难过。与利亚互道再见后，一切都将不同。埃玛不知道离开澳门后会有什么期待，但内心深处她却清楚地知道，她渴望在澳门得到一些在香港得不到的东西。

“进入这些门后，我们能看到什么呢？”利亚平和的声音从空中响起。

“大大的、有木梁的屋顶。”埃玛很快地说。

“还有呢？”

“镶着各种颜色玻璃的大窗。红色、蓝色、绿色，还有黄色。祭坛上放着黄金的圣餐杯，再上面，是一个大大的木头十字架。”

利亚在阳光下闭上眼睛：“对，对，我全都能看到。”

第4章
白日梦 1942—1945

戈姨

很多年来，每当戈姨的思绪回到她少年时在澳门度过的那个夏天，回忆就变得缓慢起来。香港的繁忙与快节奏，被澳门所特有的、像缓慢舞步一样的热带慵懒所取代。香甜的椰子奶、慢火煨出的黑豆粥、葡萄牙语高声尖锐的叫喊、小溪边潮湿而带点霉味的空气、孩子们富有感染力的笑声、清凉的溪水、那钝钝的嘭嘭声……嘭……嘭……

自从为了躲避被日本占领的香港逃到澳门，戈姨觉得对于那个遥远夏天的回忆，就比以往任何时候都清晰而强烈。回到澳门的第一个月，戈姨发现她经常梦见一些早已淡出记忆的东西，她父母的音容笑貌如此清楚地重现梦中，使她常常从睡梦中惊醒。

大多数早晨，她会早早起床，小心翼翼地避免吵醒她表姐坤玲，然后沿着绿茵成行的街道漫步，看着澳门女人和女佣们从市场匆匆往家赶。有时她也会看到宽妈在远处拎着水果蔬菜往家走，一只手拎着一个袋子。即使宽妈看见戈姨,她也不跟人讲,尊重她的隐私,哪怕在公众场合。不然戈姨的这些清晨漫步就没有任何意义了。这是一个人独处的好处,只是静静地看着满目皆是的热带水果和鲜花,静静地呼吸着飘散在空气中的芳香。

伴随着各种清香的气息,她回忆起很多年前的那个夏天:一个小姑娘来到了澳门。虽然外甥女的存在证明着时间的流逝,但戈姨对于那个夏天往事的记忆,却随着岁月的递增变得更加清晰。

二十五年以后,戈姨又与坤玲共享一个房间。每天晚上,当她们躺在床上,听着棕榈树传来的沙沙声响时,戈姨都能感觉到她表姐的思绪已经飘远,离开了丈夫、离开了女儿、离开了被日军占领的香港,飘回到那个让人窒息的午后,尽管她们都未曾提起过。

记忆沉重地压在心头,戈姨耐心地等待着。终于,在一个格外湿热而沉闷的晚上,戈姨听到坤玲在床上辗转反侧,像她一样难以入眠。突然,坤玲低低的沉重的声音在两床间响起:"你还记得吗?"

"当然。"

"你有没有想过,要是那个夏天不和我们一起过就好了?"

戈姨沉默了一会儿。"那是我自己的选择。"她回答。承担了所有的责任。她听到表姐慢慢的呼吸声从她旁边的床上传来,感到浓重的黑暗包围着她们。

"当咱们都停下的时候,我应该让他也停下。他应该会听我的。但是他玩得那么开心,我没想到……"坤玲停住了。

"没人能想到。咱们那时不过是埃玛现在的年纪。还只是些孩子。"戈姨说。屋外,传来蟋蟀的轻声哼唱。

"但我是年龄最大的,我应该知道的多一些。"坤玲说,声音细小而压抑。

戈姨沉默着。她是和坤玲一起长大的。坤玲从小就真诚坦率，无所畏惧。眼下，戈姨被表姐的痛苦打动了。回忆过去却不能去触及曾经发生的一切，似乎很奇怪。这是她们之间第一次谈论那个夏天。二十五年了，沉默在戈姨的心中积聚成越来越大声的呐喊。很多次，她都想拉起坤玲的手，重新回忆过去的那一幕，把这一切都说出来。这样她们就可以让弟弟的灵魂得以安息，她们也能得到解脱。再次回到澳门，回忆好像始终在她们周围盘旋。虽然她们从未真正谈过赛隆的死，但那一切却绝不会从记忆中抹去。

"我们都只是孩子。"戈姨又说了一遍，伸出手指像是要去碰一碰坤玲的手，却只碰触到了薄纱的蚊帐。

坤玲的妈妈有一个小妹妹，这个小妹妹就是戈姨的妈妈。戈姨是她唯一的孩子。坤玲的母亲和戈姨的母亲是同胞姐妹，都是她们外公的第二个太太所生，排行老二和老三。戈姨一直不理解，那么多人如何生活在同一个院子里——她外公、外公的五个太太，以及十七个孩子。戈姨的妈妈和她爸爸结婚后就搬了出去，为此她妈妈很高兴。她爸爸拥有一个卖米面的商店。也许，这就是为什么戈姨的妈妈总是很珍惜独居时光的原因吧。经常可以看到她坐在后院，安静地织着东西，唇间总是藏着平静的微笑。"安静是你爸爸给我的最大礼物。"在过去的很多年里，她经常这样对女儿说。

戈姨不知道她妈妈是否也希望同样的事情发生在她身上——一个能慷慨地给予她这种特殊礼物的丈夫。如果是，戈姨的妈妈把这想法藏了这么多年，却从来也没有说出来，怕伤害到戈姨或破坏了她的命运。戈姨从她那里知道，沉默有时可以是一种仁慈。

戈姨刚刚十二岁时，她妈妈对她说，戈姨被邀请去澳门过暑假，同去的还有她姨妈和姨父、坤玲和她的两个弟弟，去待一个月。戈姨花了几天的时间来平衡，既希望看一看澳门，又不想离开她的父母。

孩童时代，两个表姐妹像亲姐妹一样亲。坤玲比戈姨大两岁，更漂亮一些，但戈姨却被赋予了身高与才智。事实上，在她十二岁时，戈姨就已经和很多男人一样高了。戈姨的妈妈说，是她做的那些营养丰富的好汤让戈姨身材颀长，戈姨听了自然很高兴。她总算有一样东西能盖过她表姐了——坤玲永远都得抬着头看她。

可是，尽管戈姨的身材很高，每次她们争吵时，占上风的却总是坤玲。毕竟她有优势——有两个弟弟。戈姨天性腼腆，耐心平和而且勤奋好学——这些都是她父母喜欢的品质。身为一个女孩，她很少说话，经常由于不会说话而被坤玲的两个弟弟取笑。

"我没听到你说什么。"赛隆奚落她。

"你说话了吗？"桐桐更不甘示弱地取笑。

这使戈姨更加窘迫，也更加安静。"我……"她说。

"我……什么？"他们追问。

"别烦她。"坤玲命令着，她白白的胳膊交叉着放在胸前。

"别烦她。"他们模仿着。刚一说完，他们就跑掉了。以自己的方式服从着坤玲的指挥。

他们不能明白的是，戈姨怎么像她妈妈一样，总是能在安静中找到舒适安全的感觉。戈姨从她妈妈告诫她的话里明白："有些话应该藏在心里。你若说出来，有可能会深深地伤害某个人，或者那些话将永远飘散于风中。"

但是在渐渐长大后，戈姨也明白，有些话应该说出来，否则它们就会使内心承受着痛苦的煎熬。现在她想把儿童时代的噩梦说出来，让这一切烟消云散。

这些都是我记得的。每天早上，戈姨走下窄窄的铺满石头的街道时，都这样想。

她记得那个濡湿的炎热午后，当她和坤玲、两个表弟——赛隆和桐桐——穿过院子时，他们的身上都被汗水湿透了。他们本应该在后院玩，但他们经常闲逛到高大的石栗树下，到更惊险刺激的水流潺潺的小溪旁的一个地方冒险。戈姨落在后面。身体的突然长高使她觉得很不舒服。那天早晨醒来，她就觉得骨头一阵阵地痛，心里想着什么时候不再长高就好了。

戈姨听到坤玲从小溪旁叫她，然后是桐桐的声音："这边。"他喊着。

"来啦。"她答道。但并未忙着赶过去。戈姨感觉七月的阳光晒着她的后背和脖子，像一只厚重的手推着她向前。她不喜欢蚊子，也不喜欢潮湿的泥土味和水边的柳树。最重要的是，被爱闹的表弟们围困了两周，戈姨很高兴有这一点独处的时间。

当她走上斜坡，来到表姐表弟们玩耍的岸边时，戈姨很高兴地看到小河边有一些高大的松树。

在凉爽的树荫下，赛隆笑着，指着上面一棵大树，大树的枝干伸展到河面上。"那儿，那儿。"他喊着。他九岁，是家里最小的孩子。他看着他十一岁的哥哥桐桐，桐桐正笑着点头。坤玲站在弟弟们旁边，手放在臀部两侧，向上看着古老的大树。

"你们在干什么?"戈姨问。

"过一会儿你就知道了。"桐桐回答。

他把他宽大的衬衫撩起来，让她看缠在他瘦瘦的身子上的绳子。他把绳子的一头递给赛隆，赛隆绕着他转圈，把绳子从他哥哥的身上解开。

戈姨笑了。不敢相信在这样热的天气里，桐桐会把绳子缠到自己身上。当绳子被放到地上，像熟睡的蛇一样弯曲的时候，他们全都向上看去，寻找最结实的树干好荡秋千。他们周围是成群的嗡嗡叫的蚊子，戈姨试着把它们赶走，但根本没用。

河边有一棵大树，它粗壮的树干向外伸展着，一直伸到河面，他们轮流试着把绳子扔到那个粗壮的树干上。戈姨的身高使她有了发挥的优势，随着咔哒一声，绳子被准确地挂在了树干上。

“阿戈把绳子挂上了。”赛隆高兴地大声叫着。

她站在他们中间，突然忘记了潮湿的气味和大批的蚊子，这是她第一次被表姐表弟全部接受。

“我想第一个玩。”赛隆说。

桐桐把绳子的两端系在一起，脱掉衬衣。“等我试完以后再说。”他说着，然后就把他的一只脚套进了绳扣。他把全身的重量都放在上面，试了一次、两次，以确定绳子能承受住他们所有的人。

“小心点。”坤玲喊道。

桐桐又拉了一次。然后他把绳子尽可能地拉到最远，达到小山的斜坡，跨进绳套里，向岸边荡去，身体渐渐浸入离他们不足十尺的小溪。

整个下午他们都在轮流荡秋千，以完美的节奏上上下下地悠荡着。戈姨刚开始很犹豫，但最后还是被坤玲和桐桐说服，决定试一试。

“别害怕。河水不会伤害你。”他们鼓励她。

“我不害怕。”她说，尽力保持声音的平稳，以驱赶任何恐惧的迹象。

当绳子荡起来，她的长腿一接触到清凉的河水，戈姨就兴奋起来。胜利的喜悦取代了恐惧和炎热。她迫不及待地要再次尝试。

戈姨一直觉得那一个下午很完美、很和谐。她、坤玲，还有桐桐最后都筋疲力尽地躺在小河旁的山坡上，身上的衣服都湿透了。他们笑着，绞尽脑汁地想如何能悄悄地溜进家门，换上干爽的衣服，而不被大人们发现。

是那一声短促而突然的叫喊改变了这一切。那声叫喊更像是嗓子里的一声号叫，就像人们听到受伤的动物发出号叫。他们迅速抬起头来，正好看到赛隆坠落。他的脚从绳子里脱落，他的两只胳膊伸向两侧，上下舞动着，好像真会飞一样，然后重重地摔在岸边。瞬间，戈姨九岁大的表弟就纹丝不动地躺在了岸边，一半身子还在河里。他的脖子可怕地扭向一边。桐桐疯了似的爬下斜坡，坤玲站起来，开始哭。开始是轻轻的哭泣声，后来他便放声大哭。戈姨紧随着桐桐尽快地滑下堤岸，蚊子在耳边嗡嗡着，像坤玲的哭声。

随之而来的很多天，大家都不说话，被蚊子叮咬的红包消失很久了，大家还是沉默不语。痛苦与震惊使戈姨和坤玲总是迷迷糊糊地想睡觉。但几个小时后，她们又会醒来，像睡前一样疲倦而憔悴。在那些还算清醒的时刻，戈姨听到隔壁有咚咚的撞墙的声音。“你这样会伤了自己的。”她听到姨妈在央求着桐桐。声音停了片刻，然后又有节奏地再次响起，最后她在响声的陪伴下，睡了过去。

多年后，赛隆的死成了一个静静的记忆，成了藏在脑子里的一丝阴影。

“孩子永远不该死在父母前面。”坤玲有一次对戈姨说。那时她弟弟死了很多年了，而她刚生完阿琼没有多久，她们欣喜地看着襁褓中的阿琼。

“是不该。那样太残酷。”戈姨说。

阿琼刚睡着，她的嘴在睡梦中还在吸吮着。

“我也会死。”坤玲说，把盖在阿琼身上的粉色毯子抚平。她是在经历了很多次的失败后，才把这个孩子带到了世上。

“别说这种倒霉话。”戈姨低声说，希望上帝没有听到——生与死之间的这条线太脆弱了，轻易就会断掉。

戈姨的父母是在1933年去世的，两人去世间隔不到十个月。戈姨那时刚二十八岁，在她爸爸的店里工作。爸爸的死很突然，是心脏病，没有任何预警。她妈妈的癌症则发展得很缓慢，使她有时间照看生意，也使她妈妈有机会对女儿多说一点话，比她一生所说的还要多。

一天晚上，吃饭时，她妈妈长久地注视着她，却什么也没说。

“怎么了？你觉得疼吗？”戈姨着急地问。

她妈妈微笑着。“留下你孤单单的一个人，我感到很不放心。”她最后说。

戈姨觉得嗓子被什么东西堵着。“不会啊……还有坤玲和那俩姑娘呢。”她只能这样说，尽管她想的是：我的一部分也将随你而去。

她妈妈抬头看着她：“你和她们不一样。你比她们坚强。你那么高那么独立，就像竹子一样。但还是不应该孤单单的一个人。”她妈妈往她碗里夹了一些带苦味的芥菜。“我的话你别往心里去。我说得太多了，老了。”

戈姨牢牢地记着妈妈说的每个字。它们寥若晨星、珍贵无比，她把每个字都像珠宝一样珍藏着。

在澳门，她们每个人都开始疗伤。离开香港，摆脱了日本士兵留给她们的恐惧，埃玛不再做噩梦，戈姨和坤玲也不再一听到点动静就疑神疑鬼。就连宽妈也不再那么焦虑不安，她每天都开口笑着，那颗金牙闪着亮光。

最重要的是，戈姨高兴地看到，随着阿琼每天在厨房里和宽妈一起做饭的时间越来越长，她已经逐渐地蜕去了身上的壳。在厨房里，阿琼又开始充满生气。她拒绝提起那天她晚归及受惊吓的原因。从那时开始，阿琼选择了深深的完全的沉默。那晚以后，戈姨意识到：在很多情况下，人们会不明所以地轻易地就失掉一个孩子。

她们刚到澳门的时候，坤玲想把她看到的阿琼的"愚蠢的烹饪行为"画上一个句号。戈姨尽可能长时间地管着自己的嘴巴，但终于有一天，她拉着表姐进了她们共用的小房间，关上门，把她们一起关在充满了一千零一夜香水和露华浓香粉的芬芳之中。她们再一次各持己见，再一次唇枪舌战。

"她不应该待在厨房。"坤玲说，"像个用人似的去切黑蘑菇、切莲藕、切葱！这不行！我必须得制止。我真庆幸罗兴没看到他女儿这个样子。"

戈姨走到卧室窗前。她知道罗兴根本不会在意这个。戈姨不喜欢她表姐利用她从社交圈子里学到的做作行为，来表现得好像她比别人都高出一头。

"这对她有好处。"

"有什么好处？"坤玲厉声问。

戈姨转过身来对着表姐。阳光下，她能看到表姐前额上的条条细纹。"这是一种技能。不论是对她自己，还是对她的家庭，她都会终生受用的技能。”接着，戈姨用轻柔但坚定的嗓音，字斟句酌地说：“在这件事上，你一定要保持沉默。阿琼现在需要一些东西来转移注意力。在厨房里干点活对她没坏处。”

坤玲回头看着戈姨，眼睛湿润了，泪光闪闪。“我想你是对的。”她终于说，“这只是一个过渡阶段。”

以后的几天里，阿琼继续在厨房里和宽妈一起忙活，坤玲经常发出长长的叹息，不耐烦地摇着头，但却沉默着，什么也没说。

慢慢地，她们都了解的阿琼又回来了。一天下午，坤玲在美丽华大酒店玩麻将，埃玛在隔壁利亚家，戈姨听到从阿琼的房间里传出一些声响。房门虚掩着，她偷偷地向里面看着。阿琼坐在镜子前，热情地对着镜子中的影像说着什么。

戈姨敲了敲门。“你在干什么？”

阿琼从镜子里看着她，微笑着。“我正在观察我说不同台词时，脸上的表情变化。你看这个：我恨你！”她对着镜子说，“你看到我的眉毛向上提了多少，鼻孔张大了多少吗？”

戈姨笑了。“再做一遍。”

“我恨你。我一直都恨你！”

“你说得对。”戈姨表示同意，挨着阿琼坐下。

阿琼离镜子更近一些。“面部表情可以表达那么多东西，真是有趣。”

“或者也可以面无表情，不露声色。”戈姨看着镜子中阿琼黑亮的眼睛，一直看着。

“或者也可以面无表情，不露声色。”阿琼重复着，将目光移开。

在澳门的日子里，当坤玲忙于下午的麻将时，戈姨则用来读书或打理房后的小花园。说是花园，其实它不过是方形的脏兮兮的一小块菜地，里面长满了灌木，但是戈姨倾注自己的心血整理着。它在戈姨的侍弄下长满了植物，这些植物像阿琼和埃玛一样地茁壮成长着。她有时不敢相信她的外甥女们长得那么快。不久，她们就会有自己的婚姻和她们自己的家庭，她们会离开家、离开父母、离开她。戈姨不再担心她的针织厂的生意。她们在澳门待的时间越长，它的损失就越小。她知道日本人不会放过她的生意。他们会偷走他们想要的一切，然后毁掉其余的东西。但每当这些思绪集中起来烦扰她的时候，她都会把它们赶走，不让失望包围她。反正现在她除了做最坏的打算外，对其他的都无能为力。

与此同时，她每天都在院子里深挖黑土，并根除杂草、蒲公英及灌木。到春天，她要让院子里再次春色满园。

三月的一个凉爽的早晨，戈姨很早就来到院子里工作。她没想到会有人来，所以当她听到埃玛轻轻的脚步声从房子那边过来的时候，很吃惊。她的腋下，夹着速写本，她最近正在练习画画。埃玛找到绘画来宣泄她的情感与热情，使戈姨感到非常欣慰。有时，戈姨害怕阿琼戏剧性的行为会给她的小外甥女罩上阴影。

“我以为你去骑车了。”戈姨笑着说，抬起胳膊挡着早上的阳光。

“晚一会儿再去。利亚和她家人得先去教堂。”埃玛放下画夹，在戈姨身边跪下，“你在干什么?”

“准备种花。”

“我可以帮你吗?”

戈姨笑着：“当然可以。给你这个。先挖坑。”她递给埃玛一把铁锹。

“我可以问你点事吗?”埃玛拿起铁锹，试了试它的边缘。

“当然。问什么都行。”

“妈妈最小的弟弟长什么样？我看有一张家庭照里有他，但妈妈只是告诉我他在很小的时候就死在澳门这里了。”

戈姨非常震惊，她蹲在埃玛身边，在土里挖坑，回避着埃玛的目光。感觉一阵突然而至的冷风吹向颈部。

“那是一次意外，发生在我们经常玩的小河边。突如其来的意外。”她最终实事求是地回答。

“你和妈妈都在场吗？”埃玛手上忙着挖坑，眼睛却看着戈姨。

“是，我们都在。”戈姨站起来。她把耷拉到眼睛前的一缕头发拢到后面，“你桐舅舅也在。我们都在那儿游泳。”

“他是被淹死的吗？”

“我们用绳子从树上荡到河里玩秋千，他从绳子上掉下来了。”戈姨感到一种奇怪的如释重负的感觉，仿佛有人愿意替她背负这一切。“他摔断了脖子。”

埃玛更紧地捏着铁锹把。“那妈妈为什么从不谈论他。如果能让他的灵魂活着不是更好吗？”

戈姨微笑着。她再次意识到，十三岁的埃玛不比她当时的年纪大多少，但她却聪明很多。“在漫长的时间里，我们只知道如何避免去说这件可怕的事。我们目睹它发生时，还都太小。等到我们长大时，它已经被埋在了记忆的最深处。”

“那既然又回到了澳门，”埃玛又开始挖土的时候，问道，“你有没有想起过他？”

戈姨点点头。“一直在想。他崇拜你桐舅舅。他是个早熟的孩子，总是精力充沛。你一定会喜欢他。”

“他没有机会长大，真是太可惜了。”

“是啊。要是能知道他长大会是什么样子，那该多好啊！”戈姨笑着，抬起头向上看着。阳光刺得她眼睛疼，有好一阵，好像所有的东西都在阴影里，看不清。

“他有可能会成为一个用手创造价值的人——设计师、建筑师或工程师。”接着戈姨又弯下腰，用手指去挖土。“我们沉默了太长时间。或许现在应该让他的灵魂安息了。”

“我觉得你实际上已经这样做了。”埃玛笑着说，然后她坐起来，“等院子里开满鲜花的时候，我会画一张画给你。”

戈姨把她沾满泥土的手放在埃玛的手上，笑着说：“我一定会非常喜欢并会格外珍惜。”

那天晚上，戈姨再次梦见了赛隆。她看见他的脚又从绳子里脱落，但他没有掉下来，而是在浓重的夏日空气中，向上飘着，笑声朗朗，轻松愉快。

第5章
野火春风　1946

阿琼

阿琼的卧室门嘎吱地响了一下，被推开了。她转过身来，看到她十五岁的妹妹走了进来。“你本来应该先敲门的。”阿琼说，转过去看着镜子。

“对不起。”埃玛说，扑通一声坐到阿琼的床上，“你要去哪儿？”

“出去一下。”阿琼答道，抬头看到她妹妹正在注视着她。

阿琼发现，不知从什么时候开始，埃玛的这种注视使她感到浑身不舒服。和埃玛九岁时，看着她装扮起来去要账时不一样了。那时，埃玛的眼睛里充满了好奇与崇拜，阿琼只想保护她。自从她们从澳门回到香港，她就猜不透埃玛的脑子里都在想什么，她现在的这种注视使她很紧张。

“去哪里？”埃玛问道。

阿琼拧开一个装乳液的罐子。“格劳斯特饭店。”她答道，将目光移开。

阿琼一边为下午出去约会而装扮,一边在想电影《劳拉》里的演员吉恩·蒂尔尼。阿琼希望能在同样神秘的氛围里,让男人们去发现劳拉的真实身份。*让他们不停地猜*。她自己想着。但最近,阿琼厌烦了表演,她正开始经历着一次次约会,尽管有时她并不掩饰对此的漫不经心。通常情况下,她会伸手拦下一辆出租车,跳上车,然后对她的约会对象说:“你不上来,是吧?”以此宣告晚间活动的结束。

有时,阿琼很疑惑,她要如何才能跟上妈妈对她的所有期望:无尽的事先安排好的约会名单,快速审查妈妈麻将成员里的一个个“新阿姨”,以及她们令人无聊的谈话。这些谈话通常都会引向诸如完美婚姻造就良好家庭之类的话题。

上个礼拜,妈妈回家,带来了另一个婚姻候选人。“春太太的儿子就要从美国回来了。你还记得他吗?我记得你是在六七岁的时候见过他。现在他就要从哈佛毕业了!春家是第一批在山顶居住的中国家庭之一。战争前,他们是不允许中国人在那儿买房子的。”

阿琼笑着,保持着沉默,听着妈妈滔滔不绝地说着,像电影开演前的观光片。所有的最好的条件都已经列出来了。想到春太太及那些太太们都说了她一些什么东西,她不禁感到一阵战栗:*她像她妈一样是个美人儿……想一想孩子会多漂亮……她们说她跟英教授学过诗歌……*阿琼知道妈妈每周的麻将游戏主要集中在谁家有钱、谁家的儿子要做律师等事情上,好像那就可以保证她会爱上他,或者他就能成为一个好丈夫。尽管阿琼没有她妈妈那样的社交野心,但她也尽量顺着她妈妈,出去看人并把自己给别人看。

有时妈妈事先安排的约会对象很不合阿琼的口味——比如妈妈的麻友赖姨那自以为是、像庞然大物一样的外甥。那天晚上,阿琼带着埃玛和他一起去看电影《疑云重重》。

“坐这儿。”阿琼甜美地说，有策略地将埃玛安排在他们中间一个豪华的、带红色靠背的座位上。

“但是……”那个外甥抗议着。

“她眼睛不好，”阿琼快速补充道，拉着埃玛坐下，“从这儿她看屏幕会清楚些。”

外甥沉重地坐下，开始大声地嚼着李子干。阿琼感到埃玛的胳膊肘轻轻地碰了她一下，为了忍住咯咯的笑声，这是她们唯一能做的。

后来，当阿琼和埃玛回到家后，阿琼模仿着刚看过的电影里玛娜·洛伊的表演，面无表情地说：“啊砰！又一个谋杀!”她说着，捂着心口，躺倒在床上。埃玛放声大笑。

在二十岁的年纪，阿琼对婚姻的话题很反感，虽然她知道妈妈是担心她的将来。自打从澳门回来，几个家境好的男孩子都约过她。但几个月后，每个人都变成了可以一起看个电影或喝个茶的朋友。她没有把他们任何一个人当作结婚对象。他们大多娇生惯养、幼稚无知而且游手好闲。没有一个能让她为之倾心，像她在电影里看见的那样。

阿琼通常和朋友一起在香港饭店喝茶，或者坐在电影院里，梦想着成为好莱坞的演员。浪漫奇遇像音乐一样在她脑子里反复唱响。她把自己想象成聪明漂亮的女主角，与埃尔罗·弗林或蒂龙·鲍尔演对手戏，被鲜花、香水、葡萄酒包围着，感受着电影中的情感世界。她觉得爱似乎都应该是那样的。想起这些，咀嚼着爱的浓烈，她的双腿已软弱无力。

阿琼把乳液罐及香水瓶都推回原来的位置。在镜子中，埃玛的目光一刻不停地追随着她的每一个动作：她修剪眉毛，将它们描成完美的弧形，然后用纸巾将眼角擦干净，又用纸巾吸了下深红色的唇膏。

“你喜欢这个眼影吗?”阿琼问,打开了一管眼影。

埃玛耸耸肩:“还行。”

阿琼用小手指尖在她眼睑处画上淡淡的蓝灰色的眼影,梳了梳黑色的头发,它们又长又亮,正好到她的肩膀。她研究着她妹妹在镜中的影像,思考着如果擦一点眼影,她妹妹看起来会怎么样。埃玛梳着男孩子的发型,没加任何修饰,看起来不像有十五岁。她的肤色依然很好。阿琼把头发拉到后面,把它们梳成发髻。不行,她觉得,化妆只会使埃玛的脸变得更圆、更没有生气,会显老,就像她是姐姐。尽管有时她的行为表现得确实如此。

阿琼记得在从澳门返回香港的渡轮上,埃玛如何替她着急、担心。那是差不多一年前,1945年的9月,日本投降后。阿琼表面装得若无其事,但内心里很纠结,不确定等待她的是什么。当她们进入沉默的港口,看到灰蒙蒙天空下高楼大厦的阴影时,她心里的不安更加强烈。

香港像是一位蹒跚的老人,炸弹造成的损坏甚至比阿琼记忆中的还严重。港口像进入睡眠状态一样,到处是沉船的残骸和残破的金属片。黑色的水面上,看不到一条游动的船。踏上码头,阿琼试着不去呼吸这死气沉沉的空气。她抬头向上,看着处在一片死寂中的维多利亚山峰,直想哭。曾经高大宏伟的大楼现在看起来都暮气沉沉、倦怠不堪,在碎石与瓦砾中显得极为荒凉。妈妈、戈姨和埃玛都同样沉默不语。只有宽妈抬起头,低语着:“太多幽灵,太多幽灵了。”

阿琼把最后一个瓶子推到镜前,站了起来。她使劲地咽了口唾沫,感到胃部一阵钝痛。这种疼痛让她担忧,但通常在吃点东西或休息一会儿后,症状就会减轻。停了一会儿,她觉得好了一些,她转过头来对着埃玛，笑着说："我准备好了。"

埃玛抬起头看着她。阿琼又看到一丝好奇的表情从她妹妹的眼里快速闪过。"你不觉得厌倦吗？"

"厌倦什么？"阿琼问，四处找着她的钱包。

"重复着同样的事情，一周周地出去喝茶或看电影。"

阿琼犹豫着，感到一股热流涌上来。她没有想过她的生活是重复的。这只是她结婚前所要经过的一个程序，一条她要沿袭的路而已。妈妈也是这样过来的。"没有啊。为什么？"

埃玛向前倾了倾身子。"世上还有好多事可做，有好多东西可看啊。"

阿琼的目光避开她妹妹的注视："我看得已经够多了。谢谢。战争和澳门已经满足了我的旅行愿望。我很庆幸我们还活着，我们的生活又回到了正常状态。"

"正常状态并不意味着无聊啊。"埃玛说，从床上站起来，"我想周游世界。巴黎、纽约、旧金山……"

"噢，我就喜欢香港这里。"阿琼说，其实她心里想着：*我应该干什么？我在等某个人或某件事的发生。*"我把包放到哪里了？"她迅速地把整个房间看了一遍。

"你不想知道别人都是怎么生活的吗？"

阿琼笑了。"我连我自己的生活都快控制不了啦！"她发现她的包在床头柜上。"我知道有一天你会周游世界，妹妹。"她挤出一丝微笑，"但在那一天到来之前，你还是得上钢琴课，我还是得接你回家。"阿琼快步走过埃玛身边，并在走向门口时，用手在埃玛的脸上温柔地拍了一下。

"你上哪儿去？"妈妈尖细的嗓音突然从走廊传来。

阿琼吓了一跳，站住了。“我以为你已经走了。”

“我今天晚了。”说着她看向洗手间的镜子。

“我出去见几个朋友。然后我会把埃玛从钢琴课接回来。”阿琼小心地回答。她知道妈妈对埃玛在音乐方面的天分很高兴。

妈妈点了点头。

阿琼准备好了回答一连串的问题，继续她们的另一个闲谈。“你去见谁？去哪里？”等等。最近，妈妈经常把阿琼带到一边，用充满自信的嗓音低声和她说话，就像妈妈和爸爸或戈姨商量事情时一样严肃。

但现在，妈妈没说什么，似乎有点心不在焉。“你爸爸今晚会早些回来，所以我希望你们俩都按时回来吃饭。”她往脖子上又喷了点一千零一夜，然后招手让阿琼靠近些。“给你，用点香水吧。男人通常是通过年轻女人身上的香水而记住她们的。你很幸运，有太婆一样的皮肤。你太婆光滑无瑕的皮肤是很出名的。”

“我的皮肤不是很光滑。”阿琼的手指轻轻滑过她额头上的几个星星点点的小痘。

“那只是暂时的。不久就会消失。遇到合适的年轻人后，你就又会光艳无比了。”

阿琼扫了一眼浴室的镜子，看到了妈妈坚定的目光。她胃部一阵紧缩，赶紧转移了目光。

阿琼听到出租车的声音后，就跑下石阶，打开车门，坐了进去。“格劳斯特饭店。”她急急地对面色苍白、长得清瘦的司机说。离开家门，她总算松了口气，又可以呼吸了。她坐在车后座，摇下车窗。还没到四月，但已经开始感到既闷热又潮湿了。车启动后，阿琼松了松旗袍的领子，靠近车窗，让温暖的风包围着她。

当车驶过罗便臣道时——原来日军的岗哨就在这里——她使劲地看着。“就是那儿。”她自言自语着。现在这里只是一个小小的、正方形的水泥台子，所有的木头都被拿走做了燃料。阿琼记起日军占领时期，每次从这里经过都会心惊胆战。她的心一紧。出租车疾驰而过，她禁不住回头张望，以确信那一切都已经过去。

时不时，浓重的夜色和那个记忆犹新的噩梦一起，依旧会缠绕着她，她还能感到日本兵伸向她的冰冷的手。过去的一年里，想起它的次数越来越少，但偶尔她能感到他还在抓着她的胳膊，把她推向墙边，开始撕扯她的衣服。这件事她不能告诉任何人，特别是她的妹妹。阿琼还记得那天晚上埃玛的面部表情，因为惊恐而睁大却显得呆滞的眼睛，她焦虑的提问在黑暗潮湿的房间里飘浮着。

如果她们不是那么快地离开香港去了澳门，如果不是学习烹饪，阿琼不知道她会做些什么。宽妈好像知道她的心事似的，递给她一根她能奉献的救命稻草——她的烹饪技艺。身心和双手都处于忙碌的状态下，使阿琼没时间去回忆那不堪回首的一幕，她的伤口慢慢愈合。她学做的每一道菜都是她必须经历的过程。当成功地学会一道菜后，宽妈就会马上给她另一道菜让她研究——猪肉丝炒泡菜、牛肉炖莲藕、蒸蚝油白菜。有时，蒸汽会使阿琼双眼湿润，眼泪会滑过双颊，咸咸的，滴到她准备的鸡肉或菜汤里。只有此时，她才允许自己流泪哭泣。

偶尔，阿琼依然会溜进厨房帮宽妈切切苦瓜或是做个酱鸡。但这是妈妈一直不喜欢她做的。“那是用人干的活。”她妈妈说，虽然阿琼看不出做饭和收账之间有什么不同。

出租车转上了皇后大道。阿琼看了下表。她觉得有点烧心，但控制住了涌上来的酸水。还不到两点。首先她要在格劳斯特饭店前，见她的约会对象——这是另一次相亲。一个朋友介绍的，这个朋友的哥哥刚从英国学习回来。如果他们的闲谈不占用太多时间的话，他们应该可以赶得上国王影院芭芭拉·斯坦威克主演的《双倍赔偿》的下午场。然后，她会礼貌地请求原谅后离开，去接学钢琴的埃玛。她们可以去喝点茶，还会有点时间去逛逛商店。

阿琼看向出租车外，还是对当局在不到八个月的时间里完全恢复了香港的秩序及生活感到吃惊，街道上又是人流如潮、车水马龙。到处都是新的企业规划的信息，阿琼知道她爸爸也准备投身其中，分一杯羹。妈妈很快地重新恢复了和老朋友们的联系，而爸爸则希望生意能再度兴旺。这次，他说，他要跟战后到达香港的韩国人和越南人做生意。

最让她高兴的是，香港再一次商贾云集。每一天，都有一船船的货物从世界各地涌入香港。从中环的连卡佛高档百货到利源东西街，阿琼喜欢摩肩接踵的街道和售卖各种东西的商贩，从毛毯到香水。她喜欢听小贩们的叫喊："袜子，香水。"很难相信，就在几年前，日本人占领时期，一条破旧的毛毯的卖价竟会是最贵的香奈儿 5 号的十倍。现在，男人女人都在一个个摊位前，从品种丰富的货物里挑选着，然后讨价还价。对阿琼来说，这就像是一个魔术。她喜欢逛商店，就像喜欢看电影。从她出门要账开始，她就有一种饥饿感，好像钱越少，她就越想花钱买东西。

就在她们刚返回香港不久，阿琼就发现了中环的一个小店，专门出售样品鞋。价格非常低廉，她兴奋地跑到戈姨那里去借钱。

"这是一次千载难逢的大甩卖。"站在戈姨那几乎空空如也的房子里，阿琼央求道。除了钉在墙上的东西，日本人把所有能拿走的都拿走了。戈姨忙于准备她的工厂开业，没时间再重新置办家具。

“这些鞋对你来说真的就那么重要吗?”戈姨问。

“是,”阿琼知道这很荒唐,但她无法控制自己,“我说不清为什么,但它们的确对我很重要。”

戈姨看了阿琼好一会儿,然后叹了口气,又借给她一些钱。“不要乱花。别告诉你妈妈。”

阿琼买了十四双鞋回来。它们从平跟到高跟,从真皮到漆皮,有带带的,有带扣的,什么颜色的都有。那晚阿琼回家后,给了埃玛四双鞋。

“你在哪儿弄来的?”埃玛眉开眼笑地问。

“从王子大厦的一个小店里。我从戈姨那儿借的钱。”

“那就是说她那钱又打了水漂了。”埃玛笑着扑通一声坐到阿琼的床上。

“可是你看看我给你买了什么啊。”阿琼递给埃玛一个盒子。

楼下后院,用人们的说话声透过窗户传来,像高昂的、岔了气的歌声在四周飘荡。看着埃玛兴奋地一双双试穿,然后无比珍惜地用奶白色的包装纸包紧,把它们放回鞋盒。一种亲密感和满足感充盈在阿琼心间,就像是曾经分享的童年秘密。

阿琼在格劳斯特饭店前走来走去。她的气愤随着天气的热度在上升。这种无休止的各种预先安排的约会没有任何意义。现在约瑟夫·王已经迟到了半个多小时。在她回避着来来往往的行人,并不时地抬起手腕看表时,那个包着头巾的印度锡克族的门童紧紧地盯着她。然后阿琼停住了,呼吸了一下温暖浓重的空气,转身离开。如果快点,她还可以按时赶到国王影院。

“罗小姐!罗琼!”一声低沉平稳的声音从空中传来。

阿琼犹豫了一下,回过头去,看到一个高高的黑色身影正穿过人群向她走来。她又看了一下表，想到经历过的这些没有结果的约会，她加快了脚步。毕竟，凯特·赫本永远不会容忍一个不守时的人。她心安理得地大步走下大街，再没有回头。在不远的距离外，她听到她的名字被一次次地叫着。它微弱的如音乐般的声音慢慢消失于人群。

看完《双倍赔偿》，阿琼去接埃玛喝下午茶。香港饭店人满为患。阿琼让埃玛排着队，自己去看看有没有空桌子，最后摇着头回来。房间里人声鼎沸。每当有服务生快速走过，都会有银质餐具与瓷器碰撞的清脆声响。他们手里拿着托盘，里面装着茶壶、点心及装着黄瓜鸡肉三明治的盘子。每天的下午茶都会花去两个小时的时间。就像电影里演的，钱可以挣也可以花，婚姻可以挽救也可以破裂，生活可以改变，一切都可在几小时内发生。阿琼总是认为这是中国人从英国人那里学来的比较有趣的一种习惯。

"你的约会怎么样？"埃玛突然问。

"不知道。我自己一个人去看的电影。"阿琼把屋子扫视了一圈。到现在她还没遇到她认识的人，她感到很吃惊。通常总会在人群中看到一些熟人。

埃玛张大着嘴巴站着。"他放了你鸽子？"她终于小声问。

阿琼点了点头，笑着。"开始是。等他来了以后，我又放了他鸽子。"

埃玛笑了，但她还没来得及说什么，阿琼的一帮朋友就急急地向她们奔来。玛丽亚·王，就是阿琼刚才去见的那个人的妹妹，第一个过来。她实际上从来也不是什么亲密的朋友，但她们的妈妈在社交场合彼此认识了，所以玛丽亚坚持让阿琼见一见约瑟夫。当玛丽亚将身子凑近时，阿琼打起精神准备应付。玛丽亚用只有她们周围人能听见的声音，低声说："罗琼，你太可恶了，把约瑟夫一个人扔在格劳斯特饭店傻等着。他回来说你实际上是逃了。"

一阵轻微的疼痛传来，阿琼深吸一口气。她用以前收账时惯用的声音说："约瑟夫说话应该实事求是。"她惟妙惟肖地模仿着贝蒂·戴维斯，简短地说："是我一直在等他。"

"我肯定这是一场误会。"玛丽亚笑着，"可能你们只是彼此错过了。我相信你们互相认识后，你肯定会喜欢我哥哥的。让这种相亲游戏结束吧。我会亲自给你们做介绍。"

"真没有必要。我不认为还有什么意义。"阿琼不能想象，如果因此而不得不经常见玛丽亚会怎么样。

"再给他一次机会吧。我知道这是一个说不过去的错误。"

"哎，看，那边，我们的桌子准备好了。"阿琼说，拉着埃玛就走，"我们肯定不久就会再见的。"阿琼迅速地穿过屋子，对身后的一帮人轻轻地扬了扬手。

阿琼和埃玛还没等进屋，阿琼就闻到了宽妈做的饭飘出的一股蒜香味。她猜宽妈可能是在做糯米饭、生姜牛肉片，她爸爸最愿吃的两样菜。他因为忙于生意很少回家，她知道宽妈一定会不怕麻烦地做些他愿吃的东西。通向外面的大门开着。她和埃玛静静地站着，倾听着。除了从厨房传出的宽妈单调的切菜声，以及楼下邻居家用人在后院的高谈阔论声，房子里无声无息。父母卧室的门关着。如果妈妈已经回来在休息，那阿琼就可以再去厨房帮帮宽妈，而不被妈妈发现了。埃玛去了楼下邻居家，阿琼换上布旗袍，然后蹑手蹑脚地溜进厨房。

"妹妹呢？"宽妈头也没抬地问道。

"她去楼下童家了。你需要帮忙吗？"

"全都弄好了。就等着你妈妈玩麻将回来了。"

“爸爸在休息?”

宽妈点点头。“两个小时前刚回来。”她拿起一只大碗,把它放在她工作的石台上。

从澳门回来后,宽妈就恢复了以前的传统,用讨价还价、以货换货等方式将一盘盘菜肴放到桌上。日本投降后的最初几个月,对罗家而言比日军占领初期还艰难。像大多数人一样,戈姨的家几乎被洗劫一空。爸爸卖掉或以货换货地处理掉他们的绘画、花瓶及珠宝,换取他们的生活必需品和现金。虽然敌人走了,似乎很多食物及燃料也没了。战争使每个人都饱受磨难却无能为力。开始,国外有一些支援缓缓地进入香港,但越来越多的大陆难民流入这个百废待兴的城市,寻求食物及栖身之处。人们步履迟缓,背着重负,无处可去。宽妈告诉阿琼和埃玛,政府大楼前,总是排着长长的千人队伍,等着发放大米或任何可以维持第二天生命的东西。

阿琼发现战乱的这几年,她的老用人又沧桑了很多。她的金牙看起来也不那么闪闪发光了。她的白发越来越多,她也不再试着去拔了。宽妈在她们眼里已然到了中年。阿琼真想把她瘦小、黧黑的身躯抱进她的怀里。

即使在最艰难的岁月里,阿琼也每天都被宽妈的厨房里做出的美味食物震惊着。似乎宽妈的一切都是为了她的食物而存在着。阿琼看了一眼暗红色的、被浸泡在碗里的牛肉片,它们放在准备好的芥菜旁边,等着她敏捷的手指处理;水里还漂浮着像黑色小帽似的蘑菇。阿琼知道它们都会在最后时刻被放进锅里烹炒。通常情况下,一下午的时间就在宽妈洗洗涮涮、削削切切的忙碌中过去。厨房里总是有一些看起来很奇怪的叫不上名字的根茎、叶子,在锅里泡着或煮着,等着宽妈把它们变成一碗美味的汤或一壶可口的茶。

“我把那些给切了，行吗？”阿琼指着那些蘑菇问。

宽妈抬起头来，朝她笑着，又露出闪亮的金牙。阿琼第一次听到妈妈说起宽妈的金牙的故事时，还是个小姑娘，她不知道妈妈说的是不是真的。妈妈说宽妈曾是一个有钱的农场主的四太太。在她十四岁的时候，他看好了她的烹调手艺，娶了她。他给了她很多礼物，包括她的金牙。他其余的太太自然嫉恨着她。有一天晚上她被粗暴地推下床，被捆住手脚、堵上嘴，然后被那些太太雇用的人带到了香港。她被迫离开了她以往所知道的生活，那也是她最后一次见她的丈夫。为了养活自己，宽妈变成了用人，在几个不同的家庭里帮佣。直到来到阿琼的爷爷家，从此她就再也没离开过。

有一次，当她们俩单独在澳门的厨房时，阿琼集聚了所有的勇气问宽妈，她是怎么得到那颗金牙的。

“花钱买的。”宽妈切着菜，回答说。

“怎么买的？”阿琼没有抬头。

“就和其他东西一样。”这是宽妈所有的回答。

阿琼想她可能是指她的烹饪技术，但没再说什么，希望她们做饭时蒸汽带来的食物的香味能使她的老用人松口说些什么。

“哎——呀，天下没有免费的午餐哪。”宽妈突然接着说，“我一直在付我自己的那一份。我有金牙作证。”

阿琼注意到这是宽妈第一次跟她说了一句完整的话。

“我知道。”阿琼低语道。

宽妈拿起刀，开始切竹笋，她说的话伴随着她切菜的声音，有节奏地起伏着。“我爸爸是福建的一个穷农民。家里总是吃了上顿没下顿的。妈妈是个好厨师。她教我如何做饭。主要是用草药和各种根。从地里弄回来的。妈妈能把石头都做成好喝的汤。”宽妈大声笑着。“但还是不够吃。爸爸把他的孩子一个一个地卖掉。我是一个娃娃新娘。太小了什么也不懂。丈夫已经是个头发花白的老男人了。我做饭，打扫卫生。晚上，我给他暖好被窝，等着他。两年后，他病了，不能下床了，又一年，他不能再喘气了。我带着他留下的一点钱离开了。买了一颗金牙。就这样挣的。”

宽妈停住了。她抬眼看着阿琼，笑着，唇间闪过一丝金色的光。在那一刻，阿琼知道了宽妈真实的故事，感觉她和宽妈的关系从未如此亲近过。她看着宽妈将圆圆的竹笋放到陶土碗里。

等妈妈打完麻将回来，阿琼已经切完了那些黑色的蘑菇，她把它们切成新月形，等着和牛肉一起炒。她走出厨房时，听到父母的房间里传来轻轻的低语声，伴着妈妈的一千零一夜飘浮于室内。然后他们房间的门打开了。他们走向阿琼，微笑着。

阿琼以前一直认为她爸爸和妈妈是英俊漂亮的一对儿，就像是中国的海蒂·拉马尔和罗纳德·考尔曼。做姑娘时，妈妈的大眼睛和白皙光洁的肌肤就在香港很出名。阿琼听说，她爸爸在十八岁时，只看了当时十三岁的坤玲一眼，就知道他一定会娶她。三年后，他们举行了婚礼。两人门当户对，家境都很好。

即使她知道他们之间有过隔阂，阿琼依然认为这是她听过的最浪漫的故事之一。在战前，在她们搬到澳门时，爸爸把越来越多的时间花在生意上，而妈妈则待在香港，沉迷于麻将中，试图通过她的社交圈子，给阿琼找一个合适的丈夫。

阿琼拉了一下衣领，抻直了旗袍。在过去的三个月里，她爸爸的头发已经差不多全白了，眼睛也因为疲劳而不再神采奕奕。阿琼觉得自从他试图跟韩国人和越南人建立贸易上的合作关系以来，他就慢慢丧失了他原有的热情与活力。她想跑向爸爸，紧紧地拥抱他。

可她却只是吻了一下他的脸颊。当他抬起右手，轻轻地拍了拍她的后背时，她闻到了他身上古龙水的香味。

“妹妹呢？”妈妈问。

“在楼下。我正想去叫她。宽妈想知道是不是可以开饭了。”阿琼说。

打了一下午的麻将，妈妈没输也没赢，心情很好。穿着一条黑色丝裤和宽松的上衣，她用一只手按摩着她的脖子。“我不觉得饿，倒是觉得很累。今天下午赖姨让她的厨师准备了很多茶点。你们先去吃吧。我一会儿就来。你爸爸已经很饿了。”

阿琼转过身，跟着爸爸来到餐厅，很高兴她妈妈没有提到她身上的油烟味，也没问下午跟约瑟夫·王的约会。

✣ ✣ ✣

第二天午饭前，门铃响了起来，埃玛跑去开的门。当她喊着阿琼的名字时，声音里有一丝惊奇。在门边，阿琼看到了让埃玛吃惊的原因。门边，站着一个她见过的最矮小的女人，被一个用人扶着，手里拿着一大盒巧克力。老妇人比阿琼矮一头，身高和一个九岁大的孩子差不多。盒子很沉，她靠两只三寸金莲支撑着。很明显，她以前被缠过足，现在已成畸形。阿琼绞尽脑汁想：谁会派这样一个弱不禁风的老人来送这样一个大盒子？

“对不起，罗小姐，这是给你的。”老人向前倾着身子，“是王先生送的。”

阿琼赶快伸出手去，拿过盒子，以减轻老人的重负。埃玛站在那儿看着，她的手还抓着门的把手。

“谢谢，请进。”阿琼说，往旁边闪了一下。盒子挺重，阿琼把它靠在身体的一侧，用一只手把着。

老人摇了摇头，谢绝了。离开前她鞠了几下躬，有趣地快步移动着她的小脚离开了。

卡片上写着：

我保证类似事情以后绝不会再发生。请原谅。

约瑟夫·王

埃玛靠在阿琼的肩膀上读着卡片，闻到了佳美牌香皂和椰子糖的香味。“你会原谅他吗？”她问。

阿琼觉得她脖子后的汗毛都竖了起来。“我还没想好。”

三天后，阿琼在卧室里不慌不忙地穿衣服，埃玛冲进来催促她快点。门铃一响，埃玛就跑了出去要好好看一看约瑟夫·王。

自从他打电话预约了跟阿琼的见面，埃玛比阿琼还心急，一直焦急地等着他的到来。为了避免任何混淆或误会，他坚持要到阿琼的家里来接她。“我不会再犯同样的错误。”他在电话里跟阿琼说，他的声音很和顺平稳。

“他那么英俊潇洒，像电影明星一样。”埃玛说，气喘吁吁地冲回卧室。她坐在阿琼的床上，兴奋地滔滔不绝地描述着。

阿琼把她的痦子弄暗，又用手检查了一下发髻，确定每一个发卡都固定好了，然后站起身来，跟着埃玛来到会客室。

阿琼听到妈妈热情的声音：“你妈妈怎么样？”

“她很好。谢谢您。”

"很长时间没见到她了，我得找她出来打打麻将。"

"她一定会很高兴的。"他低沉而冷静地说。

听到妈妈愉快的笑声，阿琼已经可以想象妈妈有多兴奋了。终于有了一个与她大女儿般配的年轻人！阿琼清了清嗓子，舔了舔嘴唇，希望自己是最好的状态。

她最先看到的是他的后脑勺。他背对着她，坐在沙发上。当妈妈抬头看到她时，约瑟夫站起来，转过身，轻轻地低了低头，然后伸出手来。他很高，有一双深陷的黑眼睛，鼻子又高又直。埃玛说的没错，身着黑色细条纹西装的他，像电影明星一样，玉树临风、英俊潇洒。

"罗小姐。"他说。

阿琼握了一下他的手。"王先生，很高兴见到您。"

她感到他的手很温暖。他身上带有麝香味的古龙水让她感到阵阵晕眩。

阿琼试图保持镇静，不去看他。旗袍的领子很紧，她暗自祈祷着，千万不要让汗水透过她红色的丝质旗袍流下来。这种情况在安·谢里登和罗莎琳德·拉塞尔的电影里从未发生过。当阿琼和他一起离开时，阿琼想：与她身边的这个男人相比，就连罗伯特·泰勒也会黯然失色。

与约瑟夫·王约会一次后，阿琼长久以来对他的敌意被温暖与轻松所取代。她终于回答完了妈妈长时间的问询。自从她们从澳门回来，她们母女之间的关系就很紧张。任何一点小事、不同的生活习惯都会引发她们之间的争吵——出来后没有关门、妈妈的长指甲敲击桌子的声响、阿琼忘了将妈妈的化妆品放回原位等等，好像任何一点鸡毛蒜皮的小事都会引来一场口舌之战，伴随着其后几天的死一般的沉默。

约瑟夫·王的到来使她们之间的战火停息下来。他很有气质，有让人愉悦的谈吐风度，阿琼的心里充满了甜蜜的幸福。他开着一辆绿色的宾利敞篷车，车篷可折叠，这辆车可以开到山上。他经常让埃玛坐在后面的无篷座位上。阿琼知道埃玛也很喜欢他，几乎和她一样喜欢他。有一天他们一起去看电影《公民凯恩》，他给埃玛起了个外号"玫瑰花蕾"，逗得她大笑不止。他经常给埃玛带本书和其他小礼物，比如手镯上的吉祥小饰物、袖珍金钢琴、小巧的芭蕾舞鞋等。

阿琼见到约瑟夫后，她胃疼的毛病就不治而愈了，恐惧感也消失了。和他在一起，她感到从未有过的安全与舒心。阿琼努力控制着自己的幸福感觉，害怕一些太显而易见的东西会被轻易夺走。

他们开始约会的一个月后，约瑟夫过来接阿琼去"吉米的厨房"吃饭。饭店里灯光幽暗、寂然无声，他们吃完时，大多数客人已经离去。摇曳的蜡烛闪着柔和的光，约瑟夫谈论着他的妈妈、他的两个姐妹，但很少提及他的父亲——一个很出名的香港商人，妈妈说他就死在战争前。

"跟我说说你爸爸吧。"阿琼说。

约瑟夫把手指支起来放到桌上，身子靠在椅子上。"没什么可说的。他是一个很能干的商人，白手起家建立了现在这个繁荣兴盛的公司。在我们成长的过程中，很少看到他。几年前，他死于心脏病。"约瑟夫停住了，饮了一口咖啡。然后用手指梳理了一下他浓密的黑发。

阿琼避开他黑色的眼睛，甚至他的脸，迅速地喝了一口水。"对不起。"她低声说。

阿琼知道，王家一直在从事餐饮业，约瑟夫的爸爸去世前，已在香港岛和九龙开了几家港式点心店和海鲜酒家。约瑟夫现在在太古大厦上班，管理这些生意。

“不用对不起。他死在他女朋友的公寓里。”他苦笑着说，“连死都没死在一个合适或合理的地方。”

阿琼的手不停地摆弄着放在膝盖上的餐巾。

“作为唯一的儿子，我被送到国外学习，以便接管家里的餐馆生意。我不在的时候，是我妈妈在维持着餐馆的正常运营。我妈妈是个了不起的女人。这就是整个故事。”

与约瑟夫约会两周后，阿琼见过王太太一次。与妈妈不同的是，王太太几乎不化妆，她的头发也没染，自然的灰白色头发使她看起来安静而平和。她说话低声细语，从坐在香港饭店的那一刻起，就对阿琼和颜悦色。她在微笑，而阿琼的手心却在她的微笑中汗津津的，唯恐说错话或做错事。“她喜欢你。”约瑟夫在送她回家时，小声说。她希望他说的是真的。阿琼呼吸着带有甜蜜气息的空气。他俯过身子，一次次地吻着她，并将手在她身上移动，最终放到她左胸上，她感到车里温暖而窒息。

沉浸在回忆中，阿琼变得很虚弱。“可以走了吗?”约瑟夫问。他站起来，朝她伸出手，她伸手握住了。

在三个月的时间里，当阿琼和约瑟夫到浅水湾饭店喝茶、去国王或皇后影院赶着看最新的好莱坞电影时，他们成了引人注目的一对儿。他们像明星般英俊漂亮，他家族的餐饮事业，也足以引起谣言与关注。阿琼也知道绯闻像传染病一样，被那些有钱又有闲的人迅速传播。阿琼开始理解家庭联系的价值。尽管她家已不再算是富人，但她妈妈依然是香港上层社会重要的一员，而且这种地位由每周三次的麻将游戏巩固着。

到了六月初，阿琼知道妈妈在祈祷着，希望王罗两家能够早日缔结姻缘。每天早晨吃早餐时，妈妈都会不经意地提起她从自己的婚姻中吸取的经验教训。“结婚后，如何持家有序就取决于你自己了。合适的、靠得住的用人是最基本的。为什么这么说？想一想吧，如果没有宽妈，我们会怎样？”阿琼始终没说话，她知道谈论这些事情还为时过早。但在她心中，她几乎可以确定他们会携手走入婚姻。她家人都喜欢约瑟夫，他对阿琼也很慷慨、很好。只有宽妈保持着一种距离，从厨房的安全区域观察着。妈妈很兴奋，但竭力控制着不跟麻将桌上的朋友们谈论太多。关于罗家和王家联姻的小道消息依然在香港岛流传。

八月份的天气，热得让人无法忍受。弥漫于空中的湿气化成一行行泪水顺墙而下，使卫生间的毛巾都散发着一股酸臭味。偶尔，热带风暴袭过，留下濡湿的热气，使人们汗流浃背，衣服黏在身上，湿漉漉的很难受……埃玛给利亚写信、读书或者练习弹钢琴，阿琼如果不与约瑟夫出去，就会坐在电话旁等他的电话。

在湿热难耐的几周里，阿琼觉得他们的关系进入了一个新的转折点。她几乎不敢相信他们在一起已经六个月了。当约瑟夫在影院里拉着她的手，或在夜晚将尽时一次次吻她，手在她身上游弋着，低声耳语他爱她的时候，她觉得他们的关系从未如此亲密。不与他在一起的时候，她度日如年，和他在一起，时间则快如闪电。这是阿琼一直梦寐以求的爱情：电光似火、热情如炬，她感受着那种她从众多电影中看到的燃烧的激情。

九月份，一场突然降临的瓢泼大雨使暑热慢慢消退。通常这对台风季节的开始有很重要的意义。阿琼对这些迹象了如指掌。天空乌云密布，空气沉重而阴暗，把一切都包围在一片闷热而神秘的静默中。然后天空打开，温暖的雨以复仇的姿态落下，伴随着连续几天几夜的狂风。每年这个时候，阿琼都会屏住呼吸，希望大风不会太剧烈。她记得有一次他们家的窗户被大风刮开，埃玛的每分钟78转数的肖邦和巴赫的唱片被刮到墙上，摔碎了。但今年，风好像没有那么厉害，这让阿琼的心情好了很多。

"约瑟夫今晚带你去哪儿?"早餐的时候埃玛问，她的声音里充满了兴奋。天气又晴朗了，屋子里也亮了起来。

阿琼看着她，笑着。那个小埃玛又回来了，天真无邪、充满好奇，就是她曾经看着阿琼装扮成大人去要账。"去赛马俱乐部吃饭。"

"然后跳舞?"

阿琼笑了。"也许吧。"

埃玛安静下来。

"怎么了?"

"我正在想，等你和约瑟夫结婚了，我也离开了香港，咱们就不能经常见面了。"

阿琼从桌子边站起来。"好了，我不会明天就结婚，你暂时也不会搬到任何地方。"她倾过身子轻轻地吻了一下埃玛的额头。

皇家香港赛马俱乐部又全面开放了。饭店一直开着，有很多地方用的还是日本的管理体制，从日本的炸弹袭击中幸存下来的狭长的马棚又一次爆满，每个星期六都有一次赛马比赛。这一礼拜的其他夜晚，中国和英国的就餐者们，在赛马俱乐部慷慨款待家人和客人，把酒言欢、开怀畅饮。与香港其他任何商业企业一样，一两个饭店总是不可或缺的部分。自从阿琼跟着宽妈学习烹饪，现在又跟约瑟夫约会，她懂得了饮食在各个领域、在中国人心中的重要地位。

几乎每次阿琼和约瑟夫进入饭店时，都会有人窃窃私语，然后似乎一切都慢了下来。不管这样的事情发生过多少次，阿琼一想到饭店里所有人都被她迷住，就像电影里的镜头一样，她就禁不住兴奋得颤抖。

今天约瑟夫吃饭时一言不发。他安静地喝着他的鱼翅汤。阿琼担心他是不是病了。因为他通常都是满脸含笑、侃侃而谈。但今天他闷闷不乐，脸色苍白，这使她相信，开敞篷车对他的身体不利：夏天太热，而冬天则容易伤风感冒。

"你怎么了？"

约瑟夫抬起头看着她，笑着说："我没事。"

"你今晚几乎没说话。"

"我脑子里有太多事要想。"他低声说，"我们想再开一家新饭店。"

"在哪儿？香港岛还是九龙？"

"我还没确定。"他回答说，然后从碗里舀一勺饭送到嘴里。阿琼继续小口地吃着鲍鱼和蘑菇，觉得随着夜色加深，他的精神也越发涣散。当乐队演奏《月光小夜曲》时，约瑟夫站起来，有一会儿，她以为他会邀请她跳舞。

但是，他咳嗽了几声。"我身体不太舒服。咱们早点走，行吗？"

阿琼感觉心跳加快。她心里一遍遍地为他默念着：*请保佑他没事，请保佑他没事。*她感到他的手碰着她裸露的胳膊，他的温暖迅速传遍她全身。她抓起她的包，迫不及待地离开了赛马俱乐部。

阿琼从一开始就知道有什么不对。很明显约瑟夫看起来不舒服。他如果没有像往常一样热情洋溢地吃东西，连宽妈都会一下子就看出来。

第二天，阿琼坐在家里，忧虑重重。一上午也没接到约瑟夫的电话，她想往他家里或办公室打电话。就在她决定要打电话时，约瑟夫的电话来了。阿琼把听筒紧紧地贴在耳朵上。“我没事，”他说，“只是嗓子有点疼。在家里待个一两天就会好。别担心。我明天早上再给你电话。”

阿琼放下了电话，却依然能感受到约瑟夫声音里的温暖。她走回卧室，关上门，试图尽可能长时间地保留他和她在一起的感觉。

❖ ❖ ❖

那天下午阿琼实在是坐不住了。“你想去商店吗?”阿琼问埃玛，“或者，咱们可以去工厂看看戈姨。”

妈妈已经出去玩麻将了，爸爸在开会，宽妈也不知到哪里去了。阿琼感到心神不定，焦虑万分。她厌倦了在屋里不安地走来走去，她必须得找点什么事情做，好让自己不再想约瑟夫。

“当然。”埃玛开心地答着，笑容在她脸上绽放。她从躺着的沙发上跳起来，跑到屋里换衣服去了。

阿琼感觉很内疚，自从她开始跟约瑟夫约会，她就没再注意她妹妹。现在看起来妹妹一直很孤独，等着阿琼什么时候有时间再陪她。埃玛在香港还没找到一个像利亚一样亲近的朋友。她们在澳门几乎形影不离，阿琼知道她们现在还通过书信保持着密切的联系。“利亚可能很快过来玩。”阿琼模糊地记得有天晚上就在她要出去见约瑟夫的时候，埃玛这么说。

就在今天早上，她们在吃早饭的时候，阿琼看到妈妈在盯着埃玛看。长时间的静默后，妈妈低声但严肃地说："你现在应该用点化妆品来突出一下你的特色了。"

阿琼叹了口气，希望妈妈的保媒不会现在就集中到埃玛身上。埃玛有很多其他天赋，比化妆要有意义得多。阿琼感到一阵剧痛袭来，但一想到约瑟夫黑亮的眼睛，想到他跟她说话时，绕梁而至的好听的声音，就又觉得好多了。

十月的热浪使中环奇热无比，空气稀薄，好像所有的东西都静止不动了。阿琼和埃玛走出一间小服装店，立刻被陈腐的、难以呼吸的热气包围。阿琼扫视了一眼街道，考虑要不要买那件刚刚看见的绿色丝绸上衣。就在这时，她看见了约瑟夫。他笑着，紧紧地握着另一个女人的手。而那个女人的脸看起来隐约有点面熟。他们刚从国王影院出来，那里仍然在上映《失去的周末》，阿琼和约瑟夫上周末去看过。她目不转睛地看着他们，眼里蓄满泪水，眼前变得模糊。她迈不动脚步，更不敢相信这一幕。她被击倒了。

她能感到埃玛在拉着她走，轻声地说着什么，但声音太轻柔，她几乎听不清她说的是什么。一整个夜晚，她的耳朵里都是这些低语，一直到最后她才知道了埃玛说的是什么。然后，埃玛说的"不会是他，不会是他的"一遍遍大声地在她心中回荡。

第二天，下了一场倾盆大雨，雨点大声地敲击着玻璃。电话不停地响着，但阿琼拒绝跟约瑟夫讲话。埃玛来到黑暗的、一片狼藉的房间，带着一大束香气浓郁的玫瑰。

"他说那只是他姐姐的一个朋友。"埃玛轻声说，"他根本没打算跟她怎么样。"

阿琼抬头看着埃玛。她的双手紧紧抱着那束玫瑰，又伸出胳膊把花递给她。阿琼摇了摇头。她咳嗽了几声,嗓子又干又疼。“他想要什么?原谅吗?”

“他犯了个错误,想要改正。”埃玛央求说。她摇着怀里的玫瑰。

“我做不到……”

“但你可以试一试。”

阿琼绞尽脑汁地想用合适的词语告诉妹妹,她感到这是怎样的背叛,感到有多么不公平,似乎只有她在遵守所有的规则。可是话未出口,流出来的却是眼泪,接着从她的嗓子里发出一声呜咽。

自从阿琼撞见约瑟夫已经差不多一周了。她从床上起来,无精打采地挪到镜子旁。她脸部浮肿、疲倦而苍白。她的体重也下降了。宽妈熬了一些瘦肉黄芪汤给她补血。她一直伤心流泪,直到眼泪哭干,再也流不出来。

阿琼觉得胃部又开始不舒服。尖锐的灼烧般的疼痛像刀割一样。她咬紧嘴唇,等待着疼痛消失。医生说,在她的胃壁上有一个小洞,有一点溃疡,只要注意休息,合理饮食,不用多久就会康复。阿琼忍着,两手揉着两边的太阳穴,直到感觉她的眼睛不再那么酸涩。

她再一次看向镜子,不知道心里那个冰冷的黑洞是否也会这样轻易地治愈,然后消失。

第6章
玫瑰花蕾　1946—1947

埃玛

在中环撞见约瑟夫两个小时后，埃玛坐在她的房间里，小心地把约瑟夫给她的那三个金色的吉祥饰物从她的手镯上拿下来。最近的一个是上周，在她的十六岁生日时，他给她的玫瑰花蕾。“这样你就会永远都记得我。”他说。现在，她再也听不到他叫她玫瑰花蕾了。她依然能感觉得到他拿起她的手腕，温柔地把金色花蕾系在她手镯上时，他的手传递给她的温暖。

她把粉色棉布旗袍的袖子放下，往上看了看，看到了镜子中的自己。她的脸瘦了，剪短的齐肩长的头发为她增色不少。听到妈妈从高姨家打麻将回来，她放下手镯，立即跑到客厅去见妈妈。

“妹妹，我刚刚看了你们留下的字条。以为你们还在中环，没回来呢。”妈妈说，把她的外套放到沙发上。

“我们看见了约瑟夫。”埃玛开始说，她的两只手绞在一起放在背后。

“那就是说他好多了。很高兴听到这个消息。赖姨说最近有病毒在蔓延。”

埃玛咽了下口水，她嘴里又干又苦。“他和另一个女孩拉着手。”

妈妈的眼睛睁大了，额头上的皱纹变得更深了。“另一个女孩?”妈妈小声地问，“你确定吗?”

埃玛点点头。

“这个混蛋。”妈妈厉声说。

一束温暖的阳光透过窗户斜射进来，妈妈在客厅里来回踱步。她低头沉思着，两手交叉抱在胸前。沉默了一会儿，她漫不经心地把掉到前面的一缕头发拢到后面。她低声说着什么，埃玛没听见，然后她走出客厅，穿过走廊，来到阿琼的门边。她轻轻地敲了敲门，没等回答，就推门走了进去，然后关上了房门。

埃玛犹豫着，然后也来到门边，贴着阿琼的房门偷听。使她感到放心的是，妈妈的声音保持着冷静。

“跟他谈一谈吧。他也许会有很合理的解释。”

“我做不到。”

“为什么? 我不明白。也许她只是一个朋友。”

“她绝不仅仅是个朋友。”阿琼回敬道，“约瑟夫对我谎称生病，却陪着她去看电影。那个画面够清楚了。”

埃玛预计妈妈会大发雷霆，就走开了几步，离门远一点。

但只有安静。然后听到妈妈说：“现在你可能也明白了，咱们女人在这个世界上并不容易。有时你必须收起你的骄傲才能继续往前走。”

“那我就往前走吧。”阿琼的声音沉闷冷淡，毫无热情。

妈妈依旧保持着冷静：“你以为我容易吗? 我们大家容易吗? 我

们要接受我们必须承受的一切,然后尽力而为。抛开那些愚蠢的想法吧。丈夫最后总要回归家庭,回到妻子身边。”

“也许你能接受他这种与别人调情的行为,但我不能。”

埃玛等着妈妈说点什么,可房间里似乎只有沉默,然后是妈妈快速走路的脚步声。埃玛跑到沙发上刚坐下,妈妈就从阿琼的房间走了出来,径直回到自己的房间,房门在她身后咣的一声关上了。

埃玛倚靠在沙发上,想着爸爸在哪里,他什么时候才能结束商务旅行回到家里?

晚饭后,埃玛走进阿琼昏暗的、不通风的房间,关上门。“是我。”她低声说。

“走开。”阿琼无精打采地说。

埃玛拧亮了床边的台灯。阿琼躺在凌乱不堪的床上,她抬起胳膊挡住刺眼的灯光。“约瑟夫又打电话了。”

“告诉他去哄骗别人吧。”阿琼呻吟般地说。

“你为什么就不能跟他谈一谈?”埃玛恳求说,“你应该再给他一次机会。”

阿琼放下她的胳膊。她双眼红肿着问:“为什么?”

“因为每个人都会犯错的。”

“那不是错误。”阿琼提高了声音,“他很明白他在做什么!现在他必须自食其果。”

“如果什么时候你犯错了,我敢打赌约瑟夫一定会原谅你的。他不会让你受折磨的。”

阿琼坐起来,靠在床头上:“我已经犯了错误,也已经受了折磨。”

埃玛的血一下子冲上来。“你真是被惯坏了,就因为每个人都说你漂亮。但你太固执了,表现得就好像你是嘉宝一样。”

阿琼僵硬地坐着，脸色苍白，她双臂交叉着抱在胸前：“你还是个孩子，知道什么？你根本就不懂。也可能是你自己爱上了约瑟夫。那好吧，把他让给你，我就可以摆脱你们俩了。”

埃玛的眼睛像要冒出火来。“你什么时候变得这样冷酷？原来那个阿琼哪儿去啦？”没等阿琼回答，她就转身跑出屋去。

独自待在房间里，埃玛开始在纸上胡乱地、无目的地画画。黑色的画线一条条交叉成模糊一片。她哽咽着，几乎喘不上气来。眼泪顺着下巴，滴到白色的画纸上。她不愿再去试着弄明白爱的矛盾，不愿再去试着理解阿琼。她只希望时间能够倒流，能让她再见到她活泼快乐的姐姐，重新涂上口红，擦上香水，准备去收所有的欠账。

但她自己就没有什么错处吗？如果今天阿琼邀请她出去逛街的时候，她找一个借口不去不就好了吗？那么多作业要做！还有钢琴曲要练习！《简爱》还有一章要读！但是，没有。她一听就跳起来，跑到了中环，却出现了这个结果……回忆带来一阵钝钝的、战栗的心痛。

埃玛从画架上扯下画纸，把它撕成两半，又撕成四半。想到如果一个人不想让你了解她，那你永远不可能真正了解她，连亲姐姐也不例外，她感到一阵恐惧。

周末，门铃再一次响起。埃玛看了一眼手表，然后跑出屋去开门。过去十天，每天的中午时分，约瑟夫都会叫他家的用人陪着他年迈的迈着莲花步的姑姑来给阿琼送礼物。一盒盒的糖果堆放在厨房里。第五天的傍晚，阿琼蹒跚着下了床，把满屋子的玫瑰花收拢到一起，扔到了后院。埃玛知道阿琼制造的距离越大，约瑟夫消失得就会越快。

“给罗小姐的。”年迈的姑姑说，递给埃玛一个小盒子。

埃玛微笑着，接过礼物，看着年迈的姑妈在摇晃，然后靠着用人站住。埃玛永远不会忘记约瑟夫告诉她的关于他姑妈的故事：1911年大革命后，她从汉口来到香港与约瑟夫一家住在一起。随着清朝的衰落，他姑妈的缠足就成了贵族根源的一种恒久警示。没有任何被接受的可能，她就在约瑟夫出生前不久，被送到香港和他们家一起生活。她帮着带大了约瑟夫和他的姐妹们，并为了他们的幸福，甘愿倾其所能。

“谢谢您。您不进来坐会儿吗？”埃玛问。

但和以往每天一样，老姑妈笑着摇摇头，然后转身，在用人的帮助下，慢慢地走下台阶。

埃玛轻轻地敲了敲阿琼的房门，然后走了进去。自从她们争吵后，埃玛还是觉得很难为情，并犹豫着。她拿着用漂亮的红色和金色纸包裹着的小盒，和最新一期的《影视镜》杂志。房间里因为阴暗散发着一股霉味和变了味的香水味。她把窗帘拉到两边，推开窗户，屋里立刻洒满了强烈的阳光和来自室外的喧嚣。然后她转身把小盒子递过去。“约瑟夫的又一件礼物。”

阿琼直直地躺着。她黑色的头发，像网似的铺展在枕头上。“我不想要。”她小声说，“让我自己待会儿。我的胃正难受着呢。”

埃玛犹豫了一下，然后把礼物放在床头柜上。她颤悠悠地坐到姐姐弹性很好的床上，开始翻弄着放在膝盖上的电影杂志。“我今天早上在商店给你买了这一期杂志。他们说拉娜·特纳在《邮差总按两次铃》中获得了巨大成功。这是一部真正热闹的家庭剧。还有一部李丽华的新片《假凤虚凰》，你猜怎么着？加里·库珀告诉非美活动委员会，他要砍掉剧本中的某些部分。”

一丝微笑掠过阿琼的嘴角。这是一个良好的开端，埃玛不会让她姐姐就这样从她身边溜走。“外面天气很好，你想出去走走吗？”

“今天不行。”阿琼转过身去。

埃玛继续着她的单边谈话：“戈姨要带着巴黎最新款的毛衣设计给你看。哦，宽妈想知道你的粥里要不要加皮蛋。”

阿琼转向她，把枕头拖下来，紧紧地抱着。“你就告诉她们我现在什么都不需要。我只想休息休息，好好理理头绪。”

“已经两周了。”埃玛说，恳求着，“我们都想你。”

阿琼眼睛湿润了，她注视了埃玛一会儿，然后闭上眼睛躲避着十一月亮得耀眼的阳光。

✣ ✣ ✣

快到十二月份的时候，埃玛的情绪高涨起来，因为利亚要从澳门过来玩。利亚会在过完圣诞的两天后过来。她们为此已计划了好几个月，即使姐姐的失意也没有减少埃玛的兴奋。随着日期的日益临近，埃玛激动得难以入眠。利亚到达的前一晚，埃玛在餐厅的餐桌前坐到很晚，写下她想带利亚去的所有地方的名字——半岛饭店、浅水湾、斯坦利度假村、石澳海滩及通向太平山顶的有轨电车。

“快把这个喝了，不然你就没精神接待你朋友了。”宽妈说着，从厨房里出来。她把一碗黑乎乎的很难闻的茶放到桌上。

“这是什么啊？”埃玛抬起头，紧了紧鼻子。

“茶。用白花和蛇茅草一起熬的。会帮助你睡个好觉。”宽妈站在她身边等着。

埃玛知道最好别跟宽妈争辩，连阿琼都不再坚持，宽妈让她喝什么就乖乖地喝什么，虽然看起来她姐姐的溃疡似乎总也没见好。

埃玛放下笔，双手捧起碗。这碗茶闻起来像是泥土和甘草的味道，喝起来味道更糟。她屏住呼吸，用三大口喝完了它，然后把空碗递给她的老用人。

"不错。"宽妈说，回到厨房。

睡了一夜好觉后，第二天早上，埃玛叫了一辆出租车到香港码头，等利亚的渡轮到来。太阳出来了，暖风徐徐地吹着，但在她周围，码头的景象像刚被风暴席卷过。

大小船只巧妙地穿行。从世界各地来的船只在水里歪歪斜斜、随风摇晃。埃玛穿过一拨拨的游客走向渡轮大厦时，紧张地看着它们都是从哪儿来的。大厦附近痰迹遍地，空气中混合着尿骚及烟草的气味。渡轮大厦外，人力车排成蛇形的长龙等着下船的乘客，卖糖果和鞭炮的小贩依旧粗声大气地叫卖着。

埃玛倚着大门站着，直到听到那低沉的鸣叫，表明船已到达。

"这儿！"尽管拥挤的人潮中没人注意她，她还是大声地喊着。门一打开，埃玛就四下张望。她突然觉得很焦急。她注视着下船的游客。如果她认不出她怎么办？毕竟她们已经有一年多没见过了。就在她满脑子都是这种想法时，她抬起头，就看到了她茶色肌肤的朋友顶着一头飘扬的头发径直朝她走来。

"利亚。"埃玛的声音盖过了人声鼎沸的吵闹。

利亚张开嘴笑着。利亚的笑抹去了她们去年别离时的忧伤，驱散了阿琼的分手带给埃玛的难过，赶走了埃玛的孤独，也带走了埃玛希望远去的那些日子。

在回家的出租车上，埃玛几乎可以闻到热带鲜花及椰子的香味。紧挨着利亚坐着，她感到在浅黄色的太阳裙下，她朋友强有力的肩膀，发着黝黑的光。在过去的一年里，她们都长高了。利亚的胸部及臀部都已经变得丰满起来，而埃玛的却依旧瘦小而结实，没什么变化。

“你好吗？”埃玛问，突然很不好意思。

“我很好。但你好像一直很不开心。从你的信里就能看出来。不过你没多说。”利亚停住了，抬头仰望着中环的高楼大厦。

“这么高啊。”

“是我姐姐一直不怎么好。”埃玛开始说道，但很快就转到了轻松的话题上。“我有太多的东西想要带你看。我们恐怕没时间睡觉了。”

“我可以等回到澳门再睡。”利亚笑着说。

“你妈妈怎么样？”

当车开始朝山坡上走，经过一个搭满了竹子脚手架的新建大楼时，利亚朝前倾着身子坐着，然后回头看着埃玛：“她还好。卡梅莉塔姨婆再也没来光顾过。”

她俩都开怀大笑，利亚说出的每个字，都像流动的音符，让埃玛开心快乐。

利亚的来访过得太快了，埃玛希望时间能停止不动。她们每天都去一个新地方——浅水湾、斯坦利度假村及石澳。第四天她们一起去国王影院看了《黄金时代》，然后去半岛喝茶。最后一天，她们都起了个大早，以便赶上早班的有轨电车，去往太平山顶看日出。埃玛还希望她们在最后的一天时间里，可以待得尽可能长一些。

通往山顶的大型有轨电车从陡峭的山坡上下来，发出吱吱的声响。埃玛和利亚等在站台上，感到一阵阵颤动。

“你姐姐很快就会没事了吧?”利亚问。

埃玛慢步往前走着。她感到有轨电车离得越近,她脚下的站台颤动得越厉害。“你没看见她,她不单单是因为胃溃疡的原因,还因为她与一个很亲近的人最近分手了。”

利亚摇了摇头:“伤心欲绝。”

“可是她不愿承认。我有时不明白她怎么想的。”

电车在她们面前停稳。车门打开,很多人下车。埃玛和利亚赶紧跑进去抢了座。

“爱情都很让人费解。”利亚继续说,“拥有它时,感觉很沉重;失去它时,还是感觉很沉重。”

“听起来好像你在谈恋爱一样。”埃玛取笑她。

利亚脸红了。“我从我亲戚那里看到了太多这样的事情,所以知道一些。阿琼很快就会好起来的。我敢打赌。”

电车开始往山上爬,很快到达了香港上空。利亚安静下来,她的嘴微张着,聚精会神地看着外面。埃玛则在想时间过得多快啊,利亚返回澳门时,她将怎样的失落与空虚!

山顶上,在电车线路附近,有一家饭店和一间小礼品店。埃玛带着利亚来到山顶的环形路上。

“我们小时候,妈妈和爸爸带我们来散过步。”埃玛转过头说。利亚紧跟着她走在小路上。“我记得大概在我七岁的时候,有一次我们来到这里。那天雾很重。我们就像被裹在一张白色的毯子里。妈妈警告我们说:‘别走远了。现在这里伸手不见五指。’所以我伸直两只胳膊,跟着它们,前面的胳膊很难看清,我就像盲人一样跑起来。还没等我反应过来,我就迷路了。我开始大声哭起来。除了雾蒙蒙的一片,我什么也看不见。我以前从未感到如此孤独无助。接着,我看到有个什么东西在向我靠近，我很害怕，但等它走近了，我才看清是我姐姐，她向我伸出胳膊。阿琼想尽办法在那片浓雾中找到了我。”

利亚笑了：“我也会尽力找到我的弟弟和妹妹，不会让他们走丢的。”

她们走得越远，灌木丛就越多。路两旁，随处可见茉莉花、蓝色小花、月桂、杜鹃，还有亮闪闪的蜡树。这里的空气比城里更清新更香甜。埃玛尽情地呼吸着空气中的花香，意犹未尽。她们继续走着，直到前面的灌木丛中出现了一道间隙，像一扇敞开的窗。俯身看去，整个香港尽收眼底。灿烂的朝阳中，香港展现着它的壮观与美丽。远处，渡轮穿过闪着金光的港口，驶向九龙。

埃玛想起她们曾经在澳门玩过的游戏，转向利亚：“从这里看下去，我们看到了什么？”

利亚抬起手遮挡着耀眼的阳光：“我看到整个世界都在我们脚下。”

✣ ✣ ✣

新年后一周左右，一月初的一天，大家很惊异地发现阿琼按时出现在早餐桌旁。利亚离开已有一周，埃玛还沉浸在失落之中。当阿琼在她对面坐下后，她惊讶不已，手里的甜面包掉到了盘子里。还穿着浴袍的妈妈，下意识地把她的浴袍紧了一紧，仿佛是有不认识的人突然闯了进来。

“早上好。”阿琼说，快乐地跟大家打着招呼。

“早上好。”埃玛说，还是很吃惊。

阿琼已穿戴整齐。她穿着白色的棉布宽松上衣，头发梳成了马尾绑在后面，面色很平静。

“你感觉怎么样？”妈妈问。

“好多了。我感觉不再烧心，我想是火气去掉了。”

妈妈笑着把宽妈叫出来，宽妈正趴在门上往外看，听到叫她，马上端出一碗素粥。“太好了，我不用再走那么远去送了。”她说，把碗放在阿琼的面前。

“能不能换点别的？”阿琼问宽妈。

“再喝一周再说。”宽妈回答说，又消失在厨房。

埃玛倾过身子，把剩下的甜面包慷慨地抹了很多黄油和果酱，递给阿琼。

早饭后，阿琼看着坐在对面的埃玛，说：“咱们出去散会儿步吧。”

“什么？”埃玛不敢确定她有没有听错。

阿琼笑着说：“外面天气很好，出去散散步吧。”

埃玛看了看妈妈，妈妈只简单地说：“别走太远了。”

埃玛什么话也没说，赶紧推开椅子，跑到房间里拿了件外套。

一月初的天气，比往日凉爽了许多。天空一片灰暗，乌云沉沉。阿琼开始走得很慢，但不久埃玛就听到她大口地呼吸着，然后慢慢地吐出。埃玛等着阿琼先说话。

“我今天早晨醒来感觉好多了。”阿琼解释说，“现在是新的一年，我不想再独自一人待着。”

埃玛慢慢地走在姐姐身边，走下干德道，走过戈姨家。埃玛觉得很温暖很快乐。“看到你好起来我很高兴。”

“妈妈对我和约瑟夫分手，一定很受打击。”阿琼的声音在寒冷的空气里飘浮，“她一定希望我是一个男孩……就不用担心我是不是要嫁给一个像约瑟夫一样的人了。”

“她很坚强。”这几个字从埃玛嘴里脱口而出，几乎未经思考，她以前似乎从未意识到她会这样说，尽管她知道她所说的都是事实。

“比我坚强。”

“比咱们俩都坚强。这不是世界末日。你还可以找任何你想找的人。”

阿琼笑着。“我不知道我还想不想找其他人。”

埃玛在她姐姐面前停下。“那你为什么不能原谅他？现在还不算太晚。”

“我不知道。”阿琼往旁边移了一下，又继续往前走，“我开始只是感到很难过很气愤，现在则只剩下空虚。什么都没有了。”

“可能你只是需要更多的时间。”

“我想象不出这会有什么不同。”阿琼加快脚步，“痛苦与愤怒都消失了。什么都没留下。”

埃玛想问：“那么爱情呢？”但她什么也没说。也许到最后，所有的爱恋、难过、心痛，以及愤怒都合而为一，也很难区分了。

✣ ✣ ✣

她们刚转到罗便臣道，阿琼突然跑到路边，招手叫了一辆出租车。“我们去看看戈姨。”她说着，就打开了出租车门，坐了进去。

埃玛犹豫不决。“妈妈告诉咱们不要走远的。你刚刚好一点。”

“快上来吧，”阿琼坚持说，“别扫兴。再说，咱们是坐出租车去，对不对？不管怎么说，我觉得很好了，戈姨看到我好起来，又能四处转，一定会特别开心。”

埃玛不能再争辩。她也不想再争辩。已经几个月过去了，阿琼好不容易才恢复到原来的她。埃玛害怕一点点小事都会把阿琼再次送回到那个阴暗封闭的房间。埃玛跳进出租车，使劲关上了车门。

湾仔区人潮汹涌，到处都是酒吧和大大小小的商店，还有色情表演。霓虹灯在入夜后疯狂地亮闪着，而在白昼则默默地沉睡着。妈妈对戈姨在如此声名狼藉的地区工作很不高兴，但埃玛有一次听到戈姨反驳说："男妓女妓们至少对他们自己的所作所为是诚实的。不像商人和银行家，穿得道貌岸然，却满脸虚情假意。"埃玛记得那次争吵后，妈妈有好几天没跟戈姨说话。

早上的交通阻塞使一切都慢了下来。路边小贩的叫卖声很卖力，汽笛声一阵阵此起彼伏，男女老少挤满了人行道。在车里，埃玛看着阿琼，阿琼则非常平静地看着外面的一切，仿佛第一次看到。即使面露倦色，依然苍白憔悴，埃玛还是觉得阿琼充满魅力。

西风针织厂在一个狭窄的两层楼房里，几乎被日本人完全毁坏。战争一结束，埃玛就跟着妈妈和阿琼一起来帮戈姨清理。埃玛永远也不会忘记戈姨眼里那惊恐呆滞的目光。

"一切都会好起来的。"妈妈说。

但当戈姨打开大门，发现宽大的楼下房间里已经一无所有。"全都没了。"她无力地低语着。

阿琼四处转着，到了屋子的另一边。"我找到了一些纺线。"她说，手里举着一个蓝色的线轴。

"这仅仅是开始。"埃玛乐观地补充道。

只有到现在她才使差点毁于一旦的工厂完全恢复了生产。楼下宽敞的开放空间里，充满了热金属、尘土的气味和针织机有节奏的轰鸣声。埃玛喜欢他们设计的漂亮款式。她站在那里入迷地看着，鲜花和动物图案一点一点地在她面前成形。毛的、棉的开襟毛衣和圆领毛衣挂在架子上，等着包装完后发往世界各地。楼上是戈姨的办公室和存放纺线与图样的储藏室。埃玛快速跑上楼梯，阿琼则慢慢地跟在身后。

埃玛在戈姨的办公室门上敲了三次，直到听到了有些不耐烦的带点生气口吻的"进来"，才推开门走了进去。楼下机器的轰鸣声旋即充塞了整个办公室。

"我们过来看看你。"埃玛唱歌般地说道。

戈姨抬起头笑着："我们？"

"还有我。"阿琼说，走进了办公室，她的胳膊张开着。

戈姨站起身，先拥抱了阿琼。戈姨几乎比阿琼高出半个头。"你好了吗？真是太好了。"

埃玛打量了一下四周——一张标准的写字台和椅子，两把给客人坐的椅子，一张小桌子，桌子上是一只托盘，里面放着茶壶和暖水瓶。莫奈和德加的画被镶上相框，挂在一面墙上。所有的一切都简洁高效。

"还有你，妹妹。"戈姨拥抱了埃玛，"什么风把你们俩吹来了？"

"是我的主意。"埃玛还没来得及开口，阿琼抢先说，"我一直在想……想知道你这里是否需要帮手。我可以帮你做些办公室工作。"

有好一会儿，埃玛和戈姨都很吃惊，谁都没说话。不远处，是机器空洞飞快的旋转声。

"你能过来和我一起工作我当然很高兴。"戈姨靠在办公桌的一角，字斟句酌地说着，“或许再过几周，等你再好一点，你妈妈和爸爸都同意了，就可以了。”

“他们会同意的。”阿琼几乎立刻不假思索地说，“我敢保证。”

埃玛听着机器声，消化着刚刚听到的这个消息。她不知道这是不是阿琼曾经跟妈妈说的宁愿继续前行，也不肯原谅约瑟夫的意思。然后埃玛迷惑着：“难道一个人不值得再多给一次机会吗？”

但她只是笑着点点头，什么也没说。

“咱们去吃点东西，再详细讨论讨论这件事。”戈姨说，“你们俩一定饿坏了吧。”

“去香港饭店吗？”

戈姨笑了。“当然了。咱们得庆祝一下阿琼的康复。”

埃玛重新打开门，再一次让楼下机器的轰鸣声传进来。

那天晚上，在她自己的房间里，埃玛想到阿琼吃午饭时的好胃口，禁不住笑了。她吃了三个猪肉包和两盘米粉。戈姨不许她再吃了，害怕她再生病，又得再次面对愤怒的妈妈和宽妈。她们离开饭店时，埃玛知道她姐姐已经完全好了。从她矫健的步伐、眼里流露出的热情里可以看出来，而这些埃玛几乎都快忘记了。

现在埃玛坐在她桌子旁，拿出爸爸给她的那个镶珠子的黑色漆器首饰盒。她打开两个门，抽出最底层的抽屉。藏在她金手镯和玉坠儿下边的是约瑟夫去年给她的那三个金色的吉祥饰物。她把它们一个个地拿出来——先是小钢琴，然后是芭蕾舞鞋，最后是玫瑰花蕾。她感到它们在她手心里轻飘飘的。

第7章
爱之路　1948

戈姨

坤玲突然靠向椅背，问一起打麻将的几个人："我该怎么办啊？阿琼长得也不难看，但她似乎长着一双男人握不住的手。她总是心不在焉的。"

"别着急，"洪姨带着浓重的鼻音说，"阿琼还有得是时间。她才二十二岁。催她干什么？"

"哎呀！这些宝贵的年华可不能轻易浪费掉。"坤玲说。

戈姨一直安静地坐着，听着她们说话，看着她的表姐和其他麻友都揭起茶碗上的盖喝茶。

宽妈在她们每人面前都放了一个一个小盘子，里面装着花生、李子干、中式牛肉干及虾片等，她们都不时地从盘里拿点什么嚼着。

戈姨是坤玲的嫡亲表妹，也是坤玲的麻友里唯一和她有血缘关系的人。眼下，坤玲四十多岁，她的美丽与她的气质，加上她丈夫罗兴的业务关系，使她成为社交场合一个不可或缺的人物。她和香港最富有的银行家及商人的太太们一起玩麻将,所以也常常应邀参加各种社交聚会。戈姨知道坤玲的固定社交联系正是她表姐为了她女儿的婚姻与前途所迫切需要的。

“现在情况不同了,一个女孩子可以有更长的时间来选择归宿。”高姨接着说,用力拉了一下她无袖的旗袍领子。“咱们那时候,如果十六七岁还没结婚,就已经太晚了,很难再找到般配的人了。现在不一样了,时代变了。战争……”她的声音低沉下来。

“看看我姐姐的女儿阿梅,二十多岁才结婚,现在快有第三个孩子了。而且第一个还是个小子。”胖胖的洪姨拿起一块牛肉干放在嘴里,若有所思地吸吮着,“你改变不了命运的。所以最好还是以静制动,放松些。”

坤玲一直保持着面色平静,不露声色。但戈姨知道她在强压怒火。她嗓子里咕噜了一声算是回应,没再说什么。

戈姨知道坤玲的朋友们都和她表姐一样是老式守旧的人。她们的话都是为了安抚坤玲,帮她保全面子,不过她们对婚姻的看法都是一致的。和坤玲一样,她们谁都不明白,如花似玉的阿琼为什么就找不到合适的结婚对象。

戈姨又等了一会儿。她宁愿保持沉默也不愿说出自己的想法,免得惹得她表姐不高兴,影响她们玩麻将的情绪。

经过了这些年后,戈姨知道总是有一些什么东西横在她和那些人之间,使她与她们融不到一起。首先,是她未曾结婚的现实。岁月冲淡了这个区别,她也被坤玲的太太圈所接受,不过她依然憎恶那些曾经指向她、如今又指向阿琼的近乎一模一样的言论。

其次,还有一个事实是,在快三十岁时,她步入了她表姐曾警告的“一个她没有权利进入的世界”,她创办了自己的针织小企业。她知道她表姐只是为她着急，但那些话语还是使她怒不可遏。只是最近这些年，戈姨才意识到，实际上是恐惧，而不是愿望，让她甘愿为自己现在所拥有的一切冒险。她拒绝别人的同情，拒绝别人可以随意强加给她的一切。

与姓王的男孩分手后的几周，阿琼第一个去找的人就是戈姨。有一天晚上戈姨在工厂里工作到很晚才回家，惊奇地发现阿琼在等她。那时没有什么比见到阿琼更让戈姨吃惊了。

“阿琼，你怎么在这儿？都快半夜了。”戈姨打开前门，递给虚弱不堪的外甥女一把椅子，“坐下，快坐下。你妈妈知道你在这儿吗？”

阿琼摇了摇头。幽暗的灯光下，阿琼看起来比她前晚见到她时，显得更苍白、更瘦弱。她的棉质旗袍和同色系的外套在她身上显得既大又肥。阿琼犹豫了一会儿，然后坐下。“我不想让她们知道我在这儿，”她焦虑地说，“我需要跟你谈谈。”

“当然可以。”戈姨说，拖出一把椅子，坐下，“所有发生过的事，我都知道了。我很难过。”

这是她第一次提到姓王的年轻人。她想给阿琼与她之间制造一点距离。另外，她现在为了工厂的正常运转忙得焦头烂额。

“我不明白为什么……”阿琼开始说，又停住了。

戈姨很快地接口说：“有时人们做什么，或不做什么并没有什么理由。也许他还没有准备好来承担这么大的一个承诺。”

“那他为什么说他爱我？”阿琼颤抖着说。

戈姨拉过阿琼的手，握着。在她的手里，这双手温润而小巧。“我相信他确实是爱你的，但爱并不等于没有伤害。”

阿琼看着戈姨，很久没有说话。戈姨看到她的眼角有几滴泪珠。

“你也是这样吗?”

戈姨放开阿琼的手,坐回到椅子后背。“你什么意思?”

阿琼改变了一下姿势,然后更靠近一些。“有一次我听妈妈说你失去了一个你很爱的人。”

戈姨陷入沉思。记忆中的往事仿佛已经很久远。“我在十九岁时,爱上了一个人。”她笑着,带着忧伤。“他是一个教师,是我们家一个朋友的最小的儿子。他的善良弥补了一切物质上的欠缺。我们在筹备结婚时,他病了。一个月之内,现在知道叫作癌的东西蔓延到他全身。仅仅一年后,他就走了……”戈姨的声音低下来。

后来,有过几个合适的人,实际上是好几个,但再没有一个人能打动她,让她愿意与之共度人生。戈姨知道其他女孩可能会跟其中任何一个结婚,只是单纯地为了结婚,但她不愿这样为了名义上的婚姻欺骗自己。

戈姨抬起头看着她的外甥女:“这件事确实对我伤害很大。”

“我现在应该怎么做?”阿琼喃喃说。

“往前看吧。你的人生才刚刚开始呢。”

阿琼低下头,开始低声哭泣。戈姨伸开胳膊,抱着她的外甥女,把自己记忆深处的东西再次收藏起来。很久以后,等阿琼慢慢平静下来,她们走出房门。温暖的夜空里飘着淡淡的荔枝花香,戈姨带着阿琼朝她家走去。

只有和埃玛或阿琼在一起时,戈姨才能畅所欲言。她们在她心中有着举足轻重的位置。从她们出生的那刻起,戈姨对她们就像是第二个妈妈。有时候,在心灵深处,戈姨会感到寂寞。这种寂寞一直伴随着她,就像她空空如也的房子,永远也不会被填满。但这些年来,看着两个外甥女从小姑娘成长为优秀的大姑娘,她的心里感到慰藉了许多。

戈姨抬头注视着她表姐和麻将桌上其他朋友的脸。听着她们的话语，仿佛每一句针对阿琼的话，也同样针对着她。多少年过去了，这些话却依然有着致命的杀伤力。戈姨屏住呼吸，但她实在不能不说点什么来保护她的外甥女儿，让这些女人有所收敛。

"如果她一直不结婚呢？会是很大的罪过吗？"戈姨一口气说出来。她躲避着她表姐的目光，赶紧把手伸向麻将，那些象牙色的麻将面朝下码放在桌子中间。"阿琼是个很有才能的姑娘，她可以做很多事情。"

原来的嘈杂声停止了。高姨叹了口气，而洪姨则把手伸向虾片。戈姨知道她又陷入了尴尬的境地。她曾经试着不把自己的想法说得太明显。在很多情况下，她和她表姐的观点总是背道而驰。然后她们之间的谈话不是以争吵结束，就是陷入互不理睬的冷战。阿琼到针织厂工作的事是她们间一个沉重的话题。但坤玲控制着自己，不去过多评论，因为她知道每周拿出一点时间在那里工作是阿琼的意愿。

戈姨已做好最坏的准备。

"不是每个人都像你那么能干。"她表姐不客气地回道。她的声音混杂在一张张麻将摩擦碰撞发出的清脆声中。

"你总是愿意那样看问题。我却认为每个人都可以像我一样。"

戈姨听到坤玲在低声嘟囔着什么，好像是"我们似乎都不应该有自己的家庭，全都单身吧"。

接下来一片肃静，戈姨能听到的所有声音就是厚厚的麻将的碰撞声，这些麻将都刻有竹子、圆圈或中国文字，每次玩牌时，都要先将它们充分混合，然后摞成四个双排，摆在桌子中央。每个人按顺序，逐个拿到自己的牌，每人13张，把它们像士兵列队一样，向上排列在各自的面前。

当高姨第一个从剩余的一排中去取牌时，她不是按规定拿一张，而是狡黠地拿了两张牌。戈姨笑了。高姨快速地看了一眼两张牌，留下了一张好牌，然后从她原有的13张牌中拿出一张扔了回去。再把多余的一张牌扔到废牌中。

戈姨抓到她的牌，用手摸了一下上面刻的圆圈图案，把它扔了出去。

“不好，不好。”高姨一边看着面前的牌，一边嘟囔着。即使别人看到她耍赖，也会保持沉默。高姨家既有钱又有势力，她的不当行为总是会被轻易摆平。全香港都知道她以“借用”不属于她自己的东西而闻名。从孩童时代开始，她所喜欢的东西就总会从别人家里或商店里消失。她的家人和丈夫通常会让丢东西的人家或商店写一个账单，列明所丢的东西，他们再去还给人家。尽管如此，高姨却以慷慨捐赠慈善事业而享有极高的声望，每次重要的社会活动，她都会应邀参加。

洪姨清了一下嗓子，将话题转到一个亲戚身上。这个亲戚的儿子突然揭发他爸爸和妈妈，并加入了共产党。“你们能想象吗，”洪姨像无事生非地说，“他竟敢偷了他妈妈的首饰交出去，表明他脱离衰败家庭的决心。”

“现在的年轻人，只关心他们自己。”坤玲无奈地说，先拍出一张牌到桌子上，然后才将其扔到那一堆废牌中。

“他们当然跟咱们那一代人不一样了。”洪姨摇着头，伸手摸了一张牌。

戈姨放松地坐靠到椅子背上，看着坤玲叹了口气，慢慢地喝了口茶。反正距离已经产生，戈姨漫不经心地对听到的一切点着头。

戈姨从去世的父母那里继承了一切。她把爸爸的商店卖掉了，虽然出售的金额不是很多，但如果她能够合理地安排生活，衣食无忧是没有问题的。那段时间，是她生命中资金最充裕的时期，戈姨下了一生最大的赌注。从她爸爸的一个朋友那里，她听说有一个小型的毛衣针织厂在出售。她对针织行业几乎一无所知，但对她妈妈用简单的两根针就能织出漂亮的毛衣和袜子，感到很着迷。在爸爸的商店里就受过财务培训的她，决定把她所有的积蓄都投到这个工厂上。那一天，她告诉坤玲她已付诸实施的计划时，她表姐只是摇了摇头，说："好吧，我想等阿琼和埃玛结婚后，你可以永远和我们住在一起。"

戈姨以她爸爸的名义买下了西风针织公司。已经很有数学头脑的她，开始一步一步地学习经营这家企业。虽然每天工作的时间很长，学习操作那些设备像是找不到出口的迷宫，戈姨还是决定做工厂的主人，开创属于自己的生活。她雇用有经验的针织工人，坚持跟名单上现有的为数不多的几个商家和出口商保持着联系。她的主要产品是羊毛毛衣、纯棉毛衣和丝绒毛衣。她的工厂开始赚取利润的时候，战争开始了，从而把她正欣欣向荣的企业带入了一片死寂。

1945 年，当戈姨从澳门返回的时候，她很感激坤玲和两个姑娘坚持要跟她一起返回她的西风针织厂。尽管已经做好了心理准备，但当她打开大门，进到冷冰冰的房间，看到被洗劫一空的工厂时，她的心还是沉了下去，双手也禁不住颤抖着。所有能拿走的东西都被日本人拿走了。曾经机器轰鸣的最大的那个房间，只剩下一个空空的骨架立在那儿。她的机器、凳子,包括灯架等都被夺走了。极少数剩下的东西也都被完全毁坏,再也无法使用。

"这些魔鬼。"戈姨低声骂道。她站在空荡荡的屋子中央,很想哭,但她极力控制着自己,灼热的泪被她强咽回去。

"还不算太坏。"埃玛说,她的声音保持着欢快与乐观的语气。

"什么都没剩。"坤玲说,她的手还捂在嘴上,依旧不敢相信眼前的一切。

阿琼站在屋子的另一端,手指上套着一个她发现的蓝色的线轴。"这里像是一个空空的坟墓。"她说。

"不要说这种话。"坤玲说,"不吉利。"

戈姨点着头。"她说得对。一切都已死去,也都被埋葬了。所以我只能重新开始了。"她几乎是哽咽着说。

接下来的一个月里,戈姨卖了一些首饰,千方百计从黑市上寻找到足够的配件,使第一台设备转了起来,继而是更多的设备运转起来。资金开始慢慢地从英国、法国、纽约及旧金山流入。戈姨知道如果她能够生产出紧随时代潮流的毛衣款式,以合理的价格出售,她的企业一定会一点点变大的。三年艰苦的岁月过去后,戈姨赶上了战后香港的繁荣浪潮。她的企业也因此壮大起来。

战争后,戈姨去过的国家和城市比她曾经梦想的还要多,她多次去往欧洲和美国旅游或者洽谈业务。遗憾的是,每一次的旅行都拉远了她和坤玲间的距离。企业的成功成了她们之间越来越大的一个障碍。与此同时,她表姐的丈夫,罗兴,在对韩国及越南出口丝绸及艺术品的业务中损失惨重。发出去的几批货物,都没有收回资金。

一天晚上,戈姨很少见地回家比较早,她很高兴看到罗兴从东京回家了。他们家刚刚吃完晚饭,坤玲被叫去接电话,阿琼和埃玛都借口有事离开了，留下戈姨和罗兴坐在桌子旁。罗兴坐在桌子首端，他看起来很瘦弱、很疲惫。很多年来，由于他经常不在家，这个位置空着的时间更多。

“你最近还要去旅行吗?”戈姨问，探过身子，从宽妈放在桌子中央的果盘里挑了一个梨。

罗兴清了清嗓子，他的眼睛看着她削梨的手。“和这些新的商业伙伴合作以来，事情一直不顺利。”

戈姨继续削着梨，雪白的果肉在她手里凉凉的。“或许你可以考虑来西风帮帮我。”

“我太老了，入不了新的一行了。”罗兴勉强挤出一丝微笑，“另外，这些挫折是暂时的。我认为它不会持续太长时间的。”

“我的邀请永远有效。”戈姨说，把螺旋形的梨皮放到面前的盘子里。

罗兴离开了椅子背。戈姨以为他要站起来离开，可他却伸手拿了一个梨，又重新坐下。

“谢谢你，阿戈。”他轻声说。

戈姨不知道坤玲对这个邀请是不是感到不舒服。第二天，坤玲表现得很反常，在她身边一言不发。“怎么回事?”戈姨想问，尽量往好里想。几个月后，罗兴返回了日本，希望能重振他的进出口生意。他拒绝加入戈姨的公司的事，成了她和坤玲之间一个谁都不能提及的话题，能回避多久就回避多久。

她们俩一直迥然不同，只有戈姨知道坤玲自己的生活也有很多波折。坤玲的爸爸曾经一度很富有，但因为投资失误，损失了大部分资金。戈姨知道是她表姐命好，早早地就与罗家定了婚。罗兴对坤玲是一见钟情。坤玲那时只是个十三岁的小姑娘,帮着拿从市场上买的蔬菜回家,那是罗兴第一次看见她。一星期后,罗家找的媒婆就来提亲了。在她十六岁以前,她的父母只好变卖了他们大多数的家产,以保证她有一份体面的嫁妆,嫁给罗兴。反过来,坤玲的丈夫,工作勤勉,对他的新婚妻子也是体贴有加。然而,虽然罗兴的进出口生意做得风生水起,最初几年的婚姻生活却给坤玲带来了意想不到的烦恼。她流过两次产,失去了两个儿子,她因此变得焦虑不安、沮丧不堪。"开心点,你得注意身体。其他的孩子该来的都会来的。"戈姨用这些话来安慰她表姐。

第二次流产两年后,坤玲才有了阿琼,然后又流了一次,最后,在很多的错杂情况后,有了埃玛。从那时起,坤玲开始了在香港的太太生活,用午饭聚餐及麻将游戏平衡着生意与社会关系。坤玲的美丽能使一家子蓬荜生辉,而戈姨则惊叹她何以能巧妙地周旋于每一次活动,游刃有余地融入上层社会。

但是最近,随着罗兴的生意不景气,加上阿琼一直未出嫁,坤玲又开始嘀咕:或许是因为她心不诚,一直祈祷能有个儿子来继承罗家的香火,但没得到儿子,却得了两个女儿。但对于戈姨来说,阿琼和埃玛是两个甜蜜的天使,填补着她自己的寂寞与空虚。

当然,戈姨知道姑娘们的命运取决于她们各自的先天与后天条件。阿琼得天独厚地继承了坤玲的美貌,她也许会是另一个好冲动的空想家。而埃玛则敏捷而聪慧,常常多愁善感。戈姨真心希望她们两个都能平衡好自己的人生。

在过去的一年里戈姨常祈祷上帝,让阿琼能够重新脚踏实地。她在西风工厂做的兼职对此有所帮助。对她与王姓青年的分手,她和坤玲一样着急难过,不过原因不同。戈姨不愿看到阿琼因为痛苦而沉默寡言、意志消沉；而坤玲，作为妈妈，则为失去了与这样一个强势家庭的联姻机会而深感惋惜。

打完麻将后，戈姨回到自己家，享受着这一刻的安静。麻将牌的碰撞声和桌上人们的闲聊声让她头疼。她给自己倒了一杯茶，坐下。很高兴用人们都在市场还没回来。她环顾了一下她简朴的客厅，自从日本人拿走了能拿的东西后，她家的家具一直也没有买齐。主要原因是，除了父母留给她的珍珠母柜子，似乎没有什么是不能被替换的，也没有什么是必须的。空旷的房间依旧像是一个被撕开了的伤口。戈姨在去澳门的时候，收藏并带着所有珍贵的东西——家人的照片和她妈妈留给她的首饰。

远处传来的说话声把戈姨从沉思中拉回。她听到她的用人明妈的声音在门前的石阶上回响，并很高兴地看到埃玛跟着明妈进了前门。

"妹妹。"戈姨说，张开双臂去迎接她的外甥女儿。埃玛十七岁了，不应该再被叫"妹妹"，但这么多年的习惯很难改过来。"今天过得怎么样啊？"

"我觉得我的英语今天考得不错。"埃玛回答，她黑色的眼睛因为焦急而睁得大大的。"这对我申请大学很重要。"

"好，好。"戈姨抬头看着她的外甥女儿左右脚倒换着保持着平衡，她的怀里抱着一摞书。"还有什么？"

埃玛犹豫着，坐到戈姨对面的椅子上，然后说："你觉得我去美国上大学怎么样？"

戈姨笑着："我怎么认为有关系吗？"

"当然有关系。我需要有人去跟妈妈说。"

戈姨仔细地看着她的小外甥女儿，惊奇地发现过去的几年里埃玛的成长与变化。埃玛永远也不会像她姐姐一样漂亮，但戈姨发现埃玛黑色双眸中所具有的那种沉静的力量，这种特征是与生俱来的，永远不会随着时间的流逝而被风吹走；而在生命的长河中，它将成为一种最珍贵的品质。

“我认为你应该自己跟你妈妈谈，不用把我扯进来。”戈姨说，想起那天下午她们之间的激烈争论。

“你去过美国。你可以告诉妈妈她没什么可担心的。”

戈姨叹了口气。“去旅行游玩是一回事，而在那儿生活是另一回事。”

“至少还得需要一年或更长的时间才能去，到那时我都过了十八岁了。很多女孩子都到国外学习的。”

“但是为什么要去那么远？头两年你可以在这儿学，然后再考虑出去嘛。”

埃玛的黑眼睛向戈姨恳求着：“你有没有觉得，有些事如果不马上去做，那就永远都做不成了？”

戈姨想起她当初买西风时的情景。她知道，出于自私的原因，她内心深处是希望埃玛再等两年。她不希望她离家那么远。

“好吧。”戈姨让步了，“我会跟她谈谈。”

埃玛探过身子拥抱了她。戈姨闻着埃玛大衣上的樟脑球味，深深地呼吸着。

几个星期后，戈姨才敢把埃玛要走的话题提出来。她知道她必须要慢慢地跟她表姐谈，先种下种子，等着它发芽生长，然后成熟到成为坤玲自己的想法。有一天晚上，机会来了。那天晚上，她表姐打麻将时赢了一大笔钱。阿琼和埃玛出去看电影了，罗兴在日本工作。春天带来了温暖柔和的气息。

“姑娘们马上就会回来了。”坤玲说，坐在沙发上，解开她旗袍领子上的扣子。

虽然最近几年她增加了一些体重，戈姨认为坤玲还是那么风姿绰约、那么引人注目。

“阿琼看起来快乐多了。”戈姨说。

“是的。”坤玲忙着换衣服，没再说什么。

“也许她终于放下了姓王的那孩子。”

坤玲若有所思地笑了：“是时候让她见见其他人了。”

“对。她有没有打算去岭南大学或香港大学学习？”戈姨实际上很清楚她的大外甥女儿在很早以前就放弃了继续学习的念头。

“她考不上的。”坤玲实事求是地说，“她没有妹妹那么勤奋。”

戈姨停了一会儿，喝了口茶。“埃玛能去任何她想去的地方。她总是有很强的求知欲望。”

“现在，埃玛可以上香港大学。”

“或者到别处上学。”戈姨补充说，放下茶杯。

“什么别处？附近就有很多学校。而且，别处花费太多。”

戈姨小心翼翼地斟酌着词句：“你知道我一直把你的女儿当成是我自己的。如果能帮助她们完成学业，将是我莫大的荣幸。很多知识是从课堂外学到的，这话是真的。妹妹到别处求学对她有好处，可以摆脱阿琼对她的不利影响。”

“咱们这一代人，都是一直和家人待在一起，直到结婚。什么时候事情变得如此复杂？”

“时代不同了。”戈姨停下了，等待着。她们都知道，阿琼可以证明她在社交方面的实力,而埃玛则会取得学业上的成功。戈姨看着她表姐饮了口茶,然后沉思着。

“也许吧,”坤玲最后说,“到时再说吧。”

戈姨笑了。她把手轻轻地放到坤玲的胳膊上,欣喜地发现她表姐没有把她的手拿走。

那天晚上戈姨睡得很轻,梦见她的父母又活过来了。每隔一段时间,他们就会来到她梦里,确定她一切都挺好,肯定她曾经所做的选择。戈姨认为他们看起来年轻了,头发不再花白,腿脚不再僵硬,身子骨也不再虚弱不堪。“但她自己一个人在异国他乡能行吗?”她听到自己向他们询问关于埃玛的事。她父母的口型显示的是“行”。“我介入了此事,我做得对吗?”戈姨使劲地看着他们,等着他们的反应。好像是过了很长时间,她妈妈才升到她头上,温柔地笑着,点了点头。

第8章
旅程　1950

埃玛

埃玛的屋子里漆黑一片。她躺在床上，没有丝毫睡意。她慢慢大口地做着深呼吸，让自己平静下来。再有两天，她就要乘坐泛美航空的飞机到东京，她爸爸会在机场接她。她在东京与爸爸待一晚上后，就要乘坐柯立芝总统号轮船去美国。离开东京后，轮船会在火奴鲁鲁港做短暂停留，然后就直达它的目的地——旧金山。

埃玛最后终于实现了自己的梦想。感谢戈姨和爸爸，是他们说服了妈妈，让她同意过段时间让她到国外学习。一次次的辩论中，从最初直接的、不容置疑的“不行”、“还没到时候”，慢慢让步成“也许吧”、“到时候再说吧”。每次爸爸从东京回来，都会有几次讨论。有一天晚上埃玛回家，意外地发现爸爸和妈妈在吵架。她轻轻地关上前门，然后踮起脚尖走到客厅，躲在黑色漆器的屏风后，听着她的名字一次次被提起，仿佛感觉他们是在谈论别人。

“埃玛已经准备好要走了。而且更重要的是，这是她自己想要的。”爸爸坚决地说。

埃玛听到妈妈窃笑着说：“她怎么知道她到底想要什么？一个女孩子在完全安定下来前，不知要改多少次主意呢。”

“阿琼可能会，但埃玛不会。”爸爸清了清嗓子，“她很清楚自己想要什么。”

埃玛看到妈妈从沙发上往前探了探身子，好像随时准备反击：“但她没有必要跑那么远嘛。她可以先在香港大学完成头两年课程。”

“你还记得埃玛小时候的事吗？”爸爸的声音突然间传遍了全屋，“你带着两个姑娘到东京来看我。埃玛对我办公桌上那个小地球仪上的一个个国家着了迷。你还记得吗？我们要去吃晚饭的时候，她开始大哭不停，直到我同意让她拿着那个地球仪为止。她那时就尚且如此，我们现在怎么能阻止得了她呢，坤玲？她已经长成一个大姑娘了，但地球仪上的那些国家还一直在她心中。”

房间里安静下来，爸爸妈妈都转过头去，谁都不看谁。埃玛靠墙站着，咽了口吐沫，对爸爸还记得此事感到震惊。她只是模模糊糊地记得他办公室的地球仪。地球仪是蓝色的，褐色突起的部分是陆地。拿在手里，它比她想象的要轻很多。她记得一整个夏天，她都把它当成一个塑料球一样，走到哪里都带着它。

“那么说你是打定主意要把她送到那么远的地方去了？”妈妈指责地问。

爸爸仔细地挑选着词语，说：“或早或晚，她终归是要离开我们的。”

二月中旬一个有风的周六，刚吃完午饭，她们的肚子里装满了宽妈做的鸭肉和皮蛋瘦肉粥。妈妈在椅子上挺直了身子说道:“妹妹,你爸爸回来过新年的时候,我们讨论了一下。既然你已经十九岁了,我们认为出国读书或许会对你比较好。”

埃玛先看了她妈一眼,希望听到的话不是幻觉,然后又带着感激的心情看着戈姨,最后她把目光看向阿琼,阿琼微笑着,探过身子,小声地用法语说:“一路平安,妹妹。”

“谢谢。”埃玛兴奋地喘息着说,拉起姐姐的手,紧紧地握着。然后她抱着妈妈和戈姨,直到她们喘不上气来。

接下来就是兴奋地查找资料,挑选要报考的大学。埃玛很小心,避免学校撞车。过去许多年来,从宽妈身上学到的在市场上讨价还价的技巧,这下全都派上了用场。

“为什么不去英国?”妈妈问,“在欧洲不会有语言上的问题。”

埃玛耸了耸肩膀。她对英国文化已经了如指掌。“那美国呢?”

“纽约太远。”妈妈断然地说。

“加利福尼亚不是很远啊。”埃玛说,想起她从书本上读到的所有关于好莱坞、关于金门大桥的故事。

妈妈陷入沉默。她动了动嘴唇想说点什么,后来又闭紧了嘴巴。“能近一些。”她最后说。

考虑到妈妈对安全因素的要求以及埃玛对城市的偏好,她们决定让埃玛报考加利福尼亚的私立学校。她立即选择了旧金山和洛杉矶两个城市,仿佛她已置身在所读过的那些奇妙的、迷人的小说所描写的情境中——达希尔·哈米特的《马耳他之鹰》、弗·司各特·菲茨杰拉德的《最后的大亨》。埃玛每天晚上都要不断重复地说着每个城市的名字。这些名字总是在她脑子里盘旋着,嗡嗡的,像是一首没有节奏的歌。她希望反复地念诵这些名字能给她带来好运。果不其然，两个月后，埃玛收到了一封厚厚的信，寄自旧金山一所小型天主教女子学校孤独山。她被该校以全额奖学金录取。

埃玛意识到，十九岁的她，平生第一次，将要独自离家远行了。单单是这一想法就使她忐忑不安。得知自己真的要走了之后的几天里，她的腿一直抖个不停，仿佛她已经在海上航行，必须得使劲站稳才能保持平衡。每天早晨，她都要直直地在地上站上一会儿，深吸一口气来防止摇摆不定。

除了家人，她会想念学校里的几个好朋友，当然还有澳门的利亚。但没有真正意义上的男朋友能让她留在香港。她像阿琼一样，长得亭亭玉立，但却没有飞跃成迷人的美。她已不再是那个能够开成美丽花朵的花蕾。她的鼻子有点大，嘴唇有点薄。世界上所有的化妆品都改变不了这一事实。她也已经接受了这一事实：她永远也不可能像妈妈和姐姐那样美丽动人。但埃玛暗地里希望妈妈能最终了解她是怎样一个人、了解她内在的东西，而不是想办法去重新改造她。

埃玛以她自己的方式灿烂着。在高中的最后一年，她一直保持在班级的第一名，坚持着她的钢琴独奏，有时还会给同学们背首诗，画幅画。去美国读书是她勤奋学习的结果，也是她长久的心愿，这个心愿来自于她读过的书和她看过的电影。离开香港这个安全的地方，埃玛将走向一个全新的方向，一条她从未走过的路。但她渴望看到新的面孔，渴望能自己慢慢填补空荡荡的空间。

除此之外，埃玛从未想过自己会在阿琼之前离开家——阿琼，罗家漂亮的大女儿，从年轻起，就在等待着一桩好姻缘，现在依然是妈妈麻将桌上的主要话题。尽管埃玛相貌平平，却从未陷入这种境地，也不用为听腻了这种谈话而伤心无奈。幸运的是，在阿琼安定下来前，妈妈是不会着急给她找一个丈夫的。想到她姐姐曾经那样地爱着约瑟夫，得到的却是那么深的伤害，她就难过。

更糟的是，去美国的想法使埃玛成了阿琼感情失意的受益者。

阿琼与约瑟夫分手后，妈妈又开始大张旗鼓地给阿琼介绍对象。埃玛不明白阿琼怎么会同意去见那些总也见不完，而且一个不如一个的男孩子。

开始是一个富有的隐居者的儿子。父亲在战争期间靠着卖自己的专利生产的中药而发财。听说这种药能包治百病，从牙疼到疟疾都能治。妈妈通过隐居者的姐姐安排了阿琼与这个儿子的见面。这个年轻人总是通过他的司机来传达他的邀请，他的司机总是穿着带铜纽扣的制服，来到门前，非常正式地说："明天晚上8点，罗琼小姐能不能与栾先生共进晚餐?"每次埃玛看到笨重的1947年产的黑色水星车停在外面，就控制不住地放声大笑。这种情况持续了大概有一个月，直到阿琼厌倦了那个年轻人的狂妄，穿制服的信使也很快就消失了。

然后是家族朋友那个瘦瘦的、个头不高的儿子。他显然很愿意娶阿琼，虽然大多数时间阿琼对待他就像是一个远房亲戚。他瘦小纤弱的身体使他看起来更像一个男孩而不是男人，还有他的口吃。"阿琼……琼在家……家吗?"埃玛去开门时，他会问。埃玛通常都把他领到客厅，希望在阿琼出现以前，他能把他的舌头捋直。但他一看见阿琼就更紧张,仿佛整个身体都不由自主地筛糠。三个月的尝试后,他不再来按门铃,也自然不用再在经过埃玛身边时,害羞地低着头。

过去的一年里,只有一个男孩——那个建筑师——具备一些良好的品质。他的风趣与聪明和约瑟夫的英俊潇洒如出一辙。在埃玛眼里,他是约瑟夫后唯一一个有希望的候选人,只可惜后来她们发现他之前就申请过美国签证,要离开香港、离开阿琼。

通过阿琼仔细地化眼影眼线,认真地挑选去约会的衣服的举动,埃玛知道阿琼对这个建筑师有一点感觉。过了几个月,当他不辞而别后,埃玛发现阿琼在房间里望着窗外发呆。

"你没事吧?"埃玛小心地问。

阿琼转过头来,带着一丝疲惫的笑:"我没事。"

"我不知道应该说什么。"

"早发现总比晚发现好。"阿琼轻声说,"也许我的运气会越来越好。"她想挤出一点笑容,却只露出一丝苦笑。

埃玛觉得很高兴,这个男孩没有像约瑟夫那样给阿琼留下那样深的伤害。她密切地注意着阿琼,看到姐姐这次似乎有所准备,保护着自己不再受打击。也许有过了第一次以后,一切都不同了。如同一处揭开的伤口,阿琼已经治愈好伤势最严重的部分。

黎明将至,一缕灰色的光透进埃玛的房间。她断断续续地打着盹,然后突然一下子惊醒着坐了起来,听着宽妈在晨光微曦的早晨,在楼下关着门的房间里来回走着,给寒冷的厨房送去一点生命的气息。埃玛的眼里含着泪,想到会想念这些伴随她童年的回声及喃喃低语——炉子上铁锅炒菜时传来的叮当声;用扁担挑着破筐的水果贩兜售橘子和香蕉的叫卖声。她甚至还会想念在农村晒干的咸鱼的刺鼻的怪味。直到那一刻，她一直把她日常生活中的所听所见当成是理所当然的。美国的一切对她而言都将是新奇与陌生的。她盼望着能像书上写的那样，乘着电缆车在陡峭的山坡上来来往往，听着雾喇叭[①]低沉的鸣叫，向就要进入金门港的船只发出深情的警告。埃玛还是感到焦虑。她试着不理会它，想起了妈妈对她的叮咛："等你看够了，想念宽妈做的饭菜了，就随时都可以回来。"

埃玛轻轻地拍了下走廊那端阿琼的房门，听到了让人惊奇的很清醒的"进来"声。阿琼的房间被灯光照得很明亮。"你起来得挺早啊。"埃玛说，跨过铺满一地的开司米开衫、丝质旗袍、黑色衬裙，及半打电影杂志。露华浓香粉和阿琼最喜欢的香水——我之罪——的香味，在空气中弥漫着。

"我睡不着。"阿琼躺在床上，靠在三个绿色的缎子枕头上，浏览着《影视镜》杂志。"哦，对了，贝蒂·戴维斯又出了一部新片，叫《彗星美人》[②]，她演得太棒了，没人能比得上她。大概只有李丽华有可能。所有的东西都通过她们的眼睛表现了出来。"

"讲什么的？"阿琼重新焕发的对电影的激情让埃玛兴奋起来。在耀眼的灯光下，穿着从连卡佛高级百货买来的乳白色丝质睡衣，阿琼本人看起来就像是一个电影明星。

"当然是讲美人儿的了。"阿琼笑着。

她从枕头上坐直身子，把杂志扔到一边。"我一直在想……"她

① 雾喇叭：向被浓雾笼罩的船只发出的响亮而低沉的警告声，也可被称作雾笛或雾信号。

② 《彗星美人》（又名《四面夏娃》）编剧和导演是约瑟夫·曼凯维奇，影片根据玛丽·奥尔的短篇小说《夏娃的智慧》改编。影片上映后好评如潮，共获得14项奥斯卡提名，并获得六项大奖，包括最佳影片奖。

换了一个舒服点的姿势,不过埃玛发现她的上唇有点颤抖。"我是说……如果我告诉你我想演戏,你会怎么想?"

"演戏?"埃玛强咽下那份震惊,坐到阿琼的床上。虽然已经二十四岁了,但除了在戈姨的针织厂做兼职,阿琼从未表达过她的职业愿望。"天哪,你真的想演戏吗?"

阿琼笑着。"也许等我成了演员,说不定哪一天我就可以跟着你到加利福尼亚了。"

埃玛移开了目光,不知道说什么。有时她姐姐会很轻易地做决定——有点草率——而埃玛却总是思前想后。不过她想,实际上,阿琼去演戏是顺理成章的事情。她一直都在尝试演戏。

"你打算从哪里开始呢?"埃玛问道,她考虑问题更现实。她又想起她们姨妈的针织厂:"戈姨怎么办?她希望你能接手她的公司啊。"

阿琼抱着一个缎子枕头,半掩着脸:"兼职不可能是一辈子的。戈姨知道我的心不在那儿。你知道吗?我一直在图书馆查找有关香港电影业的资料。"她说,声音变得兴奋起来。

"你,去图书馆?那你肯定是真的想演戏啦。"埃玛笑着。

阿琼拿着枕头扔向她。"我敢打赌你不知道这个。"阿琼站起身来,像歌剧演员一样展开双臂。"自从日本1937年侵略上海,"她声音低沉,用夸张的戏剧语言说着,"中国的导演和演员就渐渐地将演艺事业由上海转到了香港。在过去的几年中,香港已成为国语和粤语电影制作的圣地。"

"哎呀,我相信你真的一直在图书馆了。"埃玛取笑着说。

阿琼眨了眨眼睛。"上帝知道我看了太多的电影!但是最近,我已经不再只看屏幕上显现的东西了,我更注重演员们的每个姿势、每个眼神所传达出不同的更深层面的东西。所有这一切就像是一个全新的世界展现在我面前!"

埃玛为她姐姐的进步而振奋。阿琼当然有足够的美貌与表演激情让大屏幕熠熠生辉。"总有一天,你会成为琼·克劳馥一样的大明星的!"

阿琼向前探着身子,用两只胳膊环着埃玛。"我真的会很想你,妹妹。"

埃玛向后躲着。她知道梦想的实现不会是一蹴而就的,总是要伴随着一些不确定因素。

"你不会有什么事吧?"

阿琼又捏了她一下,"你不用担心我。我会很好的。我保证。"她说着,又退回到她枕头边。

阿琼高兴地谈着她的新抱负,埃玛坐在床边保持着平衡,分享着她姐姐的喜悦,试着记住阿琼完美无瑕的样子。不久,在清晨凉爽的空气中,一阵说不清是兴奋还是寒冷的战栗掠过全身。然后,很自然的,阿琼一边继续着她的细声述说,一边抬起一只胳膊,掀开她绿色的丝质被套,埃玛一下子钻了进去。

从飞机上小小的窗口处,埃玛泪眼蒙眬地向妈妈、戈姨和阿琼挥手再见。宽妈嘴里喃喃着:"又不是鸟,在天空飞那么长时间怎么能行?"她拒绝跟她们一起到机场。

头天晚上在晚饭桌上,大家都沉默不语,埃玛知道她们有多难过、有多不舍。连妈妈也安静下来,戈姨的目光从未离开过埃玛,专注地看着她的一举一动。当最后阿琼打破沉默,说起话来的时候,埃玛感激不尽。阿琼从她的一本电影杂志上看到一部美国新片,叫

《独行侠》。

“它主要是讲一个神秘的、戴着面具的牛仔，骑着马纵横驰骋、惩恶扬善的故事。”

埃玛出神地听着，希望戴着面具的大侠能够保佑她安全抵达美国。

埃玛系好安全带，她感到嗓子发干、发痒。一股凉气从她头上的一个小喷嘴里喷出来。窗外，发动机轰鸣着。她大口地呼气、吸气，很激动同时也很恐惧，她迅速地环顾了一下四周。机舱里看起来像是一个巨大的、空空的管子，狭窄的过道两旁安放着座位。穿着整齐的海蓝色制服及白色衬衫的高大的美国女人，帮着乘客放置着行李箱，并不时对乘客微笑着。埃玛看了一下周围，一半的乘客都是日本人或英国商人，每个人都穿着正式的服装，彼此都很客气。她几乎不敢相信，五年前他们曾经刀戎相见。埃玛靠后坐好，庆幸她旁边的座位是空的。当飞机开始慢慢滑行的时候，她看着窗外。跑道两旁的灯闪烁着，飞机仿佛是与来自世界各地的船只拥挤在一起，在明亮如镜的水面上滑动。她又想起他们从澳门回来时，那可怕的死一般的沉寂。那时，她只想返回身去，回到利亚身边。

她的包里装着利亚几周前寄来的信，每一个文字都让埃玛想起她悦耳的声音：“每个周五我都要乘车去我们附近的凼仔岛。我男朋友安东尼奥，在他爸爸的渔船上工作期间，就住在那里。你会喜欢他的。他总是逗我笑。他的幽默使我们的生活更轻松。这倒提醒我告诉你，我已经决定要当护士了。反正这些年我一直在处理我弟弟妹妹们各种各样的划伤创伤。为什么不把它变成职业呢？我从来都不怕鲜血和尸骨，是那些看不见的东西才让我恐惧……”

埃玛回信说她终于要离开家去加利福尼亚了。从笔端落到纸上的字显得陌生而复杂。现在埃玛又开始想念利亚了。

当飞机突然离开地面起飞后，埃玛的心沉了下去。她紧闭着眼睛，嘴里反复念着初中前，在圣西西利亚学校六年级时学过的祷告词：“噢，我的上帝，我诚心忏悔曾经对你的冒犯，我痛恨我所有的罪过……”

五个小时的空中飞行后，埃玛已经被低沉单调的轰鸣和它不断的震动颠簸得麻木了。但是当飞机慢慢下降高度要到达东京时，所有的恐惧感重新苏醒。想到巨大的飞机将要降落到地面，她就感到身上发热，汗水涔涔。埃玛靠向座椅，祈祷着爸爸会在那儿等她。她又检查了一遍护照夹里爸爸的地址和妈妈给她的钱。飞机降得越来越低，埃玛再次惊慌失措，紧紧地闭上了眼睛。飞机一阵阵的剧烈颠簸使埃玛心跳加速，但最后她感到飞机轮滑向地面，她的双脚使劲地顶着前面的座位，直到飞机完全停稳。

看到爸爸等在门口，埃玛松了口气。他看起来苍老而疲惫，几个月不见，他仿佛收缩了。

“爸爸，看到你真高兴。”埃玛说，拥抱着他瘦小的身体。

“飞行怎么样？”他问，提着她的手提箱。

“太吓人了。”

“你的口气听起来和你妈妈一样。”爸爸笑着，“她不相信我，不过她现在变得轻松多了。妈妈、阿戈、阿琼都怎么样？”

“她们都很好。”

“过来，我们要取你其余的行李。”

他们在行李提取处等着埃玛的行李箱，这些行李箱妈妈曾经在香港和日本的往返旅行中用过无数次。埃玛喜欢它们褐色真皮表面那一处处的划痕、一个个磨损的痕迹。当它们缓缓来到传送带上时，埃玛担心起来。她是不是把所有需要的东西都装进去了？在旧金山，一件羊毛大衣，三件开司米毛衣够不够让她温暖过冬？她带的鞋够吗？当爸爸笑着对她说："妹妹，如果你忘了什么东西，可以随时买或者让她们给你寄过来。"埃玛才完全放松下来。

他领着她来到一辆等在外面的车上，驶过拥挤的车流来到他的小公寓。东京很大，像香港一样拥挤。想到这些陌生人几年前都是他的敌人，埃玛感到很惊奇。现在他们徜徉在街道上，穿着色彩各异的和服及西装，表面上看起来很腼腆，也看不出丝毫恶意。

虽然已是九月末，天气却依然很温暖。埃玛摇下车窗。东京的声音和味道与香港如此不同——更柔和更新鲜。爸爸靠过来，指着那些长在路边的像玫瑰一样红的花给她看："那些花叫胡枝子。它们属于胡枝子属。在这里是著名的秋天里七种花卉的一种。"埃玛还没来得及问那六种花都叫什么名字，他又指着像雪花一样飘落的蝴蝶花瓣，这些花瓣像毯子一样覆盖着地面。它们似乎消弭了汽车的喇叭声、婴儿的哭叫声和其他一切尖锐的声音。爸爸笑着。就在那一刻，埃玛开始明白为什么爸爸更喜欢在日本做生意。

那天晚上，爸爸带着埃玛来到银座一家很小的日本餐馆吃晚饭。埃玛换上了一件长及小腿的、黄色亚麻布旗袍。安静地喝着茶、吃着饭时，埃玛试图回忆有多少年她没有单独和爸爸一起到饭店吃饭了。她在妈妈、姨妈和姐姐的陪伴下长大。她爸爸只是一个影子，偶尔回家短期探亲。他身上古龙水的味道在桌边弥漫，熟悉依旧，可他瘦小的身体却随着年龄的增长变得更柔弱。意识到总盯着爸爸看不礼貌，埃玛将目光移开。她怎么可以长到这么大却没有更好地了解他啊？忽然她希望能够延长她的童年时代，那时她能经常看到爸爸。吃着米饭和青菜，她的心里满是忧伤，急切地希望能把爸爸的一部分带去美国。

"没什么事吧？"他有着平和悦耳的声音。阿琼幸运地继承了爸爸的这一点，而埃玛则像妈妈一样，说话粗声大气而且易于兴奋。

"没有。"埃玛答道，从她的食物上抬起头来。

"还想要点什么吗？"

埃玛不好意思地笑着："你能到加利福尼亚来看我吗？"

爸爸笑着："如果工作允许我一定会去。妹妹不要担心。我相信你很快就会安定下来。这是你期盼已久的。"

埃玛喝了几口绿茶，看着他和善却倦怠的双眼，感到有一点东西堵在心口，她用手指轻轻地摸着他亚麻布夹克的袖子。

"我还是会想你。"她最后说。

爸爸给她的杯子里又倒了一些茶。"我也是。一直都是。"

柯立芝总统号经过几次的颤动后，渐渐地驶离港口，发出一声深沉而空洞的哀鸣，一阵离别的愁绪立即将埃玛包围。就在她上船前——在舒缓伤感的《友谊地久天长》的乐曲声中——爸爸紧紧地拥抱着她，塞给她一个信封，说："妹妹，多保重。等船开走再打开。"

在港口上空难闻的气味中，埃玛依然能捕捉到他古龙水的香味。不管如何努力地控制自己，她还是哭了。她牢牢地抓着那个信封，好像抓着爸爸的手。埃玛挤过甲板上如潮的人流，沉重地倚在围栏上，注视着，直到爸爸和东京的最后一点模糊视线从眼前消失。

埃玛转过身，旋即被流连在甲板上拥挤的人群吞没。她曾经幻想过在海风徐徐、寂静无人的甲板上漫步徜徉，看来这一浪漫的想法永远也不可能实现了。她艰难地拨开人群走向她在楼下的船舱。四面八方都是陌生的面孔和不停的喧嚣。她以前从未在一个地方见过这么多的美国人。加利福尼亚肯定也是这样！而她现在是真正的完全靠自己了！埃玛觉得头晕目眩。爸爸已经被轮船甩在了遥远的地方，妈妈不在身边，戈姨不在身边，阿琼也不在身边，他们现在都帮不了她了。她在人群中挤来挤去，直到她来到大堂，才觉得透过一口气来。

埃玛的客舱有她家里房间的一半大，她的包和她的行李箱是她唯一熟悉的东西。坐在硬硬的单人床上，深吸了一口气，直到听到另一声低沉的鸣笛声。她打开小小的舷窗，感到她脚下在颤抖。他们上路了，船在驶离东京湾时已经开始左右摇晃了。

埃玛低头看了一下还攥在手里的信封，笨拙地慢慢打开，看到两张百元美钞。埃玛真想再拥抱爸爸一次。而现在她却只能把它们再次放进信封，藏在她皮包的最下面。

突然埃玛感到胃里一阵翻腾。她坐到床上，做着深呼吸。她慢慢地呼吸，反胃的感觉减轻了。她对自己说，只是兴奋紧张引起的，一会儿就好了。她踢掉鞋子，躺到她的小床上。一边等着这种感觉消失，一边反复背诵着：小麦、芝麻、大麦、豆子、大米。它们能给人以安慰却非常单调乏味。宽妈如果知道埃玛是背着中国著名的五大谷类的名字驶往美国的，她一定会倍感骄傲。

那天晚餐的时候，埃玛挣扎着换上米色滚边旗袍。她慢吞吞地走过看起来都一模一样的过道，然后看到了一个标志牌，引导她走向餐厅的大门。她还是一阵阵反胃，但她希望吃点东西能让她感觉好点。

宽敞明亮的房间里坐满了正在用餐和等待用餐的乘客。里面人声鼎沸，奇热无比，空气中是宽妈粉蒸猪肉的味道。一个高大呆板的餐厅领班正在扫视着他的名单给埃玛找座位。埃玛扫了一眼坐满了外国面孔的一张张桌子，胃里又开始难受。正当她要逃离，回到她客舱的时候，一个穿制服的人满面微笑地走了过来。

“有什么问题吗？”他的声音既平和又友好。

“我正在给这位年轻的女士找座位。她的名字不在名单上。”餐厅领班答道。

“行了，你不用找了。她可以跟我坐在一起。”这人转向埃玛，“我做一下自我介绍。我叫罗恩·斯图尔特，船上的事务长。”

埃玛向上看了一下他的脸。她知道一些白人看起来比实际年龄大，但猜测着他应该在三十多岁。他长得并不英俊，但有一双和善的蓝色的眼睛和孩子气的笑容。她稳住自己，又深吸一口气，说：“我是罗埃玛。”

“那，罗小姐，可否赏光跟我坐同一桌？”

埃玛犹豫着：“我……”

“我和一些您可能愿意认识的人坐在一起。请吧，您会使我感到万分荣幸。”他说，友好地笑着。

她发现他的眼睛给人一种可以信赖的感觉。“我只是需要一点东西，让我的胃舒服一点。”

“我正好知道怎么做：一些鸡汤，几块饼干，加上有几个朋友陪伴。”他说，站到一边，让她先走，“我的桌子就在那边。”

家里从来没人想过告诉埃玛如何处理眼前这样的问题。她知道阿琼对此得心应手，并会说："想一想劳伦·白考尔[①]会怎样做。"阿琼有一次对她说。"任何情况下，她都会直面问题，绝不回避。"但埃玛头一次遇到这种窘境。她看了一下有点晃动的房间，怀疑自己是否能再应付一个个看向她的那些新面孔。她勉强挤出一丝不好意思的微笑，迈步朝事务长的桌子走去。

头等舱事务长罗恩·斯图尔特成了埃玛在柯立芝总统号船上的监护人。罗恩·斯图尔特的家在西雅图，他有两个女儿。经常会有一些好心的美国人问："你的英语怎么说得这么好？"或"你以前有没有吃过牛排？"等，而罗恩却从未向埃玛问过这样愚蠢的问题。多数夜晚，如果埃玛还可以坐下吃点晚饭的话，她就是和罗恩，以及其他两名来自香港的学生一起吃的，他们俩要到旧金山湾对面的、位于奥克兰的圣名学院学习。其他夜晚，当她实在吃不下饭时，罗恩会来到她的客舱，带来一点东西强迫她吃一点，以保持体力。他的鸡汤加饼干的理论惨痛地失败了。现在他只给她带原味吐司面包和热茶。

埃玛害怕她这次旅行的记忆除了罗恩·斯图尔特的友谊之外，就只剩下晕船及晕船带来的尴尬与痛苦。她不敢想象她会再重新好起来，不再经受夜以继日的恶心的折磨。然而，经过九天的波峰浪涌之后，大海平息下来，埃玛的胃也随之安定下来。

当柯立芝总统号在火奴鲁鲁停靠时，埃玛感到异常高兴，她竟然跟着船走出了这么远。他们会在夏威夷逗留两天，船上的一些乘客会下船而其他一些乘客会上船去往旧金山。

---

① 劳伦·白考尔（1924— ），好莱坞老一代的明星，代表作有《双面镜》、《盖世枭雄》、《夜长梦多》等。2009年获得第82届奥斯卡终身成就奖。

埃玛再次踏上陆地时，她感到脚下的大地依然在摇摆不定。她笔直地站着，闭着眼睛，一直到眩晕的感觉消失不在。

九天的晕船痛苦后，火奴鲁鲁像是一个天赐的礼物。它让她想起澳门，那带着热带花香的空气以及缓慢悠闲的节奏。夏威夷人友好热情又愿意助人为乐。从波利尼西亚姑娘们的黑色头发以及始终满带微笑的面容上，她仿佛看到利亚无处不在。但是在温柔的海风中，重新安然无恙的埃玛从离开东京后，第一次体会到孤独的痛苦滋味。

在火奴鲁鲁的最后一个晚上，罗恩带着埃玛和另两个香港学生去皇家夏威夷饭店。他告诉他们这里自 1927 年起叫太平洋粉红宫殿，缘于它别具一格的粉红颜色和西班牙的建筑风格。埃玛喜爱它的大厅以及它高高的摩尔式楼顶。宽大的开放式的空间里到处是美国人，他们的脖子上都挂着多彩的花环和照相机。饭店外，温暖而湿润，热带花园里花香扑鼻，随处可见天堂鸟、红色的芙蓉及香甜的姜花。几步外就是海滩，埃玛听到不远处有节奏的鼓点声。

罗恩带着他们来到一处绿草如茵的很大的开阔地，漂亮女郎们身着草裙正在表演草裙舞。她们舞动着双手及臀部，用一个个优美的动作诉说着一段段动人的故事，埃玛被她们的舞姿迷住了。她们的手在空中变换着姿势，带着埃玛去体会爱与失去的人生故事。她迫不及待地要把这个美妙岛屿的一切告诉阿琼和利亚。

埃玛现在明白了罗恩让她穿宽松衣服的原因，因为舞蹈表演完成后，他们要盘腿坐在草地上。“夏威夷人把这叫卢奥[①]。”罗恩说。她调整着身体，以适应这种草地上的奇怪坐法，听着他解释。一只

① 夏威夷式宴会，又称烤猪大餐，不仅有美味的食物，还有体现夏威夷历史的音乐和舞蹈。

整猪正在地上的一个大坑里烤着。闻起来很香,就像她在香港经常吃的脆皮烤猪。埃玛的肚子咕噜噜响,恨不能马上咬一大块带着香喷喷浓汁的烤猪肉。不过她马上就尝试了一种叫山芋的土灰色的黏黏的东西,吃起来的味道和看起来一模一样——清淡无味、干涩粗糙。埃玛尝了一口,假装吃下了,然后趁人不注意把它吐到了餐巾纸上。她倒是吃了一碗又一碗米饭,还有香甜的芒果及木瓜。她很庆幸妈妈和宽妈不在身边,看不到她从晕船以来瘦了很多的身体。

再往前行驶就是目的地旧金山了。罗恩说既然她不再承受晕船的痛苦,她可以获得"海洋之足"的称号了。她不会忘记罗恩给予她的关心与爱护。站在甲板上,从金门桥下驶过时,埃玛还是感到对新生活没有把握的忐忑不安。她离开人群,握着围栏,向前伏着身子。凉爽清新的空气轻抚着她的面庞。只看了这个宁静优雅的城市一眼,埃玛就已经激动得说不出话来。旧金山就像她一直想象的那样美丽迷人。她深深地呼吸着,感受着咸咸的海风。轮船一点点靠近码头,她的心也跳得越来越快。她喜欢早秋阳光下一幢幢多彩的房屋,在山两边一层层拾阶而上的山坡上,它们高低不同、错落有致。然后,随着轮船有节奏地起伏轰鸣,伴着其他声音,埃玛听到罗恩轻声说:"这个城市的景色总是让我心旷神怡,从未让我失望过。"

离开香港快三个星期了,埃玛换上一件棉布旗袍,终于踏上了旧金山 19 号码头。午后的阳光比她想象的凉爽了许多。埃玛含着眼泪跟罗恩与另两个学生告了别,发现她的行李在码头上放着。埃玛忽然感到恐惧与孤独。学院的玛德雷诺修女曾在上一封信中承诺会有人来接她,但她没有看到来接她的人。空气中是咸咸的带有点金属的气味。刚才还是阳光灿烂的地方,现在已经是一片阴凉。埃玛在码头上等着，一个个乘客下了船，又一个个地消失了。她应该怎么办？独自站在码头，她想听到妈妈和戈姨的声音，告诉她怎么办。但与她们虽一洋之隔，却是千里万里的距离，听不到她们的声音。埃玛深吸一口气，想起阿琼的忠告：想想劳伦·白考尔会怎么做？她决定打一辆出租车去孤独山学院。

一个充满同情心的出租车司机——他说他自己也是从苏联来的移民——很和善地帮着埃玛。“你很聪明，知道打出租。这些码头在晚上都不安全。”他说，他浓密的胡子在他说话时上下颤动着。“别担心，谢尔盖会把你好好地安全地送到学校。”

埃玛看着他把她的行李放到后备箱，接着打开后车门等着她进去。他身材矮胖，行动却很敏捷。他的头发是埃玛见过的所有男人中最长的，它们被弄成不均匀的一股股的，吊在他格子衬衫的衣领后面。她把身上的毛衣裹紧以抵御外面的凉风，很高兴自己坐到了安全的出租车里。

谢尔盖调转车头，回头看着。“我们走观光路线。我要成为带你游览这个绝妙城市的第一人。”

埃玛感觉很温暖，但也很不安：“不，不，我得……”

“别担心。不会额外收钱。坐好啊！好好欣赏！”他朝她挤了一下眼，轰的一下发动了引擎。

在谢尔盖驾着车沿着内河码头驶向被他称为“渔人码头”的地方时，埃玛的恐惧感一下子消失了。渔人码头灯火通明。埃玛把目光投向远处的摩天大厦和停在宽敞、开阔的街道的车辆。这里的街道既整洁又安静。

“在这里你可以吃到全世界最好的螃蟹。”谢尔盖夸口说。

当车转到一个狭小的街道开往港口时，埃玛看到了泊在拥挤的停靠区的那些小渔船的全景，看到那些涂在船头的充满希望的船名，她笑了：幸运星，玛丽之梦，满舱，金缸——她往前靠了靠，摇下车窗，贪婪地呼吸着鲜鱼与螃蟹的特有气味。在这个狭窄的街道，埃玛从窗户伸出手，就几乎能抓住在箱子里爬来爬去的螃蟹们，它们正等着被送往一个大黑锅里蒸熟。

从拥挤的码头，谢尔盖转到另一条街，他叫它"哥伦布"。"像一个探险家。"他说，减慢车速，从后视镜里很快地看了埃玛一眼，"这是北岸，意大利人都吃住在这里。"

埃玛迅速从镜子里躲开目光。"他们都是从意大利来的吗？"

他点点头。"都是一起来的。"

"那你们俄罗斯人在哪里吃住？"

"任何可以藏身的地方。"谢尔盖笑着回答。

"那条是什么街？"埃玛问，看着那些在街道里上下闪烁的灯光。

"那是百老汇。是水手酒吧之家。没有适合你这种年轻小姐的地方。"谢尔盖很快地说，他的眼睛躲避着镜子。

他开了几条大街，然后向右转去。"这是华盛顿大街。记住，美国第一个总统。"接着又向右转，进入格兰特大道。"我们现在在中国城的中心。"从镜子里捕捉到她的目光后，他粗黑的眉毛向上挑了一挑。

埃玛的心跳加快了。中国城比她想象中小多了。涂着红色、绿色及金色的饭店、商店一家挨一家地集中在几条大道上。她看着一家家橱窗，沉浸其中，寻找着她往昔生活的印记。那些她可能在湾仔或铜锣湾见过的心事重重的面孔，在格兰特大道上匆匆而过。街道的名字一闪而过：杰克逊、太平洋及百老汇。仿佛知道她的心事似的，谢尔盖开着车又在中国城里转了一圈。埃玛看到标牌上和橱窗上的中国字，感到很亲切很舒服：紫禁城夜总会、金丰、国华饭店、中国长城……与香港不同，旧金山的中国城有着她几周来见过的最熟悉的东西。

埃玛往前探着身子，低声对谢尔盖说："你真好。"

他很快地转过身，露出一个微笑，他温暖的香烟气息吹拂到她脸上。"我知道初来乍到是什么感觉。十一年前，我从莫斯科刚到这里时，分不清东南西北。现在你知道了哥伦布、华盛顿、格兰特……所以你比谢尔盖前进了一大步。现在我最好把你送回学校，不然他们该担心你了。"

他们沿着蜿蜒曲折的山路来到了孤独山学院的大铁门前。在傍晚昏暗的余晖中，这栋抹泥外墙的大楼隐隐约约地显现着它的高大与森严。谢尔盖帮埃玛拿下行李，然后陪她一起等着，直到一个修女慌慌张张地过来招呼她。

"我是玛德雷诺修女。我们一直着急地等着你。"她和善地微笑着，她的头巾映着她粉红的面颊。"真对不起，我的孩子。我们安排了一个中国学生去接你。我不知道她到底出了什么事情没去。希望她没事。"玛德雷诺修女小声说着，她的黑色长袍在风中飞扬着。

埃玛回了一个腼腆的笑。

谢尔盖慢慢地开车走了，他把头探出窗外，向她挤了一下眼睛。埃玛想叫他等一会儿。他毕竟是她在这个遥远的城市认识的第一个人。但她突然感到极度疲倦，什么也不想做，只是机械地跟着高大健壮的玛德雷诺修女。

埃玛紧紧地抓着她的手提箱的把手，温和的空气里飘荡着玛德雷诺修女好听的唱歌般的声音，给埃玛讲着规章制度："我们大约有三百个姑娘住在这儿……我相信不久你就会有新朋友……我们六点钟开饭……伙食很简单但营养丰富……工作日十点以后就不接待来访者了……周末是十一点三十……”

但她的教导埃玛根本没听进去，因为一些词汇老在埃玛的脑海里一遍遍回响。

哥伦布、像个探险家、华盛顿、杰克逊、格兰特、像总统、百老汇和太平洋……太平洋，那个把我和香港分隔开的巨大的海洋……

第9章
来自天鹅河的女人　1951—1953

阿琼

阿琼跑着上了罗家的台阶，她像往常一样又回来晚了。《来自天鹅河的女人》栩栩如生的场景还在她脑子里浮现，这是 C.K. 陈电影公司的最新一部影片。阿琼从报刊上得知香港的粤语电影是由陈先生和他的虎爪公司在掌控。听说他能在几周之内就生产出一部电影。仅仅在去年，他就发行了二十多部电影，提供给日益增长的香港观众。看过《来自天鹅河的女人》后，阿琼相信陈先生会是能给中国电影制作增加信任度、带来前景的人。

与好莱坞的作品不同，他的影片还是很粗糙，表现手法还有些不是很熟练。但受到最近到香港来的上海电影制作人的广泛影响，阿琼看到香港电影无论从所涉及的范围还是洞察力都有了很大的发展。

“你总算回来了。”阿琼在关门的时候听到妈妈说。她妈妈和戈姨坐在客厅的沙发上。

“对不起，我回来晚了。”阿琼几乎上气不接下气地说。她把包放下，“我刚看了一部最好看的电影。”

“我想也是这么回事。”妈妈拿起来一个蓝色的航空信封，“今天刚收到的埃玛的来信。”

阿琼从妈妈手里接过信。自从大约三个月前埃玛离开香港前往旧金山，几乎每个星期她都会往家里寄一封信。有些皱皱的蓝色信纸在阿琼的手里很轻盈地展开。

“你看的是什么电影？”戈姨问，她把手里的时装杂志啪的一声合上，杂志从她的膝盖滑下。

“《来自天鹅河的女人》，是李明演的。”

“我好像刚读过关于这部电影的报道。”戈姨睁大了眼睛，“好像是 C.K. 陈的电影吧，关于一个女人逃离了她的家庭和村庄，到某个城市寻求更好生活的故事，对吧？”

“对，就是它。”阿琼说着，一屁股坐到了戈姨身边，“你应该看一下这个片子！李明演得太棒了！她眼睛里表现的那种微妙的、难忘的神情似乎能讲述一百个故事。它不像其他制片厂生产的那种家庭剧，它里面涵盖了多得多的东西。有希望，即使在遭受耻辱和理想破灭后，她依然充满了希望。”阿琼激动地一口气说道。

“这全都是虚幻的。”妈妈补充说，清了下喉咙，指着蓝色的信纸，“快点。读读妹妹的信。”

阿琼往后靠到沙发上，看着埃玛熟悉的一笔一画，希望这封信不是今天来的。因为阿琼想不受任何干扰地、把李明扮演的屏幕形象在脑子里保存尽可能长的时间。

阿琼从没想到她会这么想埃玛。她经常控制不住地羡慕妹妹的新生活。她最近才意识到，由于她们两个人的迥然不同，她能衡量自己身份的唯一标志似乎就是埃玛的姐姐。这一发现吓了她一跳。她一天天地踱着步，苦思苦想，却始终找不到方向。而严酷的事实却越来越明显——她已经二十五岁了，却依然待字闺中，连个职业方向也没有。

她抬头看着妈妈和戈姨，微笑着。她们已经读完信，正焦急地等着她参与她们的讨论：首先重复一下埃玛已经告诉她们的一切，然后再在字里行间挖掘出她没有告诉她们的一切。

自从埃玛离开家去了美国，阿琼的睡眠就出了问题。她经常被凌晨所做的梦搅得心神不宁。在梦里，她常常朝着她以前从未见过的某个人或某个东西奔跑。有一次她梦见自己来到一间硕大无比的仓库，一缕橘黄色的灯光从门底下透出。阿琼走了进去，看到埃玛和一个兴奋的观众正在看着电影屏幕，屏幕上一个看起来像是阿琼的人穿着裘皮大衣，坐在电影《彗星美人》的主演西莱斯特·霍尔姆和休·马洛中间。

接着，在埃玛离开的一周内，阿琼开始感到胃里的一阵阵疼痛。她以为可能是她的胃溃疡又犯了，不过疼的感觉和烧心的感觉都不太一样。这种疼痛似乎更静更深，好像是她在吃她喜欢的李子干时，吞下了它的核，这个核在她的胃里硬硬地支愣着，让她难受不已。仿佛是恐惧与孤独变成了身体的不适，在她的胃里住下来并慢慢生长着。

这几周来，阿琼努力使自己的饮食和行为举止都像往常一样，以免让妈妈和戈姨再替她操心，她以前已经够让她们操心了。随着埃玛的离开，阿琼和妈妈好像更疏远了。她们俩站在汹涌河水的两岸，而埃玛总是连接两岸的桥梁。现在她的妹妹远在美国，她绞尽脑汁地想找到自己到达彼岸的方法。

宽妈一言不发地开始给阿琼准备难闻又难喝的茶。这一周来，每天晚上，阿琼都发现她的床头柜上有一碗苦根做的黑乎乎的茶在等着她。“喝了它，”宽妈说，“包治百病。连秃驴喝了都能长毛。”

阿琼读着埃玛的信，埃玛的声音透过文字越来越清晰地响在耳边。我选读了所有的基础课程——数学、科学、英语、美国历史。但我最喜欢的还是美术。它是一门全人类的通用语言，我不用花费数小时坐在教室里，冥思苦想地才能理解明白。我选修的美术课很棒，它教我用一种我以前根本想不到的方法来表达我的思想。铅笔画出的线条或一节木炭画出的线条，怎么突然间就被赋予了生命？还有，你可能不相信，有一天我走进绘画教室，看到一个男人赤身裸体地坐在那里，等着我们画他！

“那个美术课和裸体男人都是怎么回事？”妈妈问，仿佛她在跟着阿琼一起读信。

“那叫人体素描。”戈姨笑着，“没看见过的东西，怎么能画出来？想一想达·芬奇和米开朗基罗。”

“行了，我现在明白她为什么喜欢美术了。”妈妈继续说。

“别担心。每一个伟大的艺术家都是这样开始的。”戈姨说。

“看裸体男人？哈！”妈妈说，“我知道那是什么的开始！你最好别高枕无忧的。”

阿琼无奈地笑了。从她懂事起，这种无休无止的拉锯战式的谈话就在她妈妈和戈姨之间上演着。她继续读着。

当然，我觉得太尴尬了，不敢看他，所以没画多少。但是你想象一下！他就坐在那儿，就像坐在他自己家里，就像没有三十双眼睛直勾勾地看着他，等着他动一下一样。我猜他自己就是一个忍饥挨饿的艺术家，不得不靠这种或那种方式来赚钱养活自己。

一个忍饥挨饿的艺术家！阿琼没再读下去。就像《来自天鹅河的女人》一样。想象一下为了艺术，为了你坚信不疑的东西而牺牲需要多大的勇气！"我够坚强吗？"她问着自己。阿琼知道，从《天鹅河》演完，剧场上的灯光重新亮起的那一刻，她就知道：她想要为C.K.陈工作。她愿意做出牺牲——忍受痛苦的磨难，竭尽全力地工作！甚至忍饥挨饿——如果需要！她很高兴埃玛从未在信中提到她想要演戏的雄心。阿琼依然能感到埃玛要远行的那天早上，她坐在她床上的分量，房间里飘浮着的我之罪的芳香，以及埃玛说话时流露出的恐惧。阿琼知道埃玛有多担心她。

然而，阿琼也知道，她长久以来拥有的这个梦是个信号，就像妈妈说的，是"来自天堂的声音"。阿琼解开旗袍领子上的蛙式盘扣，深吸了一口气，然后提高声音说："我有一件事要宣布。"

妈妈和戈姨停止了争论，都因为惊奇而变得沉默。

"我要做一个演员。"在她们说出什么之前，阿琼继续说："我喜欢演电影。"她折叠起埃玛的信，放在膝盖边，用拇指不断地摩挲着。

"你在说什么？"妈妈回应道。

戈姨继续保持着沉默。

阿琼咽了口唾沫。"这件事我反反复复地考虑过了。我认为我有表演的才能。我对此有很深的了解。"

妈妈俯身向前，把她的手掌平放在柚木茶几铮亮的桌面上，叹了口气。阿琼以为妈妈会勃然大怒，但是，她只是长时间地看着阿琼，然后轻声说："你知道那是种什么样的生活吗？全是虚构的。"

"但对我是真实的。"阿琼感到血一下子冲上脑门。她奇怪自己为什么花了这么长时间才认识到如此简单的道理？

“你不觉得你现在年纪太大太迟了吗？”妈妈说。

阿琼感到一阵刺痛。“我现在二十五岁。对嫁人而言或许太迟了，但演戏不是。李明已经快三十了。”阿琼还知道李明只是陈先生录用的二三十个合同演员之一，他给他们培训，但她没对妈妈说这些。

“你知道我不是这个意思。”妈妈突然发火了，“你以为他们都像电影杂志上写的那么风光、那么荣耀吗？那是一种很艰难很复杂的生活，需要付出很多代价。你告诉我，你到底知道些什么？别人会怎么说？”

“我一直都喜欢电影。我也不在乎别人怎么说！”

戈姨站了起来，从椅子上拿起她的毛衣和皮包。“我相信每个人都应该有机会去追逐自己的梦想。”她说着，转身离开。

“就你能。”妈妈小声嘟囔着。

阿琼又深吸了一口气，然后慢慢地吐出来。几个月来，她第一次感到胃部的钝痛减轻了。她感觉轻松多了，也不像上次跟埃玛说起她的秘密愿望时感觉那么傻。

“明天见。”戈姨说。她的脚步声穿过实木地板，然后阿琼听到一声轻轻的关门声。

妈妈不再看阿琼，大步走向走廊。刚才还闹声嚷嚷的房间，顷刻间变得硕大而空洞，了无生机。

阿琼又打开埃玛的信，读着那页纸的末尾：*旧金山是最美丽的城市！这里有那么多开放的空间，金门公园有中环和湾仔加起来那么大。我几乎是花一半的时间迷路，再花另一半的时间找到路。*

从那天晚上开始，阿琼尽可能地将自己沉浸在每一部电影里，范围从政治题材到家庭剧，包括历史片和恐怖片。她关注的不单单是故事本身，而且还有演员的微妙表情及细微动作所表现的神韵和深度。渐渐地，那种胃部的疼痛感觉随着她雄心壮志的增长而消失了。

阿琼走在九龙的弥敦道上。虽然还没到中午，但已经烈日炎炎。她转到一个角落，停在“虎爪电影公司”门前。在两扇木质大门上，显现着已经有点褪色的红色“虎爪”字样。阿琼停留了很长时间，透过半开的门看着后面的东西。

制片场由几幢大楼组成，几面高墙环绕大楼，使大楼看起来平淡无奇，毫不起眼。她离得很近，甚至可以看到披挂整齐的演员从一个舞台走向另一个舞台。酷暑中，阿琼仿佛要被熔化了。汗水顺着她的脖子淌下来，黏糊糊地贴着她的后背。

她看着门边的小木屋，然后拉直她绿色旗袍上的领子，若无其事地走过保安，重新回到弥敦道。

阿琼想肯定每天都有很多人想方设法地要见陈先生，找寻着一切可能的借口：*他没把我的名字留给门卫吗？……陈先生在等我……每一分钟都可能轮到我上场……我是他失散已久的女儿……*阿琼强咽下涌上来的酸水，她必须得找到另一种进去的方法。

陈先生的大多数演员都是经过严格挑选与培训的，可她现在却连大门都进不去。香港的这几个电影制片厂都像是编织密集的中国家庭网——不愿意接受新鲜血液，但一旦被接纳，也不会被轻易退回。

最终，她的演员之梦没有任何进展，说服妈妈也同样让人气馁。

虽然花了几个月的时间，看了一切能看的电影，也读了一切她能读的有关陈先生及他的制片厂的信息，但她开始怀疑她到底有没有能力加入虎爪大家庭。

第二天早上吃早饭时，阿琼一口气喝光她杯里的咖啡，收敛起她的傲气，漫不经心地问："你觉得高姨会认识陈先生吗？"

她看着妈妈用勺子取了一些果酱放到盘子里。"有可能。高姨通过她家里的关系几乎认识每一个人。"

阿琼递给她妈妈一片吐司："你觉得她会不会把我介绍给他？"

"你什么时候能不再想做演员这种没谱的事儿？"妈妈说，她的眼眉向上挑着，她的声音听起来疲倦多于恼火。她把勺子放下，盘子边发出一声脆响。

"这是我想要做的。你为什么就不明白啊？"

妈妈背靠椅子坐着。她黑色的眼睛专著地看着阿琼："我只是不想看到你失望。"

"你确定你是不想看到我失望吗？"

妈妈又沉默了一会儿："如果我们两个都不失望，不是很好吗？"

阿琼努力微笑着，保持着声音的平稳："那你就应该相信我。"她的眼睛因睡眠不足而显得浮肿。她用手指梳理了一下齐肩的黑发。

妈妈透过杯子边长时间地看着阿琼。她们两人对视着，谁都没有躲闪。然后妈妈慢慢地把杯子放回到茶碟里。"我会跟高姨谈一谈，"她低着头说道，"看看我能做什么。"

阿琼靠向椅子背，由衷地笑了。在早晨刺眼的阳光中，妈妈看起来苍老而疲惫。尽管如此，素面朝天的她依旧风韵犹存。阿琼想，很可惜妈妈从未演过戏。她在屏幕上一定会很完美。

一周内的一天早上，阿琼来到餐厅，发现妈妈起得很早，正在等着她。妈妈喝着茶，饭桌上还残留着橘子皮、吐司碎屑，及果酱等。它们都还放在盘子里。一封蓝色的航空信展开了放在她面前。

“早上好。”妈妈用粤语说。

“早上好。”阿琼坐下，给自己倒了一杯咖啡，它浓重的味道使她清醒。和妈妈的英式早茶相比，她需要更强烈的东西来让自己振作精神。阿琼扫了一眼那封信，是爸爸很小很整齐的笔迹。

屋子外面，水果小贩的叫卖声一声高过一声。她知道宽妈会为她和妈妈精心挑选最好的应季水果。

“橘子。”

妈妈靠在椅子背上，仔细地看着阿琼。“你爸爸很高兴，知道你找到了一个能全身心去追求的东西，”她抚摸着面前那张薄薄的信纸，“我也跟高姨说过了。昨天晚上她告诉我，高叔已经跟陈先生谈过了。如果你愿意，你可以在他的制片厂做一个小配角。”

“芒果。”

阿琼停下喝着的咖啡，抬头看着妈妈：“是真的吗？”她问道，把她的杯子举在半空。“我当然愿意。”

“香蕉。”

妈妈笑着，给自己又倒了一些茶。“现在你可以看看，这到底是不是你想要做的了。”

许多年来，阿琼第一次跑向妈妈，拥抱着她。她身上满是温暖的薰衣草香皂和橘子皮的香味。刚一松开手臂，她就开始想念妈妈那柔软的、凝脂般光滑的肌肤了。

当身体高大的虎爪电影公司的门卫在名单里找到她的名字后，

就砰的一声打开了小木屋的门，给她打开大门。

一走进大门，阿琼发现这个制片厂比她想象的要大得多，三幢粉刷得雪白的大楼并肩而立，环绕它们的是拍电影的外景场地。阿琼挺直身子，朝着离她最近的大楼走去。

在楼里，她走进一个黑暗的、屋顶很高的房间。里面很凉爽，还有很多小房间。阿琼从门上往里看着，忐忑不安，她的眼睛有一瞬间不适应里面的昏暗，已换好戏服的演员们匆匆与她擦肩而过，在一个个的舞台间穿梭着。阿琼驻足观看，想看看有没有她认识的明星，但往往是还没等她看仔细，那些演员们就消失了。锤子一下下空洞地响着，四面八方传来的嘈杂声在空气中回荡，这一切使阿琼头昏眼花。

“你在找什么人吗？”一个女人大声地谨慎地问。

阿琼转身看去，一个身材矮小、大约和她相同年纪的女人抱着一摞漂亮的袍子和一堆血迹斑斑的抹布。

“对，对，我在找人。”阿琼赶紧回答，很高兴有人注意到她并愿意帮忙，“我在找陈先生的办公室。我应该今天开始在这里工作。”

年轻的女人微笑着。“我先把这些服装拿走，然后我带你去主楼。”她转身离开，又转回来。“对了，我的名字叫玉风。”

“罗琼。”阿琼也微笑着。

“认识你很高兴。我马上回来。”

阿琼看着阿玉在场地间快速往返——一个个独立的空间被薄薄的胶合板分割开来。从阿琼站立的地方，她看见一个皇帝的宫殿，而几步之外，就是一个摩登的客厅。玉风放下一些服装，又收集起另一些。她回来了，把新收集的一抱服装放在一个木椅上。

“在这边。”玉风说，已经走出门去。

阿琼紧跟着，走到了明媚的阳光下，她的眼睛眯缝起来，躲避着刺眼的阳光。

“那边那个就是主楼。”阿玉指着旁边一幢大楼，“办公室和演员上课培训的教室都在顶楼。我们刚才离开的大楼和那边那幢都被分割成不同的摄影棚。”

“比我原来想象的大。”

“我在服装部工作。地点就在你刚才进的那幢楼的后面。你一定是演员吧?”

阿琼犹豫了一下，然后说：“一个小配角。”

“实习生啊。那你见到陈先生的机会会比你想象的要多了。”玉风笑着说。她在主楼的入口处停下了。

“什么意思啊?”

“你会明白的。办公室就在那些台阶上面。”阿玉看了下她的表，“我得走了。我们不久就会再见的。”

玉风很确定地微笑着，然后转身消失在两幢楼之间。

没用多久，阿琼就明白了玉风的意思。陈先生的秘书，玫玫，一个年龄稍长、体态优美、举止严肃的女人，给她讲了一大堆清规戒律。

“下个周三的早上，你要到服装部报到，在《盲剑侠》第八场里扮演一个群众角色。”玫玫用眼睛上下打量着阿琼。“陈先生希望你不要跟在虎爪一起演戏的其他人约会。如果你没有角色安排的时候，那就要去参加声音训练及表演课，而且也会给你安排一些其他任务帮助陈先生。”

“当然。”阿琼说，握紧了手里的纸，不知道那些其他任务是什么。“我能见见陈先生吗?”

玫玫微笑着：“今天不行。”

第一周的周末，阿琼知道了她的任务包括用托盘给陈先生送茶和蛋糕；离开他办公室时，要尽可能地轻开、轻关他办公室的门。阿琼端着一托盘的热茶，往陈先生的办公室走。随着分分秒秒的推移，手里的托盘变得越来越沉。她迅速、坚定的敲门声透过高大的木门响彻整个大楼。她紧张地等待着，每一次敲击都像是敲在她的心上。玉风曾经警告过她，穿着旗袍端送茶盘、执行这些任务不方便。所以当其他演员还都穿着旗袍的时候，她却穿着宽松的西式裙子，配着一件开襟毛衫。她极力保持着身体的平衡，等着门打开，这样她就可以最终见到陈先生了。终于，阿琼听到一个压抑的声音让她进去。她一边用一只汗津津的手抓着门把手，一边平衡着另一只手里的托盘。她向前迈了一步，推了一下门，却突然意识到门是向外开的。“真该死。”她小声说。

她只好往后退了退，拉开门，托盘在她手里发出一阵阵声响。屋子里光线很暗，散发着很浓的烟味。陈先生那些成功电影的海报被镶在镜框里，一排排地挂在木板墙上。它们当中，有一幅就是李明在《来自天鹅河的女人》里的剧照。陈先生坐在桌子旁，用手指轻轻地将烟灰弹到银质的烟灰缸里。透过重重烟雾，阿琼看到他是一个瘦小的有点秃顶的老人，怎么看都有六十岁了。他挥舞着另一只手，对坐在底下的两个人快速地说着什么。他的秘书玫玫穿着一件红色的真丝缎旗袍，坐在一边，做着记录。

“您的茶。”阿琼声音响亮而清晰地说。

“就放在这儿吧。”陈先生说，吸了一口烟，在他大写字台的那一边挥着手。

阿琼按照他的指示把茶放下。

“好，好。”他低声说，挥着手让她退下。

在她转身离开时，她发现陈先生快速地扫了她一眼，他细小的眼睛把她从头到脚地扫视了一遍，又转回头去。

课堂是在主楼楼上窄小无窗的房间里。“陈先生希望大家都不要心神不定。”长得很瘦、神情严肃的表演课指导，在阿琼上第一节课的时候说。无窗的教室里空气沉闷，里面放着一张大桌子，围坐在桌子中间的另外八个实习生中的大多数人年龄更小，差不多都是陈先生或制片厂的其他人招进来的。他们都礼貌地对阿琼点着头或打着招呼，但阿琼注意到每个人都保持着一定的距离。她在离门最近的桌子边坐下，觉得紧张万分、浑身无力。

表演指导沿着桌子走着，给了每个人一份短小的剧本。

“拿出一点时间读一读你们手里的剧本。它们都是田纳西·威廉斯的作品《欲望号街车》[①]里的选段。你们中的大多数人都应该很熟悉这部戏或电影。接下来，我会要你们一个个地到前面来，读一读你自己手里的那一段。”指导说，他的手抓着椅子的后背。

阿琼看着分给自己的那一段节选，心花怒放。这是她最欣赏的情节的一部分。她闭上眼睛，想象着自己是费雯·丽扮演的布兰奇·杜波依斯。

阿琼是排在两个男演员后面。“罗小姐。”她听到有人叫她的名字。

“啊？”她抬起头，对听到自己的名字感到很惊奇，看到所有的人都在注视着她，她的心跳加快了。

---

① 著名剧作家田纳西·威廉斯的代表作品，曾被多次改编为舞台剧。1951年费雯·丽与马龙·白兰度主演的同名电影是1950年代的经典影片，获得了四项奥斯卡奖。

“轮到你了,你愿意试试吗?”

阿琼往后推了推椅子,站起来。她脱掉她的毛开衫,把它搭到椅子背上。她很高兴自己穿了一件宽松的雪纺绸连衣裙,戴一串简单的珍珠项链。站在教室前,阿琼扬起下巴,用手指摸着珍珠,以她能理解的布兰奇·杜波依斯的最佳状态,大声而清晰地读着:

> “……外表的美丽是暂时的。但是心灵的美丽、精神的富有、内心的温柔宽厚却会和岁月一同增长。”

当阿琼读完后,她感到一阵冷汗流遍全身。她双腿发软,四肢无力。她看了看四周,教室里寂静无声,其他学生依然抬着头,还全神贯注地沉浸其中。阿琼所能听到的是她刚刚说出的每一个字的丰富内涵。它们依然在她心中回响。

《盲剑侠》是一部古装戏,阿琼在里面扮演一个受了惊吓的村民。在去往服装部的路上,她经过了几个其他电影的舞台。这一天的日程好像是武打戏的场面。阿琼惊叹于男演员戏装的古典与精致。一层厚厚浓浓的白粉把他们的脸化得像鬼一样,他们的身体从蹦床上弹起,然后优雅落地,像是在跳舞。她渐渐了解到那些梦幻的场景都是由简单易破的东西搭建起来的,中间用钉子或胶水固定着;城堡和寺庙可以在几个小时内建起来,也可以在几个小时内被拆毁;男人女人为着同一部戏里的不同角色,相互交换着服装与化妆品。阿琼感觉她以往对电影的那种神秘的崇拜消失了。但她对那些幻想制造出来的东西还是很痴迷。

玉风在服装部后面一个大而杂乱的地方工作。各式各样的衣服及袍子挂在靠墙的架子上、散乱在桌子及椅子上。阿琼在这些东西中间发现了玉凤，她正在忙着往一件袍子上缝一些珠子。

阿琼很高兴又看见了她友好的笑脸。“我猜我找到了服装部。”

玉凤抬起头，微笑着：“只有一个，而且是唯一的一个。你是来试衣服的吧？”

“我在《盲剑侠》里扮演一个村民。”阿琼笑着说，“不是我期待的那种魅力女性的角色。”

“这个月好像确实是陈先生的武术电影月。”玉凤站起身，放下袍子，开始在她身边的架子上寻找。“到目前为止，已经四部了。我们服装部的三个人都快忙不过来了。”

阿琼看到有一个架子上放满了各种质地的旗袍。“你与李明一起工作过吗？我很喜欢她的《天鹅河》。”

玉凤点点头，抽出一件沾满泥点的黑色棉布宽松上衣和裤子。“她脾气很大，特别是得不到她想要的东西的时候。”玉凤转动着她的眼睛，“我很高兴她一直在不同的剧组里忙着。这个，这个是你的服装。你可以到那边去试一下。”她指着一个试衣间。

“真的？她那么难以相处啊？”阿琼问，无法掩藏她的失望。

玉凤捡起那件袍子，坐下来，继续缝着珠子。“很遗憾有些女演员不像她们所扮演的角色那么可爱。噢，还有些事情你要注意：争取站在人群的前面。不然的话，你就会被那些抢镜头的人淹没。”

阿琼抓起她身边的上衣和裤子。“谢谢你。”她真诚地说。

“一点小诀窍。”阿玉给缝衣服的线打了一个结。几个珠子在地板上发出几声脆响。“等一下，我还没说完呢。”

有时候，在制片厂待完漫长的一天后，阿琼会叫辆出租车去看戈姨。在戈姨的针织厂，阿琼会悲叹自己扮演的那些小配角以及被安排的那些差事。

“你不必非要待在那儿。”戈姨说，给阿琼倒了一杯雪利酒，“你知道你妈妈有多担心你。”

“我还能干什么啊？”阿琼问，小口喝着柔滑香甜的葡萄酒，感觉它热热地流向喉咙。

戈姨笑着说：“你什么时候都可以回来帮我啊。”

阿琼停住了。针织厂的生意每年都在发展，她记起妈妈有一天说戈姨正准备从湾仔区搬到一个大一些的楼里。“妈妈说你要把西风厂搬到九龙那边？”

戈姨又给阿琼倒了一些雪利，再把自己的杯子加满。“现在这个地方有点小了。我希望能在最近几个月搬走。”

阿琼知道戈姨一直梦想着她或者埃玛能在针织厂工作。阿琼看着她身材高大的姨妈，心里升起一份由衷的钦佩。没有依靠婚姻，戈姨成功地创造了自己的生活。阿琼希望自己也能如此。

“你把西风厂建成了针织王国！”阿琼笑着说，接着举起酒杯，“为了你更上一层楼，干杯！”

戈姨脸红了，喝了一口雪利。“这不算什么。”

“已经足够说明一切。”

阿琼一口气喝干了杯里的酒，但是她明白，她还不想放弃演戏。她觉得内心深处依然有一些强烈的心声想要与观众分享。

阿琼感到一种温热袭上两颊：“可不可以给我多一点时间考虑你的好意？”

“你知道的，我可以用一生来等待。”

第二天一大早，阿琼就直接来到陈先生的办公室。他的秘书玫玫还没到。阿琼不知道人们关于玫玫与陈先生有染的传闻是不是真的。有时他们熬夜到很晚，早上也来得晚。她是他这些年里的第五个秘书。和其他制片人不同的是，陈对他的女演员视而不见，却愿意与他的女秘书为伴。他的太太和4个孩子住在浅水湾。在拥有10个房间的豪宅里，在许多不同款式型号的车里（包括最新款的美国卡迪拉克），他们浸没在自己的伤痛里。

阿琼从中国的电影杂志里了解到，虽然陈看起来像六十多岁，但他却以精力充沛闻名，工作起来仿佛年轻了三十岁。不论是被什么事——公司的、个人的——耽搁到多晚，但他每天都会在八点前到办公室，只有星期天除外。星期天他会在浅水湾家里的办公室里处理事情。阿琼想他总得偶尔回家看看吧。

阿琼的舌头轻轻地舔了舔涂了红色口红的嘴唇。她把头发撩到后面，摸了一下她嘴唇上的痦子，然后抻直她的丝绸上衣和她有意识穿的七分裤。她没再犹豫，坚定地敲着陈先生的门。没人回答。也许陈根本就没早来；也许他根本就不是杂志上说的什么"习惯性地"把他早上的私人时间贡献给工作的人。她正要转身离开，却听到了里面传出的低声的"进来"。小心地向后退了退，她拉开了门。

陈先生坐在屋子中间宽大的实木办公桌后面。在早晨的阳光下，他看起来很矮小，也不那么让人胆怯了。她往前走了走，试图把这简单的第一印象记在心里。只有在那时，她才想好了要跟他说什么。

"对不起，陈先生，我是您公司的一个女演员。我不知道可否跟您说几句话？"

"可以。你想说什么？"陈答道，依然在读着报纸，没有抬头。一丝淡淡的烟雾在房间里缭绕。

"我是一名很出色的演员，"她说，嗓音不由自主地干脆响亮，"我有资格在您的影片里扮演更重要的角色。”

陈的眼光终于从报纸转向她，他从嘴里把还燃着的香烟拿下来，放到已经半满的烟灰缸里。她感到他的目光再一次把她从头到脚地打量了一遍，又转回去。

“你凭什么认为你能演戏？”他问，向椅子后背靠去。

阿琼感到一阵灼热，汗流了下来。她希望自己能转身离开，但相反的，她把两臂交叉着抱在胸前。

“那您凭什么认为我不能？”她反问道，保持着声音的平稳，“请您到课堂里来看一看我的表演。我会让您知道我会演到多好。”

陈盯着她看了很长时间。他的眼睛眯缝着。仔细审查，阿琼想，但她没有躲避。她感到汗水正顺着她的衣领往下淌。然后，一抹微笑在陈先生满是皱纹的脸上荡漾开来。

“你说得对。我得看看你的表演，否则不可能知道。”他拿起烟，深吸了一口，“告诉我，你嘴唇上的痦子是真的吗？”

阿琼的手指本能地摸了一下痦子。“是真的。我的表演技能也是真的。”

“你叫什么名字？”

“罗琼。”

“罗琼。”他笑了。“啊，是的。完美的布兰奇·杜波依斯。至少我是这样听说的。”他点燃了另一支香烟。“好吧，罗小姐，我们来看一看你到底怎么样。”他移开目光，重又拿起报纸。

一周周、一月月地过去了，情况依然没有改观。阿琼怀疑她到底能不能有机会单独出现在屏幕上，而不用跟五十多个人挤在一起往镜头前面冲。偶尔她会看到陈先生来到片场，对导演说几句什么，然后就又消失了。

阿琼第一次在屏幕上看到自己是在皇后影院看《盲剑侠》，妈妈和戈姨焦虑不安地等着她在群众演员中出现，而阿琼则难以确定镜头里到底会不会有她。她曾试图站在人群的前面，但那些女演员们不停地推来搡去。镜头后面的争斗要比剧本里描述的还要多。

“她在那儿。”戈姨小声说。

“哪儿？哪儿？”坤玲抓着阿琼的手，紧张地问。

阿琼感到口感舌燥。她看到自己只出现了瞬间，穿着沾满了泥污的衣服，在人群里挤来挤去地奔跑逃命，黑色的眼睛里充满了恐惧与无助，好似摄像机能救她。

阿琼刚要考虑放弃，陈先生给了她另一部武打片《悲伤的女人》里的一个小角色。阿琼得到消息后做的第一件事就是给埃玛写信，她知道埃玛一定会很急切地知道她的好运。“你总有一天会在好莱坞见到我的。”阿琼写道，“我总算可以在片子里开口说点什么了，哪怕只是喊着求救。”

妈妈还是持怀疑态度，戈姨却给了她很多鼓励。宽妈不再给她煲苦茶。漫漫长长的岁月后，阿琼终于找到了自己的人生方向。

在一个又一个的小角色里，阿琼通常觉得自己被藏在服装及化妆品里。她在预定的时间里喊一下或叫一声，偶尔会说出一个或两个词——她最长的台词是“你逃不掉的”。那是在她为了救女主人而过早死去时说的。即使她的镜头被全部减掉或删掉，她也会私下里认为她确实是在电影里出现过。她所扮演的角色无足轻重，但她最近演的这个死亡镜头却足以让陈认识到她确实有一些天赋。他跟她又签了一年的合同。

差不多是在她加入虎爪电影公司一年半以后，阿琼才开始接手一些大一点的角色。主要是扮演陈先生的剧本里女主角的使女。同时，阿琼成了陈的电影家庭里的一个固定成员，最终得到了别人的认可。没过多长时间，她发现有一些年轻的女演员开始嫉妒她，对她怀恨在心，用审视怀疑的目光打量着她，在她背后说一些诽谤她的话。比如说她"和陈睡觉"或"利用家庭关系买通了她的路"等等。阿琼更欣赏那些已有了自己的基础而对她不屑一顾的女演员。演电影的第二年，阿琼完全明白了这一行业的现实——待的时间越长，背后使坏的谣言越多，也就越会得到别人的注意。但对她而言，依然没有任何东西比看到自己在影片中变成了另一个人而让她兴奋。

✣ ✣ ✣

她有很多东西要学，其中重要的东西之一就是如何躲开那些避之不及的关注及骚扰。她加入公司后不久，就有一些男演员和导演来给她送花或请她吃饭。"你总得吃饭吧。"他们说，或者"在下一部戏里，你的角色会更大更重要"。她对他们空洞无物的话语和香得腻人的古龙水感到十分厌烦。当礼貌的拒绝不能奏效的时候，她就在拒绝的时候直视着对方的眼睛，直到他们首先败下阵来，逃之夭夭。不久，他们就不敢再来约她出去了。阿琼谨慎地保持着自己和他们的距离，即使冒着被冠以"狂妄自大"或"目中无人"的风险。

玉凤成了阿琼在制片厂最亲密的朋友和知己。尽管她在其他女演员前谨言慎行地伪装着自己，但每当她和阿玉有机会在大楼的后院一起吃饭喝茶时，总要交换一些小道消息，再笑着品评一番。

“你看她长了多少肉。”阿玉说，扬着眉毛看着走过她们身边的一个年轻女演员。“她连戏服都快穿不了啦。我不得不用别针代替纽扣才能把衣服合上。”她笑着说，“我想象不出她到时候怎么演打斗的戏。”

“不用很久，她就不能轻易地在空中飞来飞去了。”阿琼补充道，端起她的那碗面条，“至少，我听说是这样。”

“你是说……”

阿琼点点头。“传说孩子父亲是她最近这部戏的导演。”

阿玉夹了一些面条送到嘴里：“但我听说他不能……”

“很显然他能。”阿琼笑着。

她想告诉阿玉，至少有两次，这个导演就找过她，给过她一些麻烦。但想了想，还是改了主意。阿琼明白虎爪电影公司是一个独立的小社会。有时，他们就像是矛盾不断、争论不休的兄弟姐妹。怎么小心都不会过分。传递已经存在的流言飞语是一回事，但滋生出非己所愿的关于自己的绯闻就是另一回事了。

第二天，阿琼一上午都在等着拍摄她的新片子《爱的代价》的一个场景，主演白光，是她最喜爱的女演员之一。这是到目前为止阿琼最重要的一个角色，她扮演一个歌妓。受雇陪同某人外出社交的歌妓和女歌手的角色好像很受欢迎。香港的一家舞厅在重建，只好将这场戏延迟拍摄，导演在最后一分钟才通知大家。因为那天她没有其他安排，就提前回了家，这是两年来的第一次。

她家的房子凉爽而诱人。家里还驻留着妈妈的一千零一夜的馨香，阿琼知道妈妈可能已经出去吃饭，然后到哪个阿姨家或到哪一个酒店的包间里去玩麻将了。阿琼翻了一下餐桌上的邮件，看到了一封埃玛的来信。宽妈不知去哪里了，看不到踪迹。因此阿琼踢掉脚上的高跟鞋，坐到沙发上读埃玛的信。

我恨不能在假期就赶紧回家，好看你演的那部电影。我真为你骄傲！我告诉我宿舍的女生我姐姐是一个天才的中国影星，她们想知道你什么时候才能像琼·克劳馥一样大名鼎鼎，我告诉她们再有一年的时间，你就会像露西·鲍尔[①]一样家喻户晓！有一天我到一个叫玛吉·欧利里的同学家，第一次看了电视剧《我爱露西》。我还是不明白在这样小的一个盒子里，那些移动的图像是怎么回事？但欧利里太太说是通过电视播放的。说不定有一天，你在香港也会有自己的电视节目呢！

阿琼觉得自己羞愧难当，不由得红了脸。但还是继续读了下去。

希望你能过来看看我。你会喜欢旧金山的。这里气候温和，我有时都分不出这个月和下个月的区别。我一有时间就去中国城，不过那里的食物一点也不像我们在家吃的。这里的中餐全都美国化了。每个菜都会浇上一些糖醋汁，不过还是比我们学校的伙食好。我们学校的伙食有很大一部分是没滋没味、烧得过了火的肉和土豆，再放上很多的番茄酱。除了你们大家，我最想念的就是晚餐时的米饭。这里的女生整天吃着一袋袋的原味白面包，我觉得说不定哪一天她们全都会吃爆了！

---

① 露西·鲍尔，电视剧《我爱露西》的女主角。《我爱露西》是1960年代风靡美国的一部热播电视剧，也是美国电视史上最受欢迎的喜剧剧集之一。

希望妈妈和戈姨都好。我会分别给她们写信，包括爸爸。我多么想念宽妈做的那些美食啊。

真是奇怪，人为什么都要等到失去了之后才知道珍惜曾经拥有的呢？

阿琼放下埃玛的信，出去找宽妈。她仔细倾听任何一点响动，试图找到一点线索，好知道她的老用人在哪里，但除了后院惯常的说话声，只有陌生的、完全的寂静。阿琼感到嗓子发干。她已有很长时间没有跟宽妈好好谈过话了。很多时候，当阿琼回来吃饭时，都已经很晚了。她通常只是简单地吃点就回到她房间准备第二天的戏。

“宽妈，”阿琼喊道。她打开厨房的门，但里面空空如也。宽妈可能出去办什么事了，也或者在楼下后院，蹲在大盆前洗衣服去了。

阿琼透过后门看了看后院，那里也是空无一人。

“宽妈。”阿琼再次大声喊道，虽然她并没期待回应。

她返回厨房，里面有一股强烈的大蒜和宽妈那些千奇百怪的草药的味道。这个房间是阿琼感到最舒服最温暖的房间。她伸出手，抚摸着石面的料理台，由于经年累月的擦洗已经像被打磨过一般光滑，她又拿起宽妈的老切菜刀，在手里掂着它的重量。阿琼想起宽妈跟她说过的话，哑然失笑。宽妈几次跟她说，经过多年使用，刀已经磨损得变小了。

“你今天回家很早啊。”宽妈的声音吓了她一跳。

阿琼转身看到宽妈从紧挨着厨房的衣橱大的房间里出来。宽妈的金牙在说话时一闪一闪。一缕灰白头发从头上耷拉下来。阿琼想过去拥抱她，却站着没动。

“有一场戏出了问题，他们让我们提前下班了。”阿琼把刀放回到石台上。

“现在做饭太早了。”宽妈看着刀说。

“妈妈去玩麻将了?”

“在洪姨家玩。”

阿琼笑了。“我在想你在干什么。或许我可以帮你做点什么。”

“什么都好了。”

“你需要去市场上买什么东西吗?”

宽妈扣着棉布马甲的扣子。“早上去过了。”

宽妈往一个旧水壶里灌了些水,放到炉子上。“现在家里太安静了。你去制片厂,妹妹在美国……开始时最想念的是声音,然后想念其余的一切。”

阿琼沉默了一会儿,不知道说什么。“不管我们以后做什么,你和这个房子永远都是我们的家。”她说,从架子上拿下来两个精致的茶杯。

宽妈继续沉默着,忙着从一个大的圆形干茶叶上弄下来一小块。“怎么是两个杯子?”她问,看着阿琼拿出的两个杯子。

“我想你可能也想喝点。”阿琼说,眼睛没有离开过她的老用人。

宽妈看着精美的瓷器,慢慢地点着头,给每个杯子里都放了足够多的深褐色的茶叶。

第10章
会面　1954

戈姨

戈姨在酒店房间里踱步，等待着埃玛。她感到左腿膝盖发僵，不听使唤。这是她这一年里第二次到海外旅行。戈姨发现了旅行给她的身体带来的一些影响。除了时不时会感到腿部有僵硬的感觉，她还神经衰弱，睡不好觉，这种情况直接导致了她严重的头疼。现在每当她到美国或欧洲出差，她总是听到坤玲说："你已经不再年轻了。让别人替你去吧。"

还没到五十岁呢，戈姨拒绝听从表姐的劝阻。她喜欢所有新的景色、新的声音，她已习惯独自一人在外旅行。飞机的轰鸣声、火车行进中的轰隆轰隆声和她的针织机在穿梭中的嗖嗖声，都已经成为她生活中的一部分。旅行中听到的那种粗犷的机械噪音，以一种奇怪的方式，让她身心放松，让她远离日常琐碎的生活，带她进入一种全新的未知世界。

依然身材挺拔、端庄优雅的戈姨，在旅行时通常总是穿着及膝的西式职业裙装,加上与之匹配的帽子和手袋。在香港家中,她通常都忽略时尚趋势,喜欢穿着美国或欧洲品牌的舒适休闲服装,这也是香港太太们喜欢的着装方式。在西风厂里,她则有一套蓝色和黑色的宽松上衣和裤子,轮换着穿。

在国外时,她经常和客户一起吃饭,由此与一些客户变得很熟悉。经常有人邀请她去家里与家人共进晚餐。因为当地没有什么朋友,有时会感觉孤独,所以她通常会接受这些邀请。

"但你并不是很了解他们啊。"当坤玲第一次听说这事后,警告她说。

"他们一直对我很好啊,而且他们还从我公司订货。我知道这些就够了。"戈姨回答说。

坤玲仔细地看着她,然后清楚地、一字一句地说:"天知道我可是提醒过你啊。人们都具有两面性的,在家里是一副面孔,在外面是另一副。"

戈姨笑着,沉默着摇了摇头,把表姐的警告也一起摇走了。

坤玲不可能了解她的那些客户有多好。戈姨的生活中有很多大大小小的幸福与快乐。她对西风厂今天的成功,对她结识的那些朋友感到很骄傲很欣慰。戈姨还学着享受各种不同的西式菜肴——罐装的大块的盐水火腿、土豆泥、咸牛肉与卷心菜,及面条与奶酪砂锅。最近,她甚至开始偶尔在睡觉前喝一杯热牛奶。不过,想到宽妈第一次看到这颜色沉闷、口味寡淡东西时的表情,戈姨禁不住哑然失笑。

戈姨没有告诉坤玲的是,她发现对她独自一人进食与旅行,西方人有时好像感觉不太舒服。从他们一掠而过的眼神和窃窃私语她能感觉到。戈姨一下子就离群索居、更加形单影只了。在香港，她总是和一群人在一起：她是两个外甥女的第二个妈妈，是西风针织厂的老板，是坤玲麻将组的一个成员。不过戈姨的脸上总是挂着从容的微笑——全世界人人都懂的国际语言。在她独自步入高档酒店，遭遇侧目而视时，在应该戴婚戒的手指上，戴着妈妈留给她的深绿色翡翠戒指，而避开那些狡黠的目光注视时，这种微笑始终保护着她。

现在戈姨看着她的翡翠戒指，这是她旅行时佩戴的唯一首饰，微笑着。"翡翠会永远保佑你。"她听到妈妈轻柔的声音对她说。戈姨不清楚妈妈是不是也知道这个戒指所带给她的安宁与慰藉。

她看了一下表，然后看了一下房间的白墙。这个房间和世上所有的酒店房间没什么两样，只是透过窗户就能看到的金门大桥，提醒着她这是旧金山。埃玛随时会到。戈姨订了一个套间，万一埃玛改变了主意，想和她一起住几天的话，她也有足够的房间。毕竟，戈姨是家里唯一一个来参加埃玛毕业典礼的人。会客室宽大舒服，配有一张沙发和两把大椅子。眼下看着这间大套房，戈姨在想自己是不是有点太奢华。

埃玛只是在大学的第一个暑假回过香港一次。戈姨记得那是一个热的让人喘不过气的八月，她们围坐在铺着棉台布的餐桌旁，喝着冰茶，不断地扇着风，以驱散似乎静止不动的浓浓的炎热。

在那个暑热难耐、汗流浃背的月份，宽妈待在厨房里，做着所有埃玛愿吃的饭菜——咸鱼鸡丁炒米饭、蚝油芥蓝炒蘑菇及蒜香姜丝蒸扇贝。

阿琼在虎爪公司工作到很晚的那些晚上，戈姨和坤玲都聚在埃玛身边，确保她吃够吃饱，恨不能把她在旧金山这一年肚子的损失全部补回来。埃玛疲惫地笑着，把她的头发从汗津津的脖子上撩起来，重复着她大多在信上已经说过的事情。

"我从早上八点开始上课，一直上到下午四点左右。"埃玛嘴里一边吃着鸡丁炒米饭加泡菜，一边说。

"那什么时候吃饭啊？"坤玲问。

"课间。"

坤玲凑近了埃玛仔细地看着："怪不得你瘦了这么多。到处跑却不好好吃饭能不瘦吗？"

"你看起来很好，"戈姨调解道，"像个大姑娘了。"

埃玛感激地看着戈姨。"自己一个人就是不一样。什么东西都看得更清楚、更直接。"

戈姨继续说："你在宿舍一定交了不少好朋友吧？"

"同学们对我都很好。有几个比较亲近的同学。其中一个是香港女孩。但是我还是太想念宽妈做的饭菜了。"埃玛说，故意提高嗓音好让宽妈听到。

"那你就应该待在家里啊。"坤玲说。她把筷子放在碗边，然后拿起扇子，迅速打开并不断地扇着。

埃玛停止吃饭，抬头看着妈妈。"有时我想回来，但我确实很喜欢旧金山。"埃玛说，深思熟虑并胸有成竹："另外，我已决定要完成美术学士学位。哪怕饿死在孤独山，我也要学完它。"

戈姨在心里笑着。

坤玲又沉默了一会儿，然后也笑了，又夹了一些鸡肉放到埃玛的碗里。"我这两个女儿怎么都这么犟啊？"

"你怎么不看看她们的妈妈是谁？"戈姨大笑着说。

坤玲少有地点着头表示赞同。她转向埃玛说："那你最好在能吃东西的时候就赶紧吃。”

那个夏天以后，埃玛就待在了旧金山，即使戈姨主动给她买机票叫她回来，她也没回来。总是有事情要做，或是有考试要应付，把她隔在太平洋的那边。同时戈姨想这一定也和香港变得越来越吵，越来越拥挤有关。和她一样，埃玛需要独自的空间，需要相对安静的环境。

“你觉得妹妹和我们疏远了吗？”有一天坤玲叹着气问。

“埃玛长大了、成熟了，不是和我们疏远了。”戈姨轻声地回答。

戈姨不敢相信时间从指缝间溜走得如此之快——从上次看到埃玛已经整整一年了。戈姨上次从纽约回香港时，已经订好到旧金山的机票，但因为西风厂出了点事，不得不临时取消了行程，只得在机场匆匆见了埃玛一面，说了几句话。戈姨塞给埃玛一个红色的信封，里面装了些压岁钱。埃玛在机场挥手告别时的纤弱身影始终在她心头萦绕。

那次是西风厂有人要罢工，如果她不马上回去，就有可能要承担厂子马上要倒闭的风险。她记得那时她想：“既然他们已经孤注一掷了，他们要什么就给他们什么好了。”但是公司发展到这么大，已经不是她自己一个人就能拍板的了。戈姨只好与经理、律师及策划专家一起商谈对策。“如果你向他们低头，就永远也别想挣到钱。”他们大喊大叫着对她说。

但是戈姨挣到了钱，而且数量之大超过了她的想象。很多针织厂的工人都是在她还分辨不清费尔岛图样和集圈组织的区别时，就和她一起一路摸爬滚打着过来的。老孙教她操作机器，美美教她如何看图样。他们已经成了她工作家庭的一员，他们的面孔和与她有血缘关系的亲戚一样熟悉。"满足他们的要求。"她坚持这样想，就像她愿意把一切都给坤玲、阿琼和埃玛一样。最后，吵闹的声音停息了。他们各自都让了一步，事情解决了。

戈姨还记得，在一切平息下来后第一次到西风厂的情景。工人们熟悉的笑脸向她打着招呼，表达着感激之情。排列整齐的上百台机器又重新投入生产。一缕明亮的阳光从顶上的天窗透射进来，仿佛所有东西都在照相机的闪光灯照射下。戈姨眨了眨眼睛，擦了下鼻子，把在空气中飞扬的落到鼻子上的羊毛或棉线的杂质赶走。她停下来检查挂满了套头线衣的衣架，查看针法是否平整均匀，设计与色彩有没有问题。西风厂的声誉靠的是产品的质量。一切都还满意，戈姨爬上了木质楼梯，回到她办公室，向下俯视着混合成一片的机器运转声，眼睛一阵湿润。

快下班的时候，老孙来到了戈姨的办公室。她敲了敲门，走了进来，她回避着戈姨的目光，也拒绝坐下。她的手指在她黑色的上衣口袋里来回动着。"你知道如果不是我，这一切就不会发生了。"老孙说，她的声音充满了胆怯与羞愧。

戈姨微笑地看着她资格最老的、已经年届六十的员工。"有时候有些事情的发生是为了让它朝更好的方向发展，这不是什么坏事。你还记得你第一次教我使用机器的情景吗？你告诉我放松，这样我的手指和我的大脑才能很快记住怎样接线，怎样按动正确的开关，然后就可以驾轻就熟了。我认为在过去一年，我们西风厂生产的毛衣款式大都比较雷同，缺少变化。现在真应该换一换脑筋了。

老孙抬起头，眼睛闪着光。"但是工人们应该先跟你谈谈，而不是在你背后偷偷摸摸地行动。"

"让过去的一切都过去吧。现在要紧的是要向前看。"

"为了辉煌的未来!"老孙笑了,她参差不齐的牙齿凸出着。

戈姨倒了一杯雪利酒递给老孙,又倒了一杯拿在手里。"为了我们长期的、辉煌的未来,干杯!"戈姨说,然后喝了一口。立刻,温暖而香甜的液体滑向她的喉咙。

这次到旧金山的旅行有着特殊重要的意义。没有任何东西能阻止戈姨来参加埃玛的毕业典礼,即使西风厂停止生产,她也要来。不过这趟旅行并不顺利。机票订了,又取消了。本来阿琼已经决定要陪戈姨一起来,可是陈先生却亲自把一部新电影里的一个角色交给了阿琼。阿琼试图延迟她拍摄的时间,但没有成功。

"我能怎么办?"阿琼问,在戈姨的办公室里踱来踱去。"这不是个主要角色,但是《往事如烟》是一部很好的家庭剧,我在里面扮演于林最好的朋友,是一个很重要的角色。更重要的是,是陈先生亲自找我的。"

在过去的一年里,阿琼扮演了多个重要的角色,观众们开始慢慢注意她。最近的几部片子,《梦幻之屋》和《三只凤凰》,她都是女配角。坤玲和戈姨都屏住呼吸等待着,看陈先生什么时候能给阿琼一个女主角。

"她确实让你信服。"坤玲在她们看完阿琼最新的一部电影《三只凤凰》离开皇后电影院时说,"你觉不觉得阿琼倒像是个小妹妹?"

戈姨笑着说:"阿琼永远都可以模仿妹妹,把自己当成小妹妹。"

"但是了解一个人是一回事,变成他们是另一回事。"

第一次,戈姨从坤玲的话语里听到了强烈的骄傲与希望。

戈姨坐着听着阿琼的诉说,同情地点着头。她倒了杯茶,慢慢喝着。"那你就只能留下了,别无选择。"戈姨说,心里已经决定把她外甥女的机票退掉。

“你觉得埃玛会原谅我吗?”阿琼问,看起来很凝重很严肃。

“当然会。”

“我明天给她拍个电报。你可不可以告诉她我有多遗憾,我以后会找机会补偿?”

“当然,你知道我会告诉她的。”

当阿琼转向她,露出一丝苦笑时,戈姨再次发现她简直是像极了坤玲。

戈姨曾不厌其烦地劝说坤玲跟她一起飞去旧金山。但是她表姐犹豫不决,不敢答应,并以罗兴的健康为借口。在她出发的前几天,她彻底放弃了。

“你跟她解释一下。”坤玲坐在餐桌前,央求着戈姨。她把一副珍珠耳环和一个金手镯包进一个红色的绣花丝绸小袋,把它塞给戈姨。“求求你,阿戈,替我把这个交给妹妹。告诉她,她爸爸身体不好,我必须得到东京去陪护。”

戈姨抚摸着光滑的丝绸小袋。她知道坤玲说的只有一半是真的。没错,罗兴最近身体是不好,但戈姨知道坤玲之所以不去旧金山,更大的原因是因为她对飞行的恐惧超过了任何其他东西。坤玲几乎连到东京的飞行都受不了。以前,当她们一起旅行时,戈姨记得她意志坚强的表姐,极度紧张地紧紧抓着飞机上的椅子扶手,直到飞机降落。她从来也不敢想象飞越整个大洋。

“你这个借口有点牵强。”戈姨继续劝说。她不想让坤玲这么轻易地放弃。“妹妹是我们家第一个大学毕业的人。这是件大事,不应该错过的。”

坤玲用舌头打了一个响,用手指捏起掉到桌子上的面包屑。“距离太远了，她会明白的。”坤玲说，主要是说给自己听，而不是戈姨，“我会给她写封信，解释一下。”

在她们的沉默中，她们听到宽妈在厨房切菜、倒水、把水壶放到炉子上。

“那你今晚就写吧。”戈姨站起身，“我带给她会快一点。”

轻轻的敲门声把戈姨从沉思中惊醒。她揉了揉左膝，慢慢地站了起来。埃玛在走廊微笑地等着。自从上次见到埃玛后，埃玛又长高了，她原来胖胖的圆脸现在变得尖了一些，瘦了一些。她把头发剪短了——剪到了肩膀以上，前面留着刘海——她穿着一件蓝色的开衫毛衣，喇叭裙，脚上是一双凉鞋。看起来清爽俊秀。比较起来，戈姨不敢去想她在埃玛的眼里会有多么沧桑多么老迈。

“妹妹……我是说埃玛。”戈姨笑着，“你看起来好极了！非常美国化。”

埃玛拥抱了她。“见到你真是太高兴了。我都不敢相信你真来了。”埃玛兴奋地快速说道。

“进来，快进来。”戈姨说着，拉起埃玛的胳膊，“我们有太多话要说了。”

“看见你真好。”埃玛坐到沙发上后，又说了一遍。她的声音里，有一种戈姨非常熟悉的小女孩的痕迹。

“我们都为你自豪。大家不能全来，真是很遗憾。”

“有几个人能说她姐姐在忙着拍电影啊？”埃玛很快地笑着说，“妈妈怎么样？”

戈姨把坤玲的信和丝绸袋递给她。“你妈妈不得不去东京去照顾你爸爸。她要是能来就一定会来的。”

埃玛点了点头，把那个丝绸小袋放到膝上，但没打开。“爸爸呢？他感觉怎么样？”

戈姨摇了摇头。“他已经病了很长时间了。”

“他给我写信了，告诉我他挺好的，告诉我不要担心他。”埃玛说着，声音有点哽咽。

“那你就听他的吧。”戈姨安慰她说，“你应该知道，你妈妈也想过来，但她害怕在飞机上飞这么远。坤玲就是不相信命运。从来都不信。”

“但你信。”

戈姨笑了。“因为在其他方面我都不够聪明。”

毕业典礼还有两天，戈姨能完全单独和埃玛在一起，她感到很兴奋。她们可以在这个世界上最美的城市之一的都市里随心所欲地做她们想做的事情。戈姨决心要让埃玛过一个永生难忘的周末。她想去爬遍所有她在书上读过的山——诺布山、俄罗斯山，以及电报山……

孤独山学院的圣多米尼克礼堂里，摩肩接踵、座无虚席。戈姨坐在家长席的第五排，她的小外甥女就要光荣毕业了。礼堂里很热，很沉闷，到处是或大或小的说话声。浓重的香水味、发胶味和汗味混合到一起，充斥着整个空间。“这里简直是太热了。”戈姨听到一个男人说，随即是更大的一声：“嘘。”

戈姨微笑着。这个人满为患的礼堂里确实是太热了。她花了很长时间考虑穿什么，最后决定穿一套酒红色针织套裙，配上合适的手袋和皮鞋。戈姨从来也不愿戴手套。她觉得它们使她的手不能呼吸。她看起来就和她感觉的一样：一个骄傲的妈妈看着她心爱的女儿毕业。

戈姨脱下她的针织外套，把装帧精美、带着绿色和金色花边的议程表拿在手里，不时地用它扇着风。她重新察看了一下，看她给埃玛准备的信封是否在她的手袋里。信封里放着一张贺卡，贺卡里是一张薄薄的羊皮纸文件，转让百分之二十五的西风厂股份给埃玛。相同的一份会给阿琼。公司的其余部分会在戈姨去世后由她们根据她们自己的意愿支配。她把这一想法咽下。未来会以它自己的方式分清泾渭。

戈姨坐在两对夫妻中间，他们都伸长了脖子前后观望着。他们在座位上坐立不安地动着，戈姨想告诉他们"冻结"住，就像参加孩子们的游戏一样，一动也别动。当叫到埃玛的名字时，埃玛的名字在空中回荡。戈姨感觉她周围的一切都静止了。戈姨的眼眶一阵发热，眼里涌起幸福的泪花。埃玛，穿着下垂的黑色长袍，戴着黑色的帽子，小心地穿过讲台，伸手接过她的文凭。接着，在走到讲台边，在就要走下之前，埃玛转过身，她的眼睛寻找着并最终看到了戈姨。埃玛嫣然一笑，自豪与幸福的笑容立即荡漾在她的脸上。她抬起手，向人群中的戈姨挥舞着。

第11章
春之梦　1955

埃玛

当埃玛在中国城的斯特克顿大街下车后，扑面而来的就是鲜鱼的腥味、水果的香味、干草药的气味及香烟的混合气味。她走过一条街道，小心地躲闪着路上的行人。沿街而立的无数个小店外面，男女顾客都在从木箱子里挑选着橙子、蜜橘、柑橘和中国柚子，为即将而来的新年做着准备。他们急切的、大声的说话声让埃玛想起宽妈和其他在市场上叽里咕噜吵个不休的用人，或者聚在一起在后院洗衣服的用人。埃玛想象多数美国人一定以为中国话听起来像是吵架，但她知道，这是一种生活方式，人们都试图通过这种方式让自己的声音被别人听到。

在孤独山，大学期间，除了偶尔和几个中国同学一起到国华饭店或太平洋咖啡屋吃过几次饭，埃玛并不经常到中国城。然而，每次她来到中国城，置身在繁忙喧嚣的街道，所有那些细微的相似都能给她带来一种舒服的感觉，给她安慰。仿佛她与香港、与家人并没有远隔千山万水。让埃玛惊喜不已的是，她童年的一个个记忆碎片竟然如此如影随形地伴随着她现在的生活。

埃玛在金丰市场的大门前停住了，一个大大的红金两色的1955年的挂历挂在玻璃窗上。一只超大的羊头支愣着两只角注视着她，羊的周围是她永远也记不清的其他十一种动物图像：龙、猴、马、虎、鼠、猪、狗、鸡、兔、蛇……她移开目光。埃玛看着人们左挑右选着最好的水果。她记得自己还是个小姑娘时，有一次新年前，她拉着妈妈温暖光滑的手到人声鼎沸的市场购物。妈妈的精致妆容和她合身的丝质旗袍使她的美丽更加明显，她闻着妈妈身上香水的浓香，看着人们注视着妈妈的目光，听着妈妈倾身俯在她耳边低声说："妹妹，告诉你一个小秘密……表皮光滑、皮薄肉厚的橘子永远都是最甜的橘子。"她递给埃玛一个像圆月一样光滑闪亮的橘子，埃玛感到从未有过的幸福。埃玛把这个秘密像礼物一样藏在心里。直到多年后她才发现阿琼早就知道了这个关于表皮光滑、皮薄肉厚的橘子的秘密。

回忆着这一切，埃玛无声地笑了。她在想这些人是否也在箱子里竞相挑选那些看起来皮薄，摸起来光滑柔软的橘子。埃玛把身上的大衣又紧了紧，继续往前走。二月的天气，依然很冷，凛冽的寒风呼啸着。她希望春天能早点到来。

她转到华盛顿街，去参加一个中国娱乐中心的工作面试。她从孤独山学院毕业已经八个月了，除了一些临时性的办公室工作，她还没有找到一份长期的固定工作。

埃玛记得毕业前的那些日子，她和戈姨在金门公园度过了一段午后时光。公园里到处花香四溢，刚刚剪过草的草坪平整得像一块毯子，散发着沁人心脾的草香。她们在公园里无目的地漫步，欣赏着园中美丽的景致，享受着在一起的温馨时光。到了后半晌，她们停下脚步,来到一个日本茶园喝茶。她们喝着带着些许苦涩味的绿茶,漫不经心地咬着脆米饼,眼睛透过窗户看向远处一个大大的池塘和架设在上面的木桥。

"毕业后有什么打算?"戈姨问道,伸手拿过一块小方形的脆米饼。

埃玛耸了耸肩。"我想待在旧金山工作一段时间。我知道妈妈可能会不高兴。但既然我要毕业了,我就想再花多一点时间来了解这个城市。这里有太多我还不知道的东西。也许一两年吧。找个秘书或记账之类的工作,能帮着我在业余时间继续我的绘画课程。你认为妈妈会不会很不高兴?"

戈姨喝了口茶。"你妈妈开始会大吵大闹,随后就会慢慢接受。"她实事求是地说。"她很想念你,妹妹,尽管她没有说出来。特别是现在,阿琼整天都在制片厂……"

"我也很想念你们大家。你不知道你能来对我意味着什么。"

戈姨把手放到埃玛的手上。"即使失去全世界,我也不会错过这次机会。"

埃玛笑着。"阿琼总算从大屏幕上找到了她的幸福。我真希望她有一天能有机会到这里来看我。也许得等到她成了大明星的时候吧。"

"祈祷并守候希望没有坏处。"戈姨说,把茶杯拿在掌心。

"对我也是。"

戈姨把她的中指叠在食指上交叉在一起,说。"给你加一点额外祝福:你现在已经大学毕业了。妹妹,你一定会前程似锦、美满幸福的。"

寒风吹在脸上像刀割般难受。中国娱乐中心是过去一周里埃玛的第三个面试。另两个也是职员的位置，一个是保险公司，一个是会计师事务所，那两个的办公室都很大很冷漠，这不断地冲击着二十四岁的埃玛留在旧金山工作的决心。她的办公室工作技能最多也只能算是一点点，但由于是女性加上她的美术专业，所以她并没有多少选择。

过去的两个月她经济上很紧张。埃玛不想让妈妈担心，所以她在给家里的信上说“不管什么时候，都有临时工作可做”。爸爸身体不好，她知道妈妈自己也有经济问题，所以不想让她担心。但事实是，上个月埃玛挣扎着完成了速记和打字的测试，但到现在也没等到电话。她一直靠着手里那一点微薄的存款和戈姨每个月寄给她的“压岁钱”生活着。

埃玛依然不敢相信她的大学已经读完了。她才刚刚完全放松下来，要好好享受享受学生生活，可井然有序的安静的学习生活这么快已经结束了。埃玛想起刚到孤独山学院头六个月最艰难的日子。有时，在她想家想得受不了的时候，她就一遍遍地重读妈妈、戈姨还有阿琼的信，希望她们温暖的文字能够排解她心中的空虚与寂寞。

洪姨的侄女下个月结婚，妈妈写道。她就是脸长长的那个，有人说她的脸像马脸。但你知道吗？她们还说，你如果长得像某一种动物，你就肯定会有好运。或戈姨平静的声音在说：西风厂运营顺利。如果一切按部就班、进展顺利的话我准备年底到旧金山来看你。最后是阿琼告诉她：真不敢相信我真的为C.K.陈工作了。我第一个群众演员的角色成功了，虽然你可能都看不见我！把你的手指交叉起来吧，保佑下次能有人注意到我。每次读到阿琼的信，埃玛都会情不自禁地将手指交叉起来。

埃玛在两个新朋友的帮助下，慢慢适应了新生活。这两个朋友是西尔维娅·陆和玛格丽特·欧利里。她们俩性格迥异，就像白天与黑夜一样，她们俩每一个人都诠释着埃玛过去与现在不同的生活方式。西尔维娅长得娇小瘦弱，却总是朝气蓬勃，浑身透着一股青春的气息。她来自香港一个富裕的家庭。她总是用所有业余时间购物，而不是学习。“买时间。”她笑着说。一直到她毕业回到香港。

“你为什么到这里来?”有一天晚上她们在昏暗的的食堂里吃饭的时候，埃玛问。

“爸爸希望我受到好的教育。”西尔维娅说，伸手拿过钱包，咔哒一下打开。她盘子里的肉块、罐头青豆和土豆块几乎都没动。

“好像是个不错的主意。”埃玛说，夹了一块土豆。

“他是希望我能通过海外的学习经历培养一下性格。”西尔维娅笑着说，拿出一个银色的带镜小粉盒和一管口红。

埃玛吃不准自己是不是该笑，所以沉默着，直到西尔维娅用胳膊碰了碰她。

“别担心，没事。”西尔维娅说，“爸爸的钱能帮我买到所有我需要的东西。不管怎么说，旧金山不是个太差的地方，先待着也行。”她打开粉盒，在鼻子两边扑了些粉。“我有时真想家。”

埃玛咽了口吐沫，一阵钝痛袭过全身，然后驻留在心。“我也是。”她低声说，然后问：“你第一次到达这里时，感到最震惊的是什么?”

西尔维娅不假思索地说：“这里的每一样东西都比我期望的小多了。连城市本身也是一样。更不用说我们那寝室了，还没有我家里的衣橱大。你呢?”

“让人没有食欲的食物。”埃玛说，指着她的盘子。“还有就是这里的人太随便。有些学生光着脚就到处走，女售货员跟我叫‘甜心’或‘亲爱的’，可我根本就不认识她们。”

西尔维娅点着头笑着。“你最喜欢旧金山什么?”她向上旋着口红,然后涂满双唇。

“开放。”埃玛说,脱口而出,“我觉得在这里我可以实现任何梦想。”

“我的梦想就是赶紧回到香港。”西尔维娅说,关上她的粉盒放回包里。

尽管观点不同,但因为文化的同根性,对于能把她们带回到童年时光的人或事,她和埃玛能够说到一起,笑到一起。当阿琼的信寄过来谈到她在那边的工作时,西尔维娅说她也知道虎爪电影公司,知道 C.K. 陈。西尔维娅还给埃玛的生活注入了一些新元素——约会。但在几次的两男两女吃饭跳舞的约会之后,埃玛发现西尔维娅的朋友都是些被宠坏的来自香港富裕家庭的纨绔子弟,就像阿琼以前约会过的那些人一样。当《田纳西华尔兹》和《苹果酒及樱花烂漫时节》在脑中一遍遍回响的时候,她发誓再也不会跟西尔维娅去参加什么两男两女约会了。

玛吉·欧利里与西尔维娅则完全相反,不单单性格不同,体型也是。玛吉长得很高大。来自良好的爱尔兰天主教家庭背景的玛吉,有着火一样的红色头发,站着比埃玛能整整高出一个头。她不苟言笑、博学多才,渴望成功并一直在朝着成功的方向努力。

埃玛在美国的第一个感恩节是在玛吉家度过的。玛吉家住在旧金山的里士满区。吃完饭,她在她家的菲尔柯电视上,看了神奇的“米尔顿·伯利秀”[①]。吃饭时,埃玛坐在玛吉和欧利里太太之间。她家另外五个小一些的孩子,在埃玛第一次带着糖果和鲜花到她家时,对她

① 米尔顿·伯利(1908—2002)每周二晚上的脱口秀节目曾是美国早期电视每周最热门的节目。他被称作“电视先生”。

表现了极大的兴趣。现在看到桌上的美食,已经把注意力都转到桌子上了。

“你准备学什么,埃玛?”欧利里太太问。她是个骨架很大的女人,长着红头发,面部很和善。

埃玛嘴里嚼着一块没什么汤汁的干巴巴的火鸡。汤汁是由红色的甜甜的蔓越橘做的,她不喜欢它的味道,所以她就没要那个汤汁。她咽下嘴里的食物,说:“目前看来是美术。”然后喝了口水。

“埃玛的姐姐在香港是女演员。”玛吉说。

“真的?女演员!她出名吗?”

“她不久就会出名的。”埃玛开口笑着。

“我们玛吉要做医生。”欧利里太太自豪地说,“这是她长期的梦想。哎,想一想啊,我连高中都没念完呢。我们生活在一个了不起的国家里。”

埃玛点着头,微笑着表示赞同。她有时希望她也能像玛吉那样计划好自己的生活。她不知道学完了美术学位后她能干什么,但美术给了她很多满足与喜悦。埃玛快速扫了一眼不很整齐,却很舒服的房间,眼光落在一排陶瓷小雕像上,它们排列着摆在欧利里太太身后的架子上。这些小雕像大多是动物——乌龟、马、天鹅及小鸟等。

“再来一块?”欧利里太太夹起一块火鸡肉,擎在空中。埃玛礼貌地拒绝了,那块肉马上就被玛吉的一个弟弟抢走了。

她家的孩子太多了,埃玛花了一晚上的时间才把他们的名字记住,能直接叫出来。从最大的开始,依次是帕特里克、芭芭拉、肖恩,最小的是玛丽。在她的生活中,埃玛第一次体会到,生活在一个人口很多、难以控制的大家庭里是什么样子的。每一个孩子都在大声嚷嚷着吸引别人的注意力。就连玛吉在家里也变得有了很多生气,仿佛一扇神秘的门被打开，所有的声音洪水般涌进了房间。

每次到欧利里家吃饭，她都禁不住想起阿琼，希望她们也能有这么多的兄弟姐妹让妈妈忙碌着。

西尔维娅已经回了香港，玛吉也已被医学院录取。生活都在按照她们自己的计划继续着，而埃玛感到自己却依然像浮萍一样地漂着。作为一名年轻的女孩，有太多地方她想看，有太多事情她想做。现在，她的时间只能用来找工作，以便能够支付她在贝尔尤维女子公寓的租金，她从毕业后就一直住在那里。

埃玛知道，如果她的积蓄花完了，她可以给戈姨发电报求救。但在短时间内，她不想就这样放弃。还有，如果她不能很快找到一份稳定的工作，她妈妈就会要求她回香港。妈妈在信里已经反复说过了：“既然你已经看了一部分世界，现在也该是你回家安定下来的时候了；”或者“阿琼固执地要继续演电影。我说的话她一个字儿都不听，也许等你回来，你可以讲讲道理给她听。”

每次返回宿舍，她都感觉很热很紧张，就怕又有妈妈的信在等着她。

埃玛在旧金山的五年时间里，只回过香港一次。她和妈妈一起走回充满了熟悉好闻气味的家，感受着妈妈的香水味、咸鱼味、草药味，以及宽妈做的食物的扑鼻香味。家里热得透不过气来。但在欢迎她回家的浓浓氛围里，一整年来，那份深藏于心的对家的思念与渴望，就因为这几小步，刹那间得到了释放。她终于回来了。仿佛卸下了一个重负，她完全放松下来。

宽妈从厨房出来，看了她一眼，说：“你太瘦了。”

"我很想念你做的饭。"埃玛大声地脱口说道,"我们学校的厨房需要你。"她想拥抱她,但知道说话可能会使她感觉更舒服一些。

宽妈微笑着说:"我做了一个你喜欢的菜,酿苦瓜。"

除了宽妈的饭菜,最让埃玛兴奋的是终于可以在大屏幕上见到阿琼了。虽然她演的是个小角色——一个女人在人群中哭喊着,后来在别人抢走了她的孩子后晕倒了——埃玛知道当摄像机对准阿琼那过目难忘的美丽面孔时,明星两个字一定注满了阿琼的心。埃玛屏住呼吸,直到她姐姐的镜头演完了,才松了口气。

"你太漂亮了,演得太投入太悲惨了。"当影院的灯亮起时,埃玛喊着。她们周围的观众都渐渐散去。埃玛坐在阿琼旁边,还抓着她的胳膊,妈妈坐在阿琼的另一边。戈姨因为厂子的事脱不开身,没能来,但她会在迟一些时候到半岛酒店和她们一起喝茶。

"这一次是个大些的角色。"妈妈说,加入了她的赞许。

阿琼笑着说:"我的戏很少被删掉。"

"删戏的事真的会发生吗?"埃玛问。

"比你知道的多多了,妹妹。"阿琼大笑着。

那天晚上,埃玛和阿琼有了一些独处的时间。妈妈和戈姨去参加一个生日宴会。埃玛和阿琼从酒店直接回了家。埃玛的脑海里还是阿琼在大屏幕上的形象。宽妈给她们准备了一点中式的蘑菇炒白菜和蚝油牛肉,她们慢慢地悠闲地吃着。吃完后又跑到客厅,去喝爸爸那价格不菲的雪利酒。

"我感觉我像是离开了很多年。"埃玛饮着酒说,"真不敢相信香港在这一年里发生了这么大的变化。到处都是新楼,更别提人了。"

阿琼点点头。"自从战争以后,这里就吸引了大量的人口……我猜什么东西都不会维持太长时间的。”

“看看你啊，”埃玛大笑着说，“你真的是个电影明星了。”

“你是说跑龙套的群众演员吧。”

埃玛举起她的酒杯。“我是说大有希望的电影明星。”

“真是难忘的一年啊！我从未想过我的生活会发生如此彻底的改变。”

“我知道你想做什么都能做成的。”

阿琼举起酒杯。“妹妹，你将成为我们罗家第一个有大学学位的人。如果英教授现在能看到你该多好啊！为了你灿烂的明天，干杯！”

埃玛背靠着沙发坐着，开心地笑着。听起来挺好，如果她能完成学业的话。她喝着雪利酒，完全放松下来。“你想过我们会走到今天这么远吗？”

阿琼又给自己倒了点酒，笑着说：“你还记得你跟我一起去收账的事吗？”

“当然记得。”

“我那时很害怕。如果我什么也要不到，你会觉得我很失败的。”

埃玛看着她姐姐，脸红了。“你怎么会那么想？世上没有人比你更勇敢了。过去是，现在也是！”

这次轮到阿琼脸红了。“希望你是对的。我就是不想现在就服输。我真希望妈妈能像你一样对我充满信心。”

埃玛把空酒杯放到桌上。“给她点时间。当她看到你有潜质，会成为一个大明星时，她会接受并理解的。”

“我希望我们俩都能很快就脱颖而出。”阿琼说，紧紧地握着埃玛的手。

根据电话里那个人跟她说的，中国娱乐中心是一座老旧的红砖楼，坐落在鲍威尔大街和梅森大街之间。埃玛的面试是在下午两点，现在有点早，所以她就在附近的几个中国古玩店闲逛着，等着到面试的时间。

埃玛发现行政办公室在电子公告牌后一个狭小昏暗的入口处。绿色的大门看起来有点肮脏，大门开着，一个十二三岁的中国男孩拿着一个篮球走了出来，不时地在地上拍个一两下。他腼腆地笑着。

"威尔森一会儿就回来。他告诉我在这等你。"

"谢谢。"埃玛也微笑道。男孩挺瘦，但已经和她差不多一样高了。他的平头上是一层细密的汗珠，在阳光下闪着光，头的两边剪得太厉害，白色的头皮都露了出来。汗水从他的发丝间流淌下来。他退后几步，然后用两只手把球投向两张木椅子之间。

办公室很小很拥挤，桌上堆满了纸张。靠墙边有三个很高的灰色的文件柜。对面墙上挂着一排黑色的相框，里面是过去几年中国城冠军杯赛的篮球队照片。相片里所有的男孩都像她面前的这个男孩一样——身材瘦削，双腿很长，面对篮球似乎比面对姑娘更舒服更自信。一份1955年的挂历翻开来挂在墙上。

"你可以坐在这里等他。威尔森马上就回来。"男孩重复说。

"谢谢。"埃玛又笑了笑，坐下了。

男孩似乎感觉如释重负，转身要离开。"他不会拖太久的。"他再次安慰她说，关上了门。

不一会儿，门砰的一声打开。一个身材不高但很结实的男人走了进来。他穿着一件白色的T恤衫，褐色的宽松裤，披着一件褐色的开衫毛衣，脖子上还挂着一个口哨。

"罗小姐，真不好意思，我迟到了。我们的健身房出了点小问题。

希望您没有等太久。”

“没有。没关系。”

他握了握埃玛的手。他的手竟然很温暖很光滑。他拿出一个马尼拉纸的文件夹，坐了下来。

“不好意思，我这里太乱，所以您知道我为什么要找一个人替我打理办公室了吧。”他抬头扫了一眼，微笑着。

埃玛点了点头。当他查看她的简历时，她把钱包放在膝盖上紧紧地攥着，在椅子上坐立不安。

“您好像没有多少办公室文员的工作经验啊。”他直言不讳地说，“大学毕业。美术专业。我们这里倒是可以增加一些色彩了。”他说，继续看着档案。

埃玛想立即站起来走人。首先，他让她等了那么久，然后，他事先都没花点时间看看她的简历。有时，她想美国人都太随意。她努力挤出一丝微笑，有点紧张也有点生气地坐着。

“您在香港出生并长大，那我猜你能说流利的广东话啦？”

埃玛更紧地抓着她的包。“我当然会说广东话了。”埃玛抢白道，已经不管礼貌不礼貌了。

他从她的档案上抬起头来。“我知道了。好。如果您愿意，这个工作就是您的了。在这里会说广东话很重要，因为大多数电话是客户的家长打来的，他们都是老移民，想了解我们培训课程的一些情况。您的工资是每周六十美元，以后有变动再另行通知。”

埃玛震惊了。她迅速从椅子上站起来，几乎弄倒了椅子。“您确定吗？”

“不能再多了。看起来整理整理这些杂乱无章的东西、接接电话，您是个合适的人选。”他从桌子上挥舞着他的胳膊。

“我什么时候开始？”

“明天早上九点会不会太急了?”

“明天可以。”埃玛发自内心地笑着,转身欲走。犹豫了一会儿,她又回转身,走向威尔森·张。“我觉得还是告诉您公平些,我打字速度可不快。”

“我打得也不快。”他说,从椅子上站起来,“但你能不能保证,每天按时来,把这里收拾整齐了?”

埃玛环顾四周,看了下不大但显得有点拥挤的办公室,笑了。

“能,能,我能保证。”

“那就明天早上见。”他匆忙地说,“很抱歉这么匆忙,但我们十分钟后有一场比赛。”

在回家的路上,埃玛来到金丰市场。她突然特别想吃家里做的饭。这些年来,随着时间的流逝,她已经适应了新的生活,想家的心情越来越淡。有时候想到宽妈做的那些好吃的东西就会控制不住地流口水。可是面对着每天千篇一律食之无味的食品,她只能把口水和思乡的情绪一起咽下。埃玛在有一股尘土味道的商店里一个个货架地转着,买了做酿苦瓜需要的所有材料。回家的汽车上,她拿的咖啡色包里装着黑木耳、瘦猪肉馅、手腕粗的鱼雷状的苦瓜,还有一瓶蚝油。埃玛看着宽妈和阿琼做过很多次,她觉得自己做起来肯定不应该有问题。

可是几个小时后,她放弃了。只好坐下来吃她的白米饭,思虑着要不要煎个鸡蛋。薄薄的墙壁传来隔壁邻居家电视播放的“杰克·格里森秀”[①]。她听不太清电视里在说什么,只是偶尔听到欢呼或呐喊,

① 杰克·格里森(1916—1987),美国喜剧艺术家、演员,从1952年到1970年期间,是美国著名脱口秀节目主持人。

伴随着风琴声和听起来有些言不由衷的笑声。她的面前摆着做的过了火的搅合到一起的苦瓜和肉馅，跟宽妈或阿琼做的一点都不像。埃玛又重新回顾了一下她的程序——给苦瓜削皮、再把中间的籽挖出来，将大蒜和木耳切碎，然后和肉馅搅拌到一起。把和好的馅填到苦瓜中间的空瓤里，再把它们切成一寸厚的小圆形。她看着面前汤汤水水一团糟的东西，想：她一定是切得太薄，在炉子上蒸的时间太长了。她和阿琼不一样，她的烹饪水平太差了。

埃玛看了一眼桌上阿琼的信，它放在《安娜·卡列尼娜》和昨天的报纸旁边。埃玛不希望阿琼花太多时间在做饭上，特别是现在，她正处于成长为电影明星的关键时期。她给埃玛来过一封信，提到过她与虎爪电影公司的新合同：你能相信吗？陈先生承诺在一年之内就让我主演一部电影。埃玛为她姐姐字里行间的兴奋情绪感染着，也微笑起来。她夹起一块看着就倒胃口的“酿苦瓜”，放到嘴里。恨不能马上就飞回香港参加首映式。

第二天早上，埃玛就开始在中国娱乐中心上班。她提前半个小时到了办公室，直到晚上快六点才离开。威尔森就是跟她说了一下她的职责，哪些该做，哪些不该做，然后就让她独自工作，自己却宁愿去体育馆跟孩子们在一起。他从地下室给她找来一张桌子，一把椅子，把它们安置在他办公室旁边的一个凹进去的小空间，埃玛就可以坐在这里办公了。埃玛接听客户的电话，把他的文件按照字母顺序编好放进不同的档案柜里。这样他找起东西来就方便多了。威尔森很感激她，尽管他踮着脚在她身边走了一圈却没说什么。

埃玛第一周工作快结束的时候，办公室的整理已经初见成效，看起来整齐干净，像个办公室的样子了。她穿上外套，走向前门的时候，威尔森从体育馆出现了。他穿着一件 T 恤衫和网球鞋，看起来很年轻，像他那些篮球运动员一样。

“别忘了把所有额外的工作时间都记下来。”他说。

“但是我……”

“到目前为止，你做得很好。”威尔森说，他的声音平静而温和，“周末愉快！”

“周末愉快。”埃玛微笑着。

有一会儿，他们谁都没说话。直到威尔森转过身，回到他的办公室。

第12章
美丽的代价 1956—1957

阿琼

阿琼敲着后台化妆间的化妆台，将台子上的瓶瓶罐罐震得格格地响。接近三十岁了，阿琼正走在通往明星的大道上。她正在准备《最长的一天》的最后一场戏，希望这是她当配角的最后一个角色。有时候，在她内心深处，她仿佛已经听到如潮的掌声，感觉到拥挤的人群对她的迷恋，看到闪光灯和照相机对着她不停地闪着。想到经过这么多年锲而不舍的坚持与努力，她终于实现了当演员的梦想，她竟然有点不寒而栗。阿琼咬着拇指指甲，不敢想象如果她将要主演的电影《一个女人的故事》失败了，会怎样？

一阵突然的“哗啦啦”的声响吓得阿琼跳了起来。她环顾四周，一阵风从开着的窗口吹进来，把她桌上的杂志《影视镜》吹到了地上。亮光纸制作的光滑清晰的图片提醒着她谁才是真正的电影明星——伊丽莎白·泰勒、马龙·白兰度、金·诺瓦克，及威廉·霍顿。

最近，每一件事都让阿琼焦躁不安。在过去的几周里，她感到体内有一种奇怪的感觉。就仿佛是发烧一样,一股热气增长着,在她的血管里涌动,让她感到灼热,随即就满脸潮红。去年她在妈妈身上见过这种现象,那时妈妈经常突然间就冒一身汗,因此总是抱怨太热。“就像有一个炉子,突然在你体内点燃了一样。”妈妈说,用力地扇着扇子。阿琼知道这种热的感觉是一个征兆,标志着妈妈从此丧失了生育能力。

以前,阿琼很少考虑生孩子的事情。她觉得她连自己都忙乎不过来。她的老同学们都已经在生第二个、第三个孩子了。在她们外出吃饭、购物时,孩子们就由雇佣的保姆照看。阿琼永远也不明白既然很少看见孩子,那要孩子还有什么意义。但是现在,每当那股热气在她体内涌动,她都渴望着自己有个孩子,不能想象没有孩子会怎样。

阿琼看向镜子,寻找着她脸上的明显变化。又感到一阵燥热传遍全身,脸上现出一片晕红。她靠向镜子更近一些,她的脸依旧光洁饱满,白嫩无瑕,眼睛黑亮清澈。嘴唇上的痦子,已经在这些年的演艺生涯里,成了她的标记。

但是,这种燥热使她非常恐惧。阿琼知道这种现象发生在她身上还为时过早。她还那么年轻。阿琼不知道是不是有人注意到她的异常。好像没人发现她有什么不对。妈妈和戈姨都没说什么……没有说“你觉得有什么不舒服吗?”或“你发烧了?”……宽妈也没有送来怪味刺鼻的黑茶。

正值隆冬,外面狂风大作,冷雨倾盆,阿琼一口气喝光了冰茶、咖啡、豆浆,不管是甜的还是咸的。她总想吃些冷的食物:鲜豆腐、水果、青菜等来控制体温。晚饭时,她总是等到汤和米饭凉到室温才吃。她详细地讲着一天的见闻——某个男演员在排练空中打斗时把腿摔断了；或者某个女演员忘了所有台词——只是为了让妈妈和戈姨高兴，这样她们就不会注意她的饭已经凉了。只有宽妈轻轻摇着头，但什么也没说。一周后，宽妈就等到晚饭快结束时，才给阿琼端一碗微温的汤给她喝。

化妆室的门上传来一阵敲门声，接着是一个响亮的、着急的声音："罗小姐，再有五分钟就该你上场了。"

"好，我马上来。"

阿琼把头发塞到后面的发髻里，然后扣上了旗袍领子扣，看起来像个十足的太太——她在戏里扮演的一个已婚少妇。

实际上，过去的几年里，妈妈无计可施，只好放弃她原来的打算，因此安排相亲的事情就停了下来。她现在比较满意，至少阿琼有了一份事业。阿琼有一次听到妈妈跟一起玩麻将的阿姨们说："我的大女儿是个演——员。"她总是强调音节："我的小女儿就要从美国大学毕业了——以优异的成绩。"

正当所有人对这种结果都心安理得的时候，阿琼却感到有一种不平在心中低语。随着她获得的一次次成功，她的空虚感也在一点点增加。妈妈越是接受阿琼不会结婚的既成的事实，阿琼越是觉得心神不定。她努力控制自己不把这一切表现出来，但却疑神疑鬼地想，她妈妈其实是认为她做不成其他的事情。她仿佛又看到妈妈不自然的笑和探寻的眼神。有时候，即使她知道自己是胡思乱想，她还是把妈妈说的话，按照她自己的理解，认为妈妈其实想说的完整的意思是："我大女儿是个演——员……因为她嫁不出去。"

阿琼记得这种突然而至的燥热开始于上个月在制片场的时候，就在她从玉凤那里听到关于王丽丽的死讯后。在过去差不多十年的时间里，王丽丽一直是活跃在香港电影界最漂亮的主要女演员之一。她原籍上海，战后的1948年，和很多演员、导演来到香港。在普通话和粤语电影里，她都扮演过很多角色，所以立即确定了她自己在香港电影界举足轻重的地位。她和另外一个大电影公司签有合同。但传说陈先生无数次表示，只要她和那个公司的合同到期，他就要跟她签约。虽然只有三十多岁，丽丽已经达到她事业的顶峰。甚至有人说大卫·O. 塞尔兹尼克[①]也想让她在他的一部大成本制作的好莱坞影片中担任角色。

"她是怎么死的？"阿琼问。阿玉忙于给一件白色的长袍缝制滚边。阿琼在下一场戏中要穿的。

"自杀。"阿玉小声说。她双唇间含着一些别针，说出的话含含糊糊。"割腕。她的用人发现的。她躺在自己的血泊里，已经死了。"

阿琼叹了口气，看向别处。她的眼睛感到一阵灼热。她曾经读到过一些文章，讲述丽丽与男演员和导演间的不幸的恋爱，大多数都是几个月就告吹。阿琼可以想象那是一种什么样的感觉。那种甜蜜的幸福带着希望而来，然后是难遂心愿的失望，再后来就是痛苦。难道她没有经历过这种无奈的伤痛吗？但是，很难相信，拥有如花美貌、光彩照人、风姿绰约，而且正处在事业鼎盛期的她，就这样白白地结束了自己的生命。

"有人知道原因吗？"

"是谣言。"玉风从唇间拿走最后几个别针，"有人说她怀孕了，有人说她又增加了一次没有结果的恋爱。要我说可能是恋爱。因为我一个朋友前些日子帮她试穿衣服，发现她已骨瘦如柴了。"

---

① 大卫·O.塞尔兹尼克（1902—1965），是好莱坞大制片厂黄金时期的标志性制片人。他因担任史诗巨制《乱世佳人》（1939）的制片人而广为人知。

"恋爱。"阿琼自言自语地喃喃着。

"你说什么?"

阿琼把袍子拖向自己身边。"真可惜。"

又一阵敲门声在她小小的化妆间的门上响起。阿琼关上窗,再一次扫视镜子中的自己,发现她的面部表情恰如其分地表达着她所扮演的已婚的幸福女人——嘴唇向上翘着,弯成盈盈的上弦月;双眸顾盼生辉、灿若辰星。

三月份,阿琼按计划和爱德华·钟开了第一次碰头会。他是陈先生为《一个女人的故事》选择的导演。他已近四十岁,被"誉"为严格苛刻、难以相处的导演。阿琼几乎在心里断定自己不会喜欢他。

"你可得小心点那个人。"阿玉跟她说,"听说他已经把十多个女演员骂哭了,而且还都是在电影还没拍完的时候。"

阿琼拂去自己的恐惧,笑着说:"那好啊,他总算是棋逢对手了。"阿琼不服地说。

阿琼已准备好全力以赴应战。但一看见爱德华却使她很震惊:戴着金丝边眼镜的他,身材瘦高,温和儒雅。在陈先生烟雾弥漫的办公室里,整个会议期间,他一言未发。阿琼往他的方向看了一眼,发现他也正在看着她。她禁不住想:你倒不如干脆别来了。

会还没开到一半,阿琼突然意识到她身上的那股热劲已经消失,仿佛她的身体已经重新找回了平衡。让她整个冬天都焦虑多汗的潮热瞬间消失殆尽,就像来时一样迅雷不及掩耳。

不由自主地,阿琼咧开了嘴角微笑着,然后竟然如释重负地大声笑了起来。

"什么事情这么好笑?"陈问道,他的唇间依然夹着燃着的香烟。

爱德华·钟依然只是看着、沉默着。

阿琼看着陈先生下垂的眼皮与疲倦的面容，赶紧道歉着说："噢，没什么。对不起。"

当他们开完会，要离开的时候，爱德华在她面前停住。他摘下眼镜，看着她的眼睛，问："您准备好了吗？"

阿琼猜想他是问她主演这部电影的事，所以她的回答简单干脆："当然。"

但是晚上回家后，阿琼吃着晚饭、喝着汤，依然被他的问题困扰着。她开始怀疑自己，因为她知道她的事业成功与否取决于这部电影的结果。这使她颇为气恼地想到，他已经占了她的上风，有了凌驾于她之上的某种优势。阿琼知道，他的眼睛、他注视她的方式，透着不屈不挠的坚定。不像其他男人目光闪烁、局促不安地看着她，而当她走近或进入屋内后，又慌忙避开眼神。钟先生好像一点也没被她吓住。阿琼一口气喝光宽妈端给她的又一碗热汤，确定自己像以往一样，一切就绪，时刻准备着……

几天后，当阿琼来到她的化妆间时，吃惊地发现有一张钟导的字条在等着她：

> 今天下午四点您是否有空？我们可以坐下喝杯茶，讨论一下影片的事情。我会在半岛酒店等您。除非听到您说没空。
>
> 爱德华·钟

阿琼想出了一百种不能赴约的理由，想要告诉他，却一整天都心神不定地看着钟表。最后她冲出制片厂，以便能按时到达半岛酒店。

阿琼到达时，钟导已经坐在桌前。他穿着舒适的咔叽色休闲裤、白色衬衫，打着宽领带。宽大、开放的屋子里站满了排队等座的人。很多太太身着名设计师设计的套装，还有很多商人定期在这里喝茶。阿琼知道有一些偏爱这里的人，长期预订这里的座位。所以她不知道钟导是如何在这样一个地方找到一个远离喧闹中心、隐蔽在角落的桌子的。

钟导一看见阿琼，就向她招招手。他的手指张开着，就像在教室里举手回答问题一样。突然，阿琼感到另一种温热的感觉袭向她。

阿琼穿过人群走向他，钟导立即起身给她拖了把椅子。"您能来，我很高兴。"

"您想谈一谈影片的事吗?"阿琼坐在他的对面，保持着冷静，保持着距离。

"对，没错。"他再次扬起手叫服务员，"您要茶还是要咖啡?"

"茶吧，谢谢。"

服务生过来快速写下他们点的东西后，钟导立即切入正题。他向前倾着身子，以避开周围或高或低的谈话声，问："您对这部电影有什么期望?"他摘下眼镜，目光炯炯又坚定地看着她。

整个上午阿琼都在想他会问她什么问题。她一直在练习着这些有可能的问题及答案，就像在准备一场考试，所以现在她毫不犹豫地回答："它应该比现在影院上映的影片要好，有别于人们通常看到的家庭肥皂剧。"

"好的电影取决于好的故事。"他说，目光还是专注地看着她，"另外还要看对故事的理解。罗小姐，您觉得这个故事应该如何解读或诠释呢?"

阿琼微笑着。"保持冷静，保持冷静。"她心里不断地对自己说。

然后慢慢地对他说道："请叫我阿琼。我只能表现我所扮演的角色对她周围世界的感知。其余的一切就看您的了。"

"我明白了。"钟导靠到椅子背上，"但是，如果这个故事的演绎是由您的角色所决定的呢？"

服务生回来了，托着银色的托盘，里面放着他们的茶和一个三层架子，架子上放着蛋糕和手指三明治。

阿琼拿着茶杯，俯身向前："您是这样想的吗？"

他微笑着："我开始这样想了。"

"我的角色是个幸存者。"阿琼说，从盘里拿了一块黄瓜三明治，"她学会了在一生中如何伪装自己以得到自己想要的东西，但是同时她又痛恨自己，因为她不够坚强，始终也没有勇气离开她不爱的男人，而走向她爱的那个人。"阿琼咬了一口三明治。

钟导笑着。"您如何让观众喜欢你的角色？"

阿琼吞下嘴里的东西，坐靠到椅子后面。"我会让他们看到，尽管她有很多缺点，但她非常诚实地展现了她自己，让人们了解她是谁，她是怎样的一个人。"

钟导再次微笑着。"您希望这部影片对您的事业有什么影响？"他拿起一块三明治，一下子全放到嘴里。

阿琼停了一会儿，不确定应该怎么说。她希望这二十个问题赶快结束。"如果这部片子我演得足够好，我希望它能带给我一些其他机会。"

钟导将目光从她身上转移到热闹的就餐大厅，又转回到她："我相信您会的。"

现在是阿琼移开了她的目光。她一口气喝光了她杯里的茶。由于喝得太快，热热的茶水烫伤了她的舌头。

第一次一起喝茶后，他们又一起吃了一两次午餐，然后是几次晚餐。这使中国的电影杂志上出现了几篇文章。戈姨第一个发现了他们的照片登在读者最多的《中国电影文摘》的封面上。

“你有没有什么事情要告诉我们？我在从西风回家的路上买了这些。”戈姨笑着，把两本杂志放到餐厅的桌子上。

妈妈立即伸过头来，拿起一本杂志，研究地看着照片。“他看起来像是个书生型的。”

阿琼笑了。“他是我下一部电影的导演。我们只是在一起讨论讨论电影的战略问题。”

“听听，阿戈，”妈妈说，用手指点着照片，“他们现在把它叫做‘电影战略了’。”

阿琼本想一笑了事。但看了一眼报纸，发现登的是他们第一次在半岛酒店喝茶的照片。她不得不承认，它确实表现了他们难堪的境地。从照片里可以看出，他们离得很近，亲密地彼此低语着。在那时，除了事实本身，并没有什么更进一步发展的迹象。钟导继续保持着一个完美绅士的形象，说话轻柔，礼貌周到。她也总是以同样的方式显示着她的淑女形象。尽管如此，照片还是道出了不同的故事。

当然，自从照片事件后，事情开始有了长足的进展。原本很单纯很简单的见面变得复杂起来。从那以后，爱德华放松了很多，给她讲他童年在上海的生活。“世界上最让人兴奋的城市。”他这样形容这个城市。一旦上海能够自我独立地拍电影，他准备重新回到那里再拍电影。“真正的上海电影，”他说，“而不是那些靠空架子装扮起来的上海。”

阿琼知道，只是在最近几年，上海的一些导演才开始在香港拍电影,讲述着他们移居到这个城市后的日常故事。那么香港呢?她想问,但当他的目光与她的相遇时,这一想法就飘走了。

到他们第三次共进晚餐时,阿琼知道她陷入了困境。从约瑟夫之后,她从未如此强烈地希望跟某个人在一起。她开始胡思乱想,想知道不跟她在一起时,爱德华在干什么,希望他也能这样想着她。阿琼发现自己不自觉地就会早早来到制片厂,即使没有她的拍摄任务,也是如此,只是希望能看他一眼。舞台那端轻轻挥动一下就放下的手也足够让她消受一整天的。她知道这一天是最后一次商讨两周内就要开拍的电影的一些安排及细节,爱德华肯定得见陈先生。阿琼在她的化妆间里忐忑不安地来回踱着步,然后她过来找玉凤。

"你怎么了?身在曹营心在汉似的。"在她们坐下吃午饭时,玉凤取笑她。

阿琼脸红了。"我刚才在想片子的事。"她很快地说,她的筷子停在她手指间。

"有什么可想的?你马上就要成大明星了。钟导的电影一向都很红、很卖座的,在上海他有一大群追随者,现在在香港也是。"

阿琼微笑着,把她的面条放下。"凡事都有例外吧。"

"不会的。"玉凤笑着,"总而言之,钟导不会让他喜欢的主演以失败收场。记住啊,有很多人在等着你的位置呢。你可能已经听说了,关于你们的流言飞语现在已经满天飞了。说你勾引他才得到了这个角色;说你怀着他的爱的结晶;说你拍完这部戏就会结婚。"

阿琼笑了。"你知道绯闻在这些舞台上是怎么回事的。我跟你说,那些杂志上的照片没有任何意义。我们之间如果有任何事情发生,我会第一个告诉你。那只是他们赚钱的一种方式而已。"

玉凤出声地吃着面条。"那他们就达到目的了。"她一边嚼着面条一边说。

当阿琼回家时，吃惊地发现爱德华·钟在等她。他耐心地等在车里，目不转睛地等着她出现。当她下了出租车后，就听到他喊她的名字。习习微风把他的轻唤送到她的耳边，像是他在她耳边的喃喃低语。

“你怎么在这里？”阿琼嗓音颤抖着问道。每说出一个字，她的心跳都会加快一次。

“我必须要见你。”他轻声回答道，一改往日严肃的形象。

“关于影片？”

“关于我们。”

当阿琼进了钟导的车，她就知道她已经来到了一个她完全无法控制的境地。她感到自己内心深处巨大的空虚感终于得到了填补。这种感觉如此温暖、如此神奇，阿琼感觉她快要控制不住地哭出来了。她摇下车窗，让温柔的风弥漫于车中。熟悉的街道一闪而过，像是梦中奇幻。隐约听到他在说什么，她转过身，看到他嘴唇在动，但因为她靠着车窗，风带着它的呼呼声吹进车里，她听不见他说什么。沿着蜿蜒曲折的大路前行，一路上，阿琼都在祈祷，祈祷着他能最终打开她封闭太久的心扉。

钟导把她带到一个位于九龙、靠近制片厂的小公寓。他在上海还有一处房子，那是他意识里真正的家。自从他 1948 年到香港，像其他人一样，一直希望着有一天他能重回上海。他在九龙的公寓很小，几乎是家徒四壁。只有一张桌子、两把椅子和一个沙发。从客厅里，她可以看到他的小卧室里放着一张大床。看到那张零乱不整的床，阿琼不由得后退了一步。钟导立即道了歉，关上了卧室的门。他去厨房泡了点茶，回来时，拿着一个茶盘和两个茶杯。他们在桌边坐下时，阿琼努力使自己放松下来。

“你想谈什么？”阿琼聚集起所有的勇气问道。

“我老是在想你。”他简短地回答，直直地看向她的眼睛，深沉而执着。沉默的时间像世纪般漫长，阿琼的心跳得像要蹦出来了。

“我也是。”她终于说。

当爱德华第一次摸着她的手，阿琼立即感到一股电流迅速传遍全身。然后，他伏身亲吻着她，一次，两次……

因为彼此心照不宣，其余的一切都如此自然，仿佛水到渠成、瓜熟蒂落。阿琼宛若置身在梦中。他牵着她的手，领她来到卧室，打开他刚刚关上的门，温柔地让她坐到床上。他摘下了眼镜，她突然觉得他年轻了许多、柔和了许多。

有一瞬间，阿琼感觉自己像是飘了起来，从空中俯视着下面的一切。他动作轻柔地褪去她的衣服，细心地从上到下地解着她旗袍上的盘扣，把手伸向她的隐秘处。虽然他温暖的身体像毛毯一样地覆盖着她，她还是感到一阵阵战栗。她温柔地抚摸着他的后背，感受他肌肤的光滑与柔软。听着他轻轻的喘息、他急促的呼吸。她努力集中精神，尽力放松。他进入她身体时带给她的那一种尖锐的疼痛，使她禁不住呻吟起来。他开始缓慢继而激烈的运动，调动起她的激情，仿佛配合着他的舞步和谐着。一种难以言说的温暖与愉悦传遍全身，让她的身心得到了完全的释放。

那次以后，阿琼感觉自己每天都是心醉神迷。她抽出一切可能的时间和爱德华缠绵在一起。即使人不在一起，她也是魂牵梦萦地想着他。他们必须把注意力集中在工作上，以免引起别人对他们的过度关注。她有时从制片厂搭一辆出租去他的公寓，或他们约定在某一个特定的地点，他去接她，然后再一起去他的公寓。直到电影快拍完了，爱德华告诉她，他们最好保持低调。“陈不喜欢这样。”他说。

阿琼明白他是对的。她还依然记得第一天到虎爪电影公司来上班时，玫玫对她说的那番话。陈不喜欢在拍电影的时候，他的演职人员有太多私人间的接触，尤其是绯闻。“这种事情，除了麻烦，不会有任何结果。”他有一次警告他的男演员们，“更不要说如果爱情变质后带来的烦恼、损失的时间和金钱了。”

然而，阿琼厌倦了在制片厂的这种掩饰与回避。明明跟爱德华在一起工作，心里有千言万语，却不得不装作毫不相干；还有，她也不喜欢这种遮遮掩掩。她无法把她的感受告诉玉风，没法告诉妈妈、戈姨。如果他们见面，又能怎样？陈所知道的，无非是他们在拍完戏后，有可能会结婚。为了找到一个心仪的人共度一生，她等了太长的时间，现在好不容易找到了，她却不能跟人分享她的喜悦、她的幸福。这个秘密像沉重的磨盘压着她，憋得她难以呼吸。

有时，当阿琼实在激情涌动，心绪难平时，她会想着写信给埃玛。遥远的距离使她觉得会有一种安全感。她开始写信，*亲爱的妹妹*，话语从笔端涌出，*我遇到了一个人。我恋爱了*。然后她停住笔。“恋爱”这个词让她很震惊，感觉很陌生，像是一种新的尝试，但她渐渐地适应了这个词。她又重新写，一次次地重写，最后总算有一封信被她放进了信筒。

他们计划在四月末拍摄电影。有一天阿琼早早地来到制片厂，希望能在别人到来前，跟爱德华说几句话。在那一时刻，她不知道两件事情中的哪一个会更让她兴奋：是见到爱德华还是第一次在电影里演主角？想到两者她可以兼而有之，幸福的暖流即刻涌遍全身。但是当她看到她化妆室的一张字条时，这种感觉马上消失了。字条上说，陈让她去一下他办公室。她又看了一眼字条，把它握到汗津津的手里，感到一丝惶恐。

当阿琼轻轻地敲响陈先生的办公室时，他的回答迅速干脆。她立即走进那个昏暗的、烟雾缭绕的房间，决定否认一切不当行为。她并没有撒谎。在照片里，他们只是在讨论电影的事。他们之间谁都没提过任何私人的事情。爱德华一直绅士味十足；另外，那时候，她对感情的事并没有兴趣，也没想要和谁发展什么关系。她的事业是第一重要的，阿琼对自己说。除了那张 8×10 寸的照片，显示着他们如此近距离地轻声低语（他们之间好像连一张纸也容纳不下），陈先生并没有什么把柄。

陈先生坐在办公桌旁，看起来很严肃。阿琼注意到的第一件事就是他把手心朝下平放在桌子上。一支燃着的香烟没有叼在他嘴上，而是放在他旁边的烟灰缸上，一缕青烟升起，飘向空中。

“您说想见我？”阿琼感到嗓子发干，像被烘烤着一样。

“进来，快进来。”陈先生催促着说，满面笑容。

他指了一下椅子。这张椅子阿琼见过导演、男演员或制片人坐过，但她从未坐过。那天早上，阿琼换上了春装。她穿着一件淡绿色的连衣裙，一条粉红色的围巾松松地围在脖子上，戴着黑色的太阳镜。她在那把椅子上坐下，却如坐针毡，浑身难受。

“出了什么事吗？”她不想拐弯抹角，于是开门见山地问。

陈微笑着。“我最近注意到，”他停顿了一下，清了下喉咙，一阵刺耳的、空洞的声音传来，“你和钟导成了很好的朋友。”

阿琼松了一口长气。“全是电影杂志的那些无稽之谈。”她对自己说。尽管她把一生的赌注都押在了电影上。“我们只是在讨论电影的事情。您知道半岛有多吵，我们靠得很近只是为了能听到彼此的谈话……”

陈点着头，注视着她。“听到你这样说，我感觉放心多了。你知道在与当事人了解情况之前，我是从不相信那些流言飞语的。这个公司是建立在相互信任与尊重基础上的。我们就像一个大家庭，家庭成员间应彼此坦诚相待……”

阿琼开始思绪翻飞。她不知道陈是否已跟爱德华谈过，但随后想起那天她是第一个来上班的。如果他也不承认有不当之处，陈应该满意了吧。他只是给他们一个警告，而不会影响电影的拍摄。

“婚姻是个令人生畏的承诺。如果我的已婚导演和未婚女演员走得太近，我觉得不是太好……”

阿琼的头轰的一声变大了。“已婚?”她低声重复着。

“你说什么?”

屋子里散发着一股烟草的熏人的怪味，她感到很不舒服。“没什么。”她说，控制着自己。“就是想说，您说得对。拍电影时最不应该出现的就是闲言碎语。已经有太多事情需要操心了。”阿琼觉得她舌尖一阵苦涩。

“我知道你会明白的。”陈先生拿起另一支香烟，点燃，“这个电影会使你名声大震。你已经努力了这么多年，我不希望你在这个时候出什么事，半途而废。”

阿琼点点头，站了起来。她感到腿发软，但努力让自己站稳。“您不用担心。我们之间什么事也没有。”她努力挤出一丝微笑，却一闪即逝。

陈先生拿起烟，深吸了一口。他吐出的烟雾，直升到屋顶。“好，很好。我也这样认为。这些传言都是无事生非，真是讨厌。”

阿琼向门口迈了一步，希望自己赶快离开陈的办公室。她做了她一生中最出色的表演：神情镇定、若无其事地离开了。门刚刚在她身后关上，她就赶紧靠墙站着，支撑着自己。她闭上眼睛，试图将陈先生说的话赶出脑海，可它们却像潮水一样一次次涌来。“我怎么会如此愚蠢？为什么没想到他可能结婚了？为什么也没听人说起过他的婚姻？连阿玉也不知道。”她的肺里仿佛慢慢地被水占满。深呼吸，深呼吸，她镇定着自己。不远处传来开门声，然后是关门声……一阵冷风从脖子后吹来，让她冷彻筋骨。

从那天早晨开始，阿琼把她的全部身心都投入到《一个女人的故事》里，期望这部片子、也期望自己成功。

她曾经的慢语轻声，她曾经甜蜜的话语变得快速而冷酷。“既然我们现在要拍电影，我觉得我们彼此不应该再见面了。”她说着，有些愤怒，但又无法指责他已结婚这个事实。这些词语凝滞在她舌尖，沉重而严酷，她实在说不出来。

爱德华睁大了眼睛。他伸出手，想抓住她的胳膊，却没抓到，只好把手放到她肩膀上。“你说什么？怎么了？”

阿琼低下头，躲开他探询的目光。“我得走了。”她说，把他的手移开。她的话语听起来不再完整，像是被打破的玻璃，支离破碎。

阿琼尽力使自己洒脱些、职业些，除了关于影片的拍摄，拒绝跟他谈话。试图从爱德华曾经带给她的巨大欢悦与幸福中挣脱出来。可即使听到他以导演的身份告诉她“稍微向左偏一点点”或“把脸上的头发撩开”也会使她心旌摇荡、痛心不已。还是太亲密了，仿佛还是只有他们两人在一起。

就像是最后一支舞曲，阿琼舞出了最好的自己。在影片规定的时间里，她笑着、哭着、叫喊着。用行动将她内心翻江倒海的情绪宣泄出来：“爱你？我从来没有爱过你！那只是我玩的一个愚蠢的游戏而已。”她一遍遍地念着这些台词。

据阿玉讲，已经有人说，阿琼把她角色的性格诠释得淋漓尽致，表演得恰到好处。这个电影一定会让她踏上星光大道。

在影片拍摄间隙，钟导在台上找到阿琼，恳求她：“跟我说说话吧。如果是因为陈，不用怕他。他知道所有的绯闻都是给电影上映做的最好的宣传。”

阿琼的眼睛看着前方。她注意到爱德华是等到舞台上空无一人时才来找她的。她心里不由升起一股愤怒：他到现在还在保护他自己。

“没什么好说的。我们都尽量把电影拍到最好，把其他的都忘了吧。”她冷冷地说。她用眼角的余光看到，他有些恼怒，平日冷静的面孔变得通红。

“到底怎么回事？”他抓住她的胳膊，“能跟我说说吗？”

阿琼甩开她的手。“就算是我变聪明了吧。我相信从今天起，您会把我们的关系维持在职业范围。”她转身离开他，“我必须得走了。我还要换服装，已经晚了。”

钟导依然没有放弃，他跟着她从一个舞台换到另一个舞台。“让我一个人待会儿行吗？”她厉声说道。

“你到底怎么了？”

阿琼突然出人意料地转过身。“还是把您的关心留给您太太吧。”

钟导停住了，后退了一步，仿佛被什么击中了。“你怎么知道的？

我们已经有好几年没在一起了。”

“您还是已婚男人吧?”阿琼问道。她的眼睛里蓄满泪水,强忍着不让它们流下来。

钟导点点头,不敢看她。“是。但她在上海有她自己的生活。”

他站在那里,她依然能感觉到他的体温、他的呼吸。阿琼不敢看他,只是以公事公办的口气说:“那就清楚了。从现在开始,完成这部电影的拍摄是我们彼此交流的唯一理由。电影拍完后,我永远都不想再见到你!”她一口气说完这些话,语气寒冷如冰、坚硬如石。

阿琼转身继续走。这次钟导没有再跟着。有一瞬间,阿琼以为她听到了一阵轻微的低语告诉她停下,可是这个声音在空洞的舞台上被一阵风吹走了。

自从《一个女人的故事》开始拍摄,阿琼几乎每天都回来很晚。当她进入餐厅时,妈妈和戈姨刚吃完晚饭。

“你看起来很累啊。”戈姨说,放下了她的饭碗。

“那个导演怎么让你们工作到这么晚?”妈妈问,往阿琼的碗里盛着米饭,“你看看,你都跟我一样有黑眼圈了。”

阿琼的眼睛一阵灼热。她感到嗓子发干而且很疼。过去的几天里,她一直感觉很恶心。“我不是很饿。”她努力控制着自己。

“别胡说!你必须吃点东西。你不保持体力怎么拍完这个片子?”妈妈又往她碗里放了几块鸡肉。

阿琼跌坐到椅子上。她如何能拍完这部片子?她强迫自己低头吃着碗里的东西,这样她就不用说话了。她们不会知道演戏是目前支撑她的唯一动力,不然的话,她早就坚持不下去了。

宽妈给她端来一碗野樱桃和黄芪根煮的汤。“增加点体力。”她小声说，她的声音比往常温柔了许多。

睡眠再次困扰着她。一会儿，它给她希望，让她暂时忘却一切，让她的眼睛得到片刻休息，然后任何一点细微的响动都会惊醒她——远处的狗叫声，开门声，一阵突然的叹息声。睡得越少，她对外界的声音越敏感。几天下来，她感到头昏脑涨，而且后脑一阵阵钝痛。躺在床上，看着光线一点点由深变淡，屋子的轮廓渐渐清晰。想到曾经那么渴望成为他生命的一部分，想到他的温柔抚摸，想到他躺在自己身边的情形，她再次难以自持，心痛万分。*如何才能让我睡着*，她对自己说，*如何才能闭上眼睛，忘掉所有这一切？*

“把这个喝掉。”第二天晚上刚一进门，宽妈就对阿琼说。她忠诚的用人接过她的剧本、钱包及毛衣，将包裹她的烦恼一层一层地剥去。“喝了它。”她再次命令道。阿琼喝完了，品尝了药汤的苦涩，也享受着被引领、被关爱的宽慰。宽妈领着她进了卧室，帮她脱掉衣服，让她舒服地躺到床上。躺倒在床上，她的头一阵阵地疼，而且有点反胃恶心，但她看到宽妈出乎寻常地坐在她的床边，感到心里很放松、很安慰。她闻到了宽妈身上那股大蒜与草药的香味，听着她重复地以轻声但不容置疑的命令口吻说：“睡吧，睡吧。”阿琼想说点什么表示自己的心情，但她的嗓子很干。“如果没有你，我该怎么办……”这些话在她心里回荡着，想说出来，但却沉沉睡去，甚至没有时间去想如何能睡着。

第13章
永久的等待　1957—1958

埃玛

十月份的第一个周末，埃玛坐在她公寓的实木地板上，捆紧了另一个装满书的纸箱。这个纸箱原来是装橘子的。在过去的几周里，她从金丰市场拿回来一些装苹果、香蕉、橘子的纸箱。在贝尔尤维女子公寓住了三年后，埃玛终于可以搬到一个较大的她自己的公寓了，公寓在吉里大道，离孤独山不远。

她穿着一件旧衬衫，在腰部系了一下，一件宽松的牛仔装，挽着袖口，埃玛强迫自己把另一架子的书也装到箱子里。这些书按照字母顺序排列着，从奥斯汀到沃顿。在中国城上下班的往返途中，她总是带本书，或夹在腋下，或放在包里，在车上阅读。从年少时养成的这个习惯陪伴着她的大学时代和工作后的这些日子。每一个故事都依然深深地吸引着埃玛，让她在历史与国家、战争与爱情间翱翔。

最近，她比任何时候都更强烈地感到，她对这些珍贵的书籍的需求。这些书填充着她日益增长的倍感寂寞的生活。已经二十六岁了，埃玛依然还是在中国娱乐中心做秘书。这并不是说这个工作不好，尤其是威尔森·张，他不但是她的老板，也逐渐成了她的一个好朋友。但事情在去年有了一点变化。一种失落感悄悄地潜入她的内心，慢慢地深入骨髓。她的临时工作变成了一成不变的永久工作，而这个工作却不是她想要的。有很多时候她在想，她付出了很多艰辛拿到的大学学位似乎并没有给她的生活带来多大变化，她的大学是不是白上了？

当夏天过去，进入到苦乐参半的秋季时，她决定要做一些改变。她希望如果她周围的环境改变了，她的生活也会随之改变。在给妈妈的信中，她写道："这里的天地太小，不适合我的发展……"她几乎可以想到她妈妈会对戈姨说："她什么时候能放弃这些荒诞的想法，赶快回家？"

"出了什么事吗？"威尔森问。他的突然出现使埃玛吃了一惊。

他站在她开着门的门口。埃玛赶紧从堆得乱七八糟的纸箱中跳起来。她忘了他曾说过要来帮忙搬家的。威尔森一如既往地宽厚温和，让她礼拜五休息，好做搬家前的准备工作，现在又这么早过来帮忙。埃玛知道在某种程度上，他就像是一个她未曾有过的哥哥。

"没有。"埃玛说，用手拢了一下头发，把它们掖到耳后，"我就是在想搬家的事。"

"我听说过一种理论，"他笑着说，"过多的思考只会使人头痛。"

埃玛点点头，微笑着。威尔森的话总是那么友好，那么让人舒服。

"我带了一个朋友来帮忙。"威尔森继续说，"他在楼下的面包车里等着。"

"我该怎么谢你呢？"埃玛说，变得严肃起来，"我不知道如何……"

“这些箱子里是什么?”威尔森打断她说,拿起一个箱子,掂了掂重量。

“橘子箱里是书,”埃玛笑着,“我喜欢读书。你还没看到我那些美术书呢,等你看看香蕉箱子就知道了。”她指着另一边说。

“听没听说过有图书馆?”他笑着问。

“我喜欢自己买书读。像你这么强壮的大块头不会被几本书吓倒吧?”

威尔森大笑起来,现出孩子般灿烂的笑脸。如果不是他稀疏的头发,他看不出已经是三十五岁的人了。

“你欠我的啊。”他说,把两个纸箱挪到门边。

“梅尔餐厅吃晚餐可以吧?”埃玛问。

“我还以为是厄尼或阿尔弗瑞德家呢。”威尔森直直地站着,揉着他的后背。

埃玛大笑起来。“只要老板肯给我涨工资就可以啊。”

“那就还是梅尔吧。”他说,把一个橘子箱放到肩膀上,向楼下走去。

埃玛回身继续装箱。她最后几本大开本的美术书就装满了一个厚厚的硬硬的香蕉箱子。最近,她积攒下的钱大多都买了美术书——德加、克莱姆特、马奈,以及马蒂斯。他们的画都充满着让人兴奋的线条与色彩。在业余时间,埃玛又重新拿起画笔。继续她的绘画课程成了当务之急。绘画给了她一种心灵的自由,而这种自由是她的日常生活所无法给予的。她多数情况下是用炭素笔在便宜画纸上画,勾勒并涂暗她的模特的脸——她的模特是那些从娱乐中心经过的男孩子们。

埃玛也根据记忆画她的家人——穿着黑色西装的爸爸、麻将桌上的妈妈、在西风厂前的戈姨、镜子中的阿琼，甚至还有从小小的房间里看着她的宽妈。但是当他们的脸变得清晰起来时，她感到他们似乎都在看着她，询问着她的生活何以变得如此止步不前？她觉得很羞愧。她把这些画都拿下来，小心地用纸包好，把它们放到柜子里去了。现在她把它们放到书的上面，迅速封好了箱子。

在柜子里，埃玛发现了一个装信的盒子，都是家人和利亚寄来的。她打开用丝带绑好的一摞信，抽出几个信封，把它们打开放到膝盖上。当家人的声音在她耳边低语，包围着她时，时间仿佛又静止了。爸爸的信是去年冬天寄来的，简短却充满了温情，让人难忘。时间好像过得很快。寒冷的气候使我的腿变得僵硬。我已经决定两年内或更短的时间内返回香港。你妈妈坚持让我休息。现在也许该听她的劝说了。也许到那时候我们就可以到旧金山去看你了。埃玛停住了。如果运气好的话，她应该还有时间在她父母来之前找到一份新的工作。

埃玛对着膝上的其他信件笑着。那是利亚的粉红色信封和她大大的草体字，邮戳是上个月的。她们最后一次见面是十年前了，但她那令人舒畅的唱歌般的话语总是让埃玛觉得很温暖很愉快。利亚已经结婚了，有了两个小孩子，还有一个也马上要出生了。她是个护士助理，兼职工作，但还是希望有一天能成为一个专业护士。埃玛打开信封，看着第一页。阿琼的电影《一个女人的故事》刚刚在这儿上映。整个澳门都很兴奋。我把两个儿子留给妈妈照看，然后搭公共汽车去城里看的。你如果看到瑞阿尔特影院前的排队长龙，一定会感到骄傲的。她演得真是太好了，她一定会成为大明星的。

埃玛没再看下去。每当她想到阿琼的成功，她心里都会有一个系得越来越紧的小结。她不想因为自己的不良情绪，而给幸运的阿琼带来不利的影响。但最近这段时间，她姐姐的成功更彰显了她的失意，让她有一种挫败感。

埃玛将利亚的信翻到最后一页。生了两个男孩后，如果这个孩子是个女孩，我们决定给她起名叫卡梅莉塔·埃玛·阿瓦瑞兹。我已经决定勇敢面对家里的迷信。妈妈说这可能会唤回那些不好的记忆，会影响她的外孙。但我想，谁会伤害一个用她自己的名字命名的人呢？况且，她的名字里还有两个坚强的女人的名字。还有比这样来到这个世界更好的方式吗？或许这还会使你重返澳门呢。埃玛放下信。这么多年来，思乡的痛又将她淹没。

听到楼梯上传来的脚步声，埃玛用手背抹了抹眼睛。她不想让威尔森看到她不开心。她快速地把这些信放到打开着的盒子里，转过身，却呆住了。站在门口的，不是威尔森，而是一个长得高高瘦瘦的男孩，他穿着牛仔裤和毛背心，正专注地看着她，他黑色的眼睛、浅棕色的肌肤和他挺拔的身材，使他看上去既像中国人又像外国人。

“嗨，您一定是埃玛吧。我是杰克·梁，威尔森的朋友。”他的声音，低沉而平和，让人感到很温暖。她一下子红了脸。

“是的。”她说，站起身来，伸出手，“非常感谢您过来帮忙。我真的很感激。”

“您不是旧金山人吧？”

“我从香港来的。”尽管穿着牛仔和衬衫，人们还是很难听出她的口音。

“几年前我到那里待过几天。”杰克笑着说，“总是希望有机会回去。”

“那么说您喜欢香港了？”

“对，非常喜欢。”他再次微笑着，露出一排整齐的牙齿，“还是快点干活吧，不然威尔森回来会以为我怎么回事呢。这些都好了吗？”他指着那几个威尔森挪到门口的箱子。

“是。”她点点头。

他对她笑了笑，拿起一只箱子，快速走下楼去。

到了半下午，那些水果箱子都被摞到了她的新公寓里。这里空间很大，显得很空旷——一间卧室、一间客厅、一间小厨房，还有一间小餐厅。

厨房里，埃玛打开早上刚装好的箱子。她所有的厨房用品，在她原来的小公寓里显得很多，可在这个厨房里却几乎像没放东西，因为这里有好几个黄色的抽屉和橱柜，可以放很多东西。埃玛喜欢满是黄色或绿色南瓜的壁纸，喜欢这里干净的味道。这个公寓感觉很有人气，也很舒服，尤其是特别干净。她笑着想宽妈一定也会这样认为的。

埃玛能听到威尔森和杰克在客厅里交谈，等着她找到装可口可乐的杯子。她在一个苹果箱子里翻着，找到了两个在伍尔沃斯买的蓝色塑料酒杯。她用瓶起子打开了可口可乐，在杯子里放了些冰块，然后将可乐倒进杯里，又在一个小盘里装了些干果，然后急忙拿进客厅。

“总算来了。”威尔森坐在客厅中间一把黄色的餐椅上，说道。杰克坐在他旁边，交叉着双腿。就好像他们是在医生的办公室里。

“你可真是个苛刻的老板。”埃玛笑着说。这句话在她刚到美国时就学会了，一直也没机会用，今天总算派上用场了，她很得意。

埃玛永远也不会忘记刚到美国时，英语给她造成的混淆。现在虽然她的英语像大多美国出生的中国人一样好，但她有时候依然很迷茫。读起满是俚语的、简短的报纸标题，她常常还是一头雾水……

“埃尔维斯晃动着他的骨盆”、“弗瑞德的电台广播节目‘摇滚着’[①]他们。”在旧金山待的第一年，埃玛有时都奇怪自己学的是不是另一种语言。

“你有收音机吗？”杰克问。

“在其中的一个箱子里。”她回答说，脸有点红，小心地避免与他的目光相遇。她觉得有点热，还有点不自在。

埃玛在角落里的一个苹果箱子里找，而杰克却从她的香蕉箱子里找到了，拿起来插上了电。立刻房间里传出干扰声，那种摩擦声刺激着耳朵。

“赶紧关掉它。”威尔森笑着大声说。“等一下。”杰克伸开双腿坐在地毯上，不断地调整着旋钮，直到帕特·布恩[②]优美的嗓音在屋子里响起。他正在低声演唱着《沙中的情书》。

“拜托了，听什么都行，就是别听帕特·布恩，行吗？”威尔森说，冰块在他的杯子里叮当地响着。

杰克重新调整，经过一阵模糊的声音之后，他找到了巴迪·霍利[③]正在演唱的《佩吉·苏》，他把音量调低，这样他们可以听到每个人说话，但他们每个人都陷入了沉默。

“佩吉·苏，佩吉·苏，我爱你。”杰克的手指在收音机上轻轻地敲着。埃玛难以将目光从他手指上的戒指移开，戒指是金子的，上面好像刻有一些徽章或标志性的东西。

---

① 1950年代，艾伦·弗瑞德把旋律蓝调引进主流的美国音乐界，并且主持了一个名为“摇滚（*Rock and Roll*）”的节目，“摇滚”这个名词遂成为今日的通称。

② 帕特·布恩（1934— ），美国歌唱家、电影演员。主要作品是《万世流芳》等。

③ 巴迪·霍利（1936—1959），美国摇滚歌手，主要作品是《就是那一天》、《佩吉·苏》等，在与其他歌手巡回演出时，飞机失事罹难。

“我带大家出去吃饭，怎么样？”威尔森建议说，“是中国城还是北岸？你们选。”

“今天是我请客，还记得吗？”埃玛说，先看了看威尔森，又看了看杰克，“你们两个那么好心帮我搬家，应该我请的。”

杰克喝完了杯里的可乐，然后从地毯上站起身来。“我很愿意去，但是我恐怕得等下次了。我今晚值班。”

“值班？”埃玛不解地问。

威尔森回答说：“杰克在部队里，是军人。他现在在普莱斯蒂驻防。是一个真正的朝鲜战争的英雄。”

“你得了吧。”杰克回敬道。他弓了弓背，然后又挺直，显得英俊挺拔、朝气蓬勃。

埃玛不明白自己怎么就一点也没想到。其实即使在随意地站着时，他也像是个军人。两腿自然分开，两手握拳放在背后。站在他身边，埃玛觉得自己很矮小，尽管她能到他肩膀的高度。

“给我打电话啊。”杰克对依然坐着的威尔森说。

“就这一两天吧。谢谢啊，哥们儿。”

埃玛把杰克送到门口，凉爽的风徐徐地吹着，她把外衣往身上裹了裹。把手伸给他握了握：“再次感谢你的帮忙。”

他握着她的手，然后向她靠近了些，在她耳边低语道：“我说下次再请是真的。我会马上找你。”

杰克迈开一步，挤了挤眼睛，然后迅速走下水泥台阶。他手上的余温还在温暖着她。

吃完晚饭，威尔森把埃玛送回新居就走了，剩下埃玛一个人在家，她感到很疲倦。但她还是把每个房间又看了一遍，以便增加一些熟悉的感觉。那些箱子还堆放在那里。她烧了点开水，沏了壶茶，坐在客厅里刚才杰克坐过的黄色餐椅上。军人。她在想他穿上军装会是什么样子，然后笑了。埃玛喝着茶，想着杰克的目光跟着她在屋子里转的情形。他搬东西时速度那么快，和他们一样卖力，虽然他根本就不认识她。为什么威尔森以前从未提过这个朋友？

就在几个小时前，她和威尔森还坐在他的迪索托汽车里，吃着从梅尔免下车餐馆里买的汉堡、薯条。他们吃着油腻的炸洋葱圈和薯条，吃着冰凉的草莓奶昔，轻松地交谈着。埃玛不想问太多关于杰克的问题，但还是装作漫不经心地问道："杰克在部队多长时间了？"

威尔森把嘴里的东西嚼完吞下，才回答说："高中毕业以后就应征入伍了。他是我一个朋友的小弟弟。一半血统是中国人，一半是葡萄牙。从小就是个好孩子。他是个少尉，职业军官，听说好像是个声纳系统的专家。长得很帅，是吧？"

埃玛觉得有点热，开始咬着薯条。"他人很好啊，肯过来帮忙。"

"杰克是个好人。我们一直保持联系，特别是他哥哥被杀后。"

"在朝鲜？"

"不是。在中国城的一次枪击事件中。高中时与黑帮扯上了关系。这也是我参与到娱乐中心的一个原因。"威尔森把最后一点汉堡放到嘴里。

埃玛没说话。她不知道在她的周围到底有多少个不同的世界。杰克的哥哥被杀，对杰克来说是多么难过的一件事。那一定比利亚的弟弟死去还要痛心。但毕竟，她还没有机会了解他。有像威尔森这样的人提供的运动项目，让孩子们远离喧闹的街道，真的很重要。他可能是她遇到的最好的男孩之一，和那些挥霍着父母钱财的香港孩子完全不同。

"我有一个朋友，她的弟弟因吃东西窒息而死。但他是个孩子，是个意外。我不能想象如果我姐姐阿琼出了什么事，我会怎么样。"埃玛真诚地说。

威尔森摇了摇头。"想一想那么轻易地就能失去一个所爱的人，真是让人恐惧。"

埃玛听到威尔森用吸管吸着他的巧克力奶昔的呼噜声。当服务生送来收据时，他拿了起来，拒绝了埃玛付账的要求，对埃玛说等她的新厨房收拾好，她得请他们在她家吃一顿。"下次再说"似乎成了埃玛社交生活中一个很可笑很无奈的词。

在这个新家里，卧室是陌生的，床却是熟悉的。当埃玛终于躺到床上时，她闭上眼睛，把每个房间在脑子里一遍一遍地过着。她终于睡着了，做了个梦，梦里她一个劲地向下坠落。下面，是深不见底的黑暗。她越挣扎，下降的速度越快。当她不再挣扎，向那个黑暗的世界做了妥协后，她才感到下降的速度慢了下来。这时她感到有一双手强有力地将她从空中托住。尽管它们托着她，离她很近，但在一片黑暗中，她却看不清是谁的手。

在第二个周末，杰克一阵风似的来到她面前。那时，她坐在威尔森办公室的隔壁，一个灰色的金属写字台前。门呼的一声被推开，一阵冷风灌了进来，她立即跳起来。她的第一个想法是"又是那些淘气的孩子"。埃玛立即趴到办公桌上，以防桌上的纸张被风刮跑。她自备的午餐盒掉到了地上，一个笔筒紧随其后，油笔、铅笔等随即散落一地。当她抬起头时，发现是杰克站在门边。他穿着军装，看起来威武雄壮。他的手里提着一棵大大的橡皮树。他把它放到写字台旁边的地上。

“对不起。今天的风太大,太疯狂了。”他转身关上门。她站起身,急忙整理好自己的开衫。

“你怎么样?新房子安顿好了吗?”他把她的午餐盒捡起来放到桌上。

埃玛捡起地上的笔,清了清嗓子。“我挺好的。”她控制着自己说,注视着他墨绿色的上衣、米色的衬衫和宽松的裤子。

“我觉得我应该给你带个乔迁之喜的小礼物。”

“谢谢。”埃玛摸了一下橡皮树,捏了一下它厚厚的绿油油的叶子,“真漂亮。”

他扫了一眼她身后墙上挂着的一排运动员的集体照。“看来威尔森干得相当不错啊。”

“没错。你想见他吗?”

杰克捏着他帽子的帽檐,皱了一下眉:“呃……实际上我过来是想跟你谈谈。”

埃玛又开始发热,她觉得自己的脸一定红了。“是吗?”

他舔了下嘴唇:“我不知道你周六晚上是不是有空……是否愿意出去吃饭?”他把双臂交叉着放在单排的红黄两色的勋带下。

埃玛用橡皮筋把那些笔缠到一起,她缠了一圈又一圈。“这个周六吗?”

“我可以七点过来接你。”杰克微笑着补充道。

“我……行。”埃玛抽出一支笔,写下她的电话号码。“这个,”她把纸条递给他,“万一你有事要找我。”

“谢谢。”杰克把纸条放进他外衣的口袋里。“周六七点。”他边咧着嘴笑,边往后退着,然后举起手,敬了个礼,眼睛故意挤成个斗鸡眼。

当他打开门时，风再一次吹起桌上的纸，它们飞扬着，轻轻地落到地上，仿佛是铺满了一地的欢快与幸福。

当埃玛周五晚上下班时，她没跟威尔森说她跟杰克吃饭的事儿。

“周一见。”她要离开时，他对她说，“有什么好计划，还是就在公寓里待着？”

埃玛拿起她的大衣。“也许会拆包，整理些东西。”她回答，声音很轻。她打开抽屉，拿出钱包。

“嗯，听起来不错。”他的手指玩弄着脖子上的口哨，“那就周末愉快。”

“周末愉快。”

威尔森点点头。

在坐车回家的路上，埃玛手里拿着本《冷暖人间》[①]，却一个字也读不进去。她并没有费心思去想，她为什么没把与杰克约会的事告诉威尔森。

周六，杰克在七点钟准时到达。他没穿军装，而是穿了件黑色的外套，打着领带。“只有在必需的时候我才穿军装。”他说，给她的注视一个解释，“我还是喜欢看起来和别人一样。”

“你想喝点什么吗？可乐？咖啡还是茶？”埃玛问，很奇怪他竟能读懂她的想法。

他看了一下表：“我们的预约时间是七点半。最好现在就走。”

① 美国作家格雷丝·梅塔利斯（1924—1964）的小说，1956年出版后被改编成同名电影，1957年获奥斯卡最佳影片提名。这部小说在当时极具争议，又名《小城风雨》。

他给她开着门。“啊，顺便说一句，你看起来好极了。”

埃玛的脸腾起一片红云，很快地说了一句：“谢谢。”

她花了一下午的时间考虑穿什么衣服，最后决定穿一件蓝色的丝质旗袍。自从在大学里和西尔维娅的两男两女约会后，就再没穿过旗袍。当埃玛换上凉爽润滑的丝绸旗袍，系上一个个盘扣时，她觉得旗袍于她已很陌生很怪异。看着镜子中的自己，发现她已不是初闯旧金山的那个香港小姑娘了。当然，她也肯定不是美国的埃玛，能跟着埃尔维斯·普雷斯利的音乐一起摇摆，并在每一次他摆动臀部时，狂呼乱喊。

✣ ✣ ✣

晚饭是在北岸的上格兰特大街的新披萨酒店。埃玛坐在杰克对面。桌上的蜡烛在他们之间摇曳，散发着柔和的黄色的光。她喝着杯里的葡萄酒，酒的作用使她有了些微的醉意。她发现自己情不自禁地跟他说着她家里的事情：爸爸在东京、妈妈在香港、戈姨和她的西风厂、她做电影演员的姐姐阿琼，当然还有宽妈和她无与伦比的好吃的饭菜。

“听起来他们都很好。”他说，切着他的意大利肉卷，“恐怕我的生活没那么些可圈可点令人兴奋的事情。我是跟我妈和我哥哥一起长大的。在我还不到五岁的时候，我爸离开了我们，那时我哥哥十岁。我们住在紧靠着中国城的一个公寓里。”

“你妈妈是葡萄牙人？”埃玛问，叉着一个意大利饺子，酱汁带有很浓的大蒜味。

杰克点点头：“我妈妈家原籍是澳门，她在那里遇见了我爸爸。”

“在日军占领香港期间，我们住在澳门，那里确实是个天堂一样安全宁静的地方。”

“我妈妈还是小姑娘的时候就离开那里了。”他喝了一口葡萄酒，“跟我说说你最喜欢澳门的什么？”

埃玛喝了点水。一时间很多往事涌上心头：利亚、音乐、圣保禄，那些慵懒的热带时光、语言……“那里的人。他们都很善良友好。”

在门边，杰克把她的手握在他的手里。很长时间他们都没说话。但当他松开她的手，切断了这种手手相连后，她感觉出一丝寒意。

那天晚上，她屏住呼吸地翻找着装信的箱子，寻找几个月前阿琼寄给她的信。当她找到那个白色的信封时，它还残留着“我之罪”淡淡的香味。埃玛浏览了一下不长的信，眼光停留到最后一行字上：“我遇到了一个人。他完全不是你希望我爱上的那种类型的人。他挺严肃，也挺聪明。妈妈和戈姨对此一无所知。我只能告诉你，他在我们这一行，还有就是，我恋爱了。”

埃玛把信放回箱子里，她已经快速地做了决定——周一把杰克的事告诉威尔森，把其余东西拆箱整理好，等待杰克的电话，给阿琼写一封信，告诉她：“我完全明白你的感受。”

第14章
一个女人的故事　1959—1961

阿琼

阿琼在陈先生的办公室里等着。早晨的阳光照射进来，闪着强烈的光。她坐在他办公桌前一把新买的皮椅子里。屋子里积聚了多年的浓重的烟味已渗透到地毯和墙壁里，就连几把皮椅子散发出的皮革味也掩盖不了。阿琼看了一眼手表。陈迟到了。

成功地拍摄完《一个女人的故事》后，阿琼又主演了两部电影：《日复一日》和《终结时刻》。三部影片的招贴广告都挂在陈先生办公室黑乎乎的墙上，这是他为最成功的那些影片预留的空间。她几乎不敢相信是她自己的面孔在看向她。从她坐的地方，阿琼看到妈妈的影子在上面俯视着她。她又看了一下表，站起身刚要离开，门被一下子打开，陈先生急匆匆地走了进来。

"阿琼，阿琼……对不起我来晚了。"陈俯过身来，吻了吻她的面颊，"《台风》舞台上出了点问题。"他叹了口气，呼吸里传出一股烟味。

"您想见我？"

陈犹豫着，他坐到她旁边的椅子里，两条腿交叉到一起。离开他的办公桌，他看起来心神不定。“我想求你帮个小忙，”陈微笑着，眼睛眯缝起来，“我有一部绝好的电影要给你演，只是……只是不能等到你旅行回来才开机。”

阿琼站起来。“不行。我妹妹在旧金山望眼欲穿地等着我呢，我不能再改主意了。”

陈先生伸出手，抓着她的胳膊，他的手湿润润的，带着汗。“推迟一下。为这段时间的付出将是值得的。这部影片会使你成为更耀眼的明星，比现在的名声还响。”

“另一个歌妓？”

“不全是。”陈笑着，“虽然片子的主角是个女人，她努力地挣扎着想要社会理解她。但相信我，这是一个全新的主题。先看一下剧本吧。”

“不行。”她重复着说，抓着她的钱包，“请原谅，我有一个约会，已经晚了。”

“我不是叫你现在就决定。想个一两天。我会派人把剧本送给你。记住，一个女演员的名声是转瞬即逝的。聪明的办法就是永远都要趁热打铁。”

陈先生站起来，打开他的金色香烟盒，拿起桌上的金色打火机。他摁了两次才打着火，点着了夹在他唇间的香烟。

阿琼没想到和陈的谈话用了这么长时间。她冲过启德机场。等她气喘吁吁地到达 2A 门口时，已经晚了，很多人在等着。不过爸爸的飞机刚刚抵达。阿琼倚在窗户旁边的墙上，她的太阳裙黏黏地贴在后背，黑色的太阳镜也滑了下来。

外面，泛美航空的飞机正在滑行着准备停住，激起一阵阵热浪。正在这时，她看到门滑开了，乘客们鱼贯而出，小心地走下银色的台阶，穿过停机坪，走向机场出口。阿琼用纸巾擦了擦额头的汗，唯恐错过爸爸。自从爸爸上次从日本回来参加她主演的影片《一个女人的故事》的首映式，她就再没见过他。

“你得确定你能按时到达。”妈妈头天晚上就嘱咐她，“你肯定不用我叫辆出租车在那儿等你吗？”

“我在虎爪要跟陈先生开个会。之后我就去接爸爸，把他直接带回家。”阿琼说。她的声音平和而冷静。她期待着能和爸爸单独待一会儿。

“那就按时到啊。”妈妈再次叮嘱着，在沙发和露台门之间来回地走着，“你知道你爸爸身体最近一直不太好。”

阿琼看了两次，才认出她爸爸。他正走下飞机的舷梯。看到爸爸这两年变得如此苍老，而且疾病缠身，阿琼感到心如刀绞。她摘下太阳镜，把头发拢到背后。“爸爸！”爸爸刚一进入大楼，阿琼就喊着。他抬头巡视人群时，她依稀看到爸爸那尚存的、证明他曾经英俊潇洒过的容颜。

“我的明星女儿怎么样啊？”他问道，放下手提箱，紧紧地拥抱着她。

“见到你她非常高兴。”阿琼拥抱着爸爸，感到他似乎已是瘦骨嶙峋，“我来拿吧。”她拿过他的箱子，挽着他的胳膊，向行李提取处走去。

在出租车呼啸着经过九龙返回香港的路上，爸爸长时间地注视着车窗外的一切，沉默着。过了好一会儿，他坐回到座位后，低声说。“这么多人啊。”然后，似乎想起阿琼就坐在他身边，他转过身问她：

“你们制片厂就在这附近吧?”

阿琼点点头。“那边,过几条街就是。”她朝窗外指着,“既然你又回来了,我等哪天带你转一转吧。”

爸爸微笑着,用手帕擦着额头。“你知道吗?刚开始的时候,对你想做演员的想法,我并不是很赞同,也不高兴。我担心你对这个困难重重的行业感到失望。”

“但是……”

爸爸把他瘦长的、青筋暴突的手放到她手上。“但是,我永远不会忘记你在战前去收账时,表现得有多勇敢,多坚强。我知道你会为了追求心中的理想而百折不挠。你们两个丫头都是。即使家人不反对,这个行业也已经够难应付的了。”

“那假如我失败了呢?”

阿琼轻声问,更多的是在问自己。

爸爸听到了说:“但是你没有失败。”

阿琼咽了口吐沫,嗓子眼堵着,说不出话。酷热潮湿的天气让人感到憋闷窒息。她在太阳镜后闭上眼睛。当他们穿过狭窄拥挤的九龙街道时,阿琼拉起爸爸的手,紧紧地握着。

爸爸回到香港六个月后,阿琼搬到了自己的公寓,这间公寓位于马己仙峡道。有一个大客厅,两个卧室,一个狭长的厨房,不过她很少有时间在里面做饭。通常,她在外面吃,或者每周至少三次,她会和妈妈、戈姨一起用餐。每次一踏上父母家的台阶,她就能闻到宽妈做的菜飘出的香味,就能猜到她晚饭准备的是什么。今晚,他们吃的是蒜姜爆牛肉。当她打开前门时,阿琼听到有人在客厅小声说话。

妈妈站在钢琴旁。自从埃玛离开香港去美国后,就没人再弹过它。妈妈的眼睛红肿着，仿佛刚刚哭过，戈姨则无言地坐在沙发上。

“出了什么事？”阿琼问，嗓子发干。“爸爸呢？”

戈姨回答道：“他在房里休息。我们今天收到了埃玛发的电报。”

“她没事吧？”

妈妈简短得像电报的声音响彻房间。“妹妹三天前结婚了。”她的额头露出了一条条细细的血管。

“跟杰克吗？”

妈妈的眼睛立即瞪向她。“你知道？”她指责地问。

“那么说他们认识有段时间了？”戈姨问，声音里有一丝宽慰。

阿琼放下她的外套和手袋。“过去一年里埃玛一直在和他交往。”

“那你怎么没说？你把这个叫杰克的人当成秘密一样地守着？”妈妈继续说，眼眉挑了上去。

“我答应过……”

“你本来可以阻止这桩婚事的。”妈妈再次责难道。

“坤玲，听听你自己都说了些什么？”戈姨打断她，“阿琼只是做了妹妹要求她做的。”

妈妈把两片嘴唇紧紧地抿在一起，把手里的电报揉成一团。“阿戈，她毕业后，我就应该坚持让她跟你一起回来。所有这些美术艺术的东西都是瞎扯。还浪费时间在旧金山工作。我应该在这里给她找一个合适的人。现在倒好，她竟然跟一个我们根本不了解的人结婚了。他的家人是谁？他是做什么工作的？我们全都不知道。”

阿琼看着妈妈嘴角边的一条条皱纹。“埃玛很爱他，这还不够吗？”阿琼未及思索，脱口而出道。

妈妈看向她，喊道：“不够！有时，仅有爱情是不够的。她根本就不应该到美国去!”

“对埃玛来说,到美国去也许是最好的一件事!你为什么就不能为她高兴?为每个人高兴?”阿琼说,她的火气蹭蹭地往上蹿。

“你是一个大明星并不代表你就了解生活。”妈妈吸了口气,然后说:“或者爱情。”

“我了解的比你能想象的多得多!”

妈妈的眼睛眯缝起来看着她。她把目光从阿琼身上移开,然后以死气沉沉的声音说。“但愿如此吧。我的两个女儿似乎都觉得她们无所不知。”

戈姨站起来,走到妈妈身边,从她手里拿过电报,然后按照原来的折痕叠好。“你不能摆脱命运,坤玲。不管你同意还是不同意,每个人都有权利追求自己的生活。”

“阿戈,你好像对什么都表示赞同。”妈妈尖刻地回敬道,“拥有你自己的事业,并没有给你任何权力来驾驭我的女儿!”

然后妈妈转过身离开了客厅。她的高跟鞋在地板上发出哒哒的声响。她卧室的门被打开,然后被咣的一声关上。

那天晚上,阿琼把自己浸泡在浴缸里,直到热气热水把她白嫩的身体泡成粉红。满满一浴缸的水刚好到她的下巴,覆盖着她的胸部。她让身体在水上浮着——她的脚尖、一缕头发和她的乳头都显现在水面上。

“妹妹现在是个已婚女人,一个妻子了……”阿琼大声说出这些话,让自己的嘴渐渐习惯这些话语。然后,她说着另外一些词语:“孤身一人,嫁不出去,老处女。”它们在充满蒸汽的屋子里,在浓重的雾气中,变得越来越轻,越来越弱。

“孤身一人，嫁不出去，老处女！”阿琼又声嘶力竭地大声说，对着自己大笑着。年过三十三，她还是拒绝像孩子过家家似的被冠以某种称谓。

阿琼在温暖的水中漂着。她依然在想着爱德华·钟，他已经在两年前回了上海。人们说他想重振上海电影业的雄风，但却有一些挫折。阿琼把她的手放到她平坦的腹部，不知道如果她当真要了那个孩子，她的生活会变成什么样子。在《一个女人的故事》杀青几周后，她才意识到她怀孕了。阿琼惊慌失措，然后感觉每天早晨都恶心，她想尽一切办法地在妈妈和宽妈面前不动声色、不露马脚。她想告诉戈姨，但还是告诉了她信任的玉风。

“我该怎么办啊？”她关上化妆间的门，问。

“多长时间了？”玉风问。

阿琼摇了摇头。“我也不确定。拍电影的一个月，加上之后的三周。将近两个月吧。”

玉风来回地踱着步，然后突然停住。“我可以找到一个地方把孩子拿掉。已经有几个女演员这样做了。她们都很好，没什么问题……”她没再说下去。

阿琼靠在门上，感到又一阵难受。“我不能。”她喃喃着。

“你准备告诉他吗？”

“我不能。”

两天后，阿琼感到腹部持续不断地疼痛。等到她费尽辛苦地挪到卫生间，又没事了。但从那次以后，这种情况又反复了几次，她开始感到体内生命的存在。

阿琼屏住呼吸，滑到水里。她清理着自己的思绪，试图回忆埃玛在最近的一封信中说的有关杰克的一切。他是威尔森的好朋友……

中国和葡萄牙的混血儿……英俊潇洒……他没有大学学位……想继续在军队任职……他待我很好，很宽厚……我感到从未有过的幸福……

阿琼迈出浴缸，用一条毛巾将自己包裹起来。一阵凉气袭来，她腹部和腿上立即起了一层鸡皮疙瘩。她看向镜子，但在浓浓的雾气中，什么也看不见，她也懒得去擦它。

她换上一件白色的真丝长袍，直接走向写字台，给埃玛写了一封电报：

> 恭喜你，妹妹！由于新的电影急于拍摄，我的旅行可能要推迟几个月……刚好给你时间好好享受蜜月。你值得拥有最幸福的生活。
>
> 不用担心妈妈。她会慢慢适应的。
>
> 挚爱的，阿琼

第15章

日出　1963—1964

戈姨

死亡日益逼近罗兴，伴着难以忍受的痛苦。从日本返回香港的那一年，他已经弱不禁风。在医院，坤玲听医生说已经确诊是癌症后，仿佛当头一盆冷水泼下。这些话语被冻结在半空中。“在胰腺……已经扩散……我们已无能为力……让他舒服点……对不起。”当戈姨伸出手来安慰她时，感到她表姐的手冰冰凉，这股凉气也传到她手上，继而是全身。

从医院乘坐出租车返家途中，坤玲神经质地喋喋不休。

“我们应该把他接回家，”她说，不停地转着手上的结婚钻戒，“我搬到阿琼的房间。这样他会感觉舒服一点。我得记着……记着告诉宽妈买点……买点猫爪草熬点汤。还有孩子们，我得告诉孩子们……”

戈姨把手放到坤玲的手上，把她拉回来，让她冷静下来。现在她的手温暖了一些，有些湿意。“阿琼今晚会晚些回来。我们可以在那时候告诉她。我会给妹妹发个电报。不过她们现在即使知道了，也只能是干着急，使不上什么劲儿。所以，坤玲，不到万不得已，不要太干扰她们自己的生活。”

“对，对，阿戈，你说得对。”

“我们回去的时候告诉宽妈给煮点普洱茶，然后你就躺下休息一会儿。我们还有很多时间来考虑其他的事。”

坤玲点了点头。她转过身，看着窗外，她的目光紧盯着一闪而过的街道。戈姨透过眼镜看着坤玲的反应。她的目光茫然无着。尽管岁月也在她脸上留下了痕迹，但她的肌肤依旧细腻光滑，丰满的双唇紧闭着。虽然已经五十九岁了，坤玲依然以她的方式美丽着，头上没有一根白发，而戈姨却像是一夜间头发全白了。

“你还记得吗？”坤玲突如其来地问。

“记得什么？”

“我们的婚礼。”坤玲说，转过身来朝向戈姨。

戈姨微笑着。“我怎么会忘啊？那是一个如此美好而浪漫的婚礼。”

“我那时真年轻啊，才十六岁。我拒绝坐花轿。妈妈想让我坐，但我不愿意，拒绝了。钱很紧张。‘他已经见过我了。’我告诉她，‘我有什么可藏的？’当媒婆告诉罗兴的家人，他们都吓坏了。但罗兴没有吃惊。他只是说：‘她做得没错。’你说这些年，经过这么多或好或坏的日子，这么多的风风雨雨，我怎么能不好好爱他？”

“他是一个好人。”戈姨低声说。

“我有时脾气很坏。对你们每个人都乱发脾气。”

戈姨不知该说什么。这么多年来，她们俩总是针尖对麦芒地吵着，现在如此近地坐在一起，而且竟然少有地不谋而合，感觉很怪异。

"我们俩都彼此彼此。"戈姨说,"但是你能想象我们换一种方式吗?"戈姨紧紧地握了下她表姐的手。

坤玲笑了。她张开嘴想说点什么,但又把嘴闭上了。但戈姨感到坤玲又向她靠近了些,把她们之间的距离又缩小了一点。

"吃了它,吃了它,"宽妈命令道,"你就是不吃饭对罗先生的病也没用。"她往坤玲的碗里盛着米饭,然后站在她旁边,直到她拿起筷子。

阿琼倾着身子,对戈姨小声说:"他们知道还有多长时间吗?"这是她听说她爸爸的情况后说出的第一个完整的句子,话语里充满疼痛与忧伤。

"六个月左右。"戈姨轻声回答。

"只剩下了这么短的时间。"她喃喃地自言自语。

"那是什么?"坤玲问,晃着她手掌里的饭碗。碗里的米饭丝毫未动。

"我觉得我最好搬回来住一段时间。"阿琼快速说。

"胡说!"坤玲厉声说,又恢复了原来的精神,"你现在有自己的公寓。一个演员需要一个安静的空间背台词。"

听到这番话,戈姨笑了。这是她曾经给坤玲的建议,现在她给说出来了。

"但是,你会需要……"阿琼抗议着。

"如果我需要什么,我会找你。"坤玲说,结束了这场争执。

阿琼夹起一点饭:"埃玛怎么办?"

"我明天就给她发个电报。"戈姨说,"她刚刚生了孩子,又要搬新家,一定非常忙。"

"求求你,"阿琼说,"让我来做吧,好吗?"

戈姨看着阿琼,她几乎就是她妈妈的翻版。在镜头前装扮各式人物这么多年，她从第一部主演的电影《一个女人的故事》起，就成了一个大明星。从那以后，戈姨观察到，阿琼有了翻天覆地的变化。她以前的紧张情绪舒缓下来，变得温和而冷静。她似乎发现了生命中比命运更重要的东西——知道生命的价值，知道自己的潜质及方向，然后全力以赴。

“当然好啊。”戈姨微笑着说，“告诉她不用着急。爸爸会得到很好的照顾。”

阿琼点点头。她抬起筷子夹了一块芥蓝，送到嘴里，忧心忡忡，又看着芥蓝掉回到碗里。

坤玲拒绝让戈姨陪她一起过夜。“我没事。阿戈。宽妈在这儿呢。你有自己的事业要打理，早晨要起得很早。明天我要跟医院商量一下，把罗兴接回来住。听话，回家吧。”

戈姨犹豫着，然后从坤玲的眼睛里看出她说的是真的。“那我明早再跟你联系。”

“行，行。”坤玲说，把前门打开。“谢谢你，阿戈。”在迎面吹来的十一月的冷风中，坤玲低声说。“谢谢你这么多年来的支持与帮助。”然后坤玲迅速地关上了大门。

戈姨开始沿着大街朝她的公寓走，却又突然改变了主意。她叫了辆出租车去九龙。她的钥匙在门上试了几次才打开了西风厂的大门。当她迈进门去，打开头顶上的灯，白色的亮光惊醒了她。首先是闻到了羊毛和金属混合的酸酸的味道。没有开动的机器都沉默地排列着。看到它们就让她重新听到仿佛虚幻的嗖嗖声，这些声音总是响在耳边，陪伴着她度过一个个日日夜夜。戈姨不明白，在夜晚的这个时候，她为什么会回到工厂？她锁上身后的大门，然后慢慢地若有所思地爬上楼梯，来到办公室。

“为什么是这里？”戈姨轻声地问着自己，不过她没有答案。她进到办公室，拧亮了一盏灯，一阵柔和的光线立刻照亮了房间。她倒了一杯雪利酒，坐到她的办公桌前。戈姨抿着甜甜的果酒，身子向椅子后背靠去，酒精流向她的血管，温暖着她的身体，她闭上了眼睛。

戈姨想起了悬在那里的一些记忆深处的东西，它们像是一些负担存在着。她试图把它们从记忆中赶走，但它们又回来了，重新进入她的生活，仿佛在说它们属于现在。而现在没有例外。现在她明白了为什么她会回到西风厂来。就是在这里，在她的办公室，很多年前，罗兴来找过她。戈姨往回算了一下时间，已经十五年了，她依然感到他的存在，清晰得好像就是在昨天。

他敲了敲门，然后轻轻地走了进来，如果不是开门时带进来的一阵风和随之而来的强烈的古龙水的味道，她都不知道有人进来，可能都不会抬头。

“阿兴？”戈姨说，大吃一惊。

他微笑着，放下了他的手提箱，站在那里，摆弄着手指间帽子的边沿。“我刚从东京飞回来。我是从机场直接到这儿来的。”

“出了什么事吗？坤玲？丫头们？”戈姨问着，从椅子上半站起来。

罗兴摇着头，想抬起手解释，但手却悬在空中，无法说明白。“我……我过来跟你谈谈。”

戈姨重新坐回椅子，放下心来。她另一个想法是他来谈谈他们几个月前讨论过的他过来工作的事情。她做了一个手势让他坐下，但是罗兴用手指摸着大衣上的一个纽扣，继续站着。

“我们这里真的需要你的帮助。”戈姨说，希望能够轻松地交谈起来，让他感觉舒服放松些。“一个有商业头脑的男人……”

“你不明白，”罗兴打断她，“我要说的话是经过深思熟虑的。你知道我是一心一意地爱着坤玲的……”

戈姨慢慢地站起来。“你想说什么?”她问，希望她担心的事情只是一场误会。

他用手指梳理着头发，然后看着戈姨的眼睛，说：“有了另外一个人，好长时间了。”

戈姨站在那里，惊得张口结舌。年轻的时候，尽管坤玲对飞行的恐惧与日俱增，但她一直尽可能地陪着罗兴到处走。她把孩子们扔给戈姨和宽妈，有时一走就是几个星期，甚至几个月。但随着孩子们长大，坤玲选择留在香港，而罗兴继续留在东京打理生意。戈姨可以想象这些年他们有了些隔阂，生分了。

“她在东京吗?”

“不，”他避开她的目光，答道，“她在这儿。”

戈姨感到怒火在往上升。她双手拄着写字台，俯身向前。“这儿?怎么可能?”她努力让声音保持平稳。

罗兴更紧地抓着手里的帽子。“这儿，就在这间屋子里。”一丝笑容浮上他的脸庞。

有好一会，戈姨没明白。然后她后退了一步。“什么?”她低声说。

“我爱上你有很长时间了。”罗兴的话语顺畅了许多，“你什么都不用说，阿戈。命运给我们安排了不同的人生道路。我明白。坤玲永远都会是我的妻子，我也真爱她。但是，我必须把我心中多年来的感觉说出来，否则我就是死也不会心安的。”

戈姨坐到椅子上，沉默无语。她和罗兴相识了大半生。罗兴和坤玲结婚时，戈姨只有十四岁。她一直对他像兄长一样地关心着，爱护着。她不敢抬头看他，虽然她知道他已经戴上帽子，拎起手提箱，要转身离开了,她也没敢抬头。

“我要走了。我永远不会再说这些话,阿戈。你不用担心。”

然后,他就像来时一样快速地消失了,只留下他浓浓的古龙水味道。

罗兴从医院回到家里的五个月里,坤玲像变了个人一样。她不再化妆,脱去了漂亮的旗袍,换上宽松的衣服和裤子。戈姨站在一旁看着她表姐尽职尽责地做着一切来减轻罗兴的痛苦:不停地给他换凉毛巾,煮安神镇定的茶水,说着轻柔的话语。

他的病痛影响着她们每个人,折磨着每一个人。但戈姨和阿琼担心的是坤玲的健康。她拒绝休息,每晚只睡几个小时,只想守在她丈夫的床前,唯恐一旦他需要什么东西。

“你得睡点觉。”戈姨央求她,“阿琼或我可以陪着他。

“他要是需要什么东西怎么办?”

“我会叫醒你。”

“我不知道。”坤玲说,慢慢地摇着头,眼睛里满是慌乱与无助。

“埃玛昨天打电话来了,她很关心你。她说,如果你不好好照顾自己,不管有没有孩子,她都会飞回来。”戈姨威胁着她。

坤玲与埃玛大约有两年不曾说话。坤玲第一个外孙女的诞生,打破了她们之间长久的沉默。对埃玛草率结婚的气愤,被新一代降生的喜悦而取代了。

现在,坤玲让步了。“我外孙女需要她妈妈。告诉她我很好。”她喝了一口茶,这个茶是宽妈用桑树枝和龙眼肉一起煮的,能帮助她睡眠。“你保证有事叫我?”

戈姨微笑着。“我当然会的。阿琼早上起来的第一件事就是过来帮你。”

坤玲的笑容消失了。她额头的细纹加深了，眼角也增加了很多鱼尾纹。

两天后的一个晚上，戈姨坐在罗兴和坤玲卧室的窗前，听着他急促费力的呼吸。自从多年前罗兴的表白后，她就很少和罗兴单独在一起。总是有孩子们或坤玲在他们中间，淡化他曾经说过的话，遮掩她的困窘与不安。罗兴信守着他的诺言，待她一如既往，再也没提起那天的事。戈姨对他的克制心存感激。可是她却从不敢轻易地进到这个卧室。现在，在黑暗中，她感觉房间里很冷，屋子里弥漫着的酒精味、药味和草药味使她的眼睛一阵阵灼热，继而湿润。

“就在这间屋子里，”戈姨想，“他将咽下最后一口气。”医生说只是时间问题。他已经开始昏睡了。“这是什么意思？”她曾想问医生。“几周？几天？几小时？”躺在蓝色的床单和毯子下，罗兴像是已经枯萎的树枝，行将就木。

“罗兴，我知道你是一个好人，”坐在他的床头，她大声地对着他说，希望他能听到，“你的女儿们都很好，我会照顾好坤玲的。你放心吧。”从楼下的后院里，她听到邻居家的几只猫在打闹着。这些打闹声掩盖着他沉重的呼吸。

戈姨在黎明前的某一刻醒来。因为是在椅子里蜷着睡的，她的手脚都麻木了。她敢保证有人动了一下她的肩膀，将她轻轻摇醒。但环顾四周，她发现自己是一个人在黑暗中。戈姨站起身，伸展了一下酸痛的后背，揉了揉眼睛，然后倾听着屋子里的沉寂。突然她意识到了什么，心跳到了嗓子眼。戈姨快步靠近那张床，弯下腰，摸了下罗兴已经瘦得塌下的面颊和瘦得皮包骨头的手腕，感到的只是冰凉。她小声地哭了起来。只好又坐下去等着。再有几个小时，太阳就升起来了，她会叫醒坤玲。

第16章
雨夜里的歌　1964—1965

埃玛

埃玛坐在他们新居的客厅里，喝着一杯六安茶。温暖的午后阳光照进房间，使她昏昏欲睡。她看着对面的白墙，就在那天早上，杰克对她说："我们可以在那里放一个书柜。"埃玛微笑着。她知道杰克喜欢这所房子，他一直想着要给她那些还搁在车库角落里的书做个书架。"短时间内，我可不想再拖着它们到处走。"他说，笑声在房间里回荡。

以前，杰克曾满足于住在公寓里。"我喜欢小一点的空间，感觉舒服。"他对她说。长久以来，杰克一直居住在拥挤的、单独的屋子里，开始是跟妈妈和哥哥，住在中国城边的一间公寓里，然后是部队营房的小房间，里面除了床，也放不下其他什么东西，最后就是他们在 1960 年 5 月结婚后，住在她在吉里大道的公寓里。

一年后，当埃玛发现她怀上艾米莉的时候，她坚持要搬到一所大一点的房子里，好给孩子足够的空间玩耍。艾米莉两岁生日过后，埃玛考取了驾驶执照，有了相对的自由。开着杰克那辆绿色的福特敞篷车，她在旧金山各个小区转着——日落区、诺伊谷、里士满、双子峰——一排排房子，看起来都很相似，而其他的，则像她手镯上的吉祥物一样与众不同。埃玛最后在里士满区找到了一座正在挂牌出售的白色地中海风格的房子。这房子使她想起他们家在澳门的房子。它坐落在幽静的公园附近，离商店也很近，她把这个房子告诉了杰克。埃玛没有给他多余的选择。尽管这个房子比他们原计划贵出很多，但她想给孩子一个尽可能稳定的生活环境，反正杰克准备继续在部队发展。"我就想让艾米莉在这房子里长大，让它成为她记忆的一部分。"她告诉他：前后院的草坪，艾米莉自己的奶白色房间，明黄色的厨房，等她长大一点后，她会在这里教她一些中文字，还有宽大的、灯光明亮的客厅。

除此之外，这座房子离欧利里家只有几个街区。埃玛听说玛吉现在在俄勒冈的波特兰实习并居住。但她在她家度过的第一个感恩节，却一直铭记在心里。

"真是太让人惊喜了！"当埃玛带着艾米莉到欧利里家打招呼时，欧利里太太兴奋地说。"你真是个可爱的小姑娘。"她开心地逗着艾米莉。

"她长得像她爸爸。"埃玛微笑着。艾米莉长着和杰克一样深色的皮肤，高高的挺直的鼻子。

"可是她的眼睛却像她妈妈的一样漂亮。"欧利里太太说。

"玛吉她好吗？"

"她喜欢那里的树和自然景色。她的生活里全是医药。她说没时间生孩子。但是如果她看到你的这个小可爱，我相信她一定会改变主意的。"

自从埃玛上次见到欧利里太太，也是几年过去了。欧利里太太的脸上又多了一些沧桑。虽然她的笑容依旧随和亲切，但红色的头发已经有些变白。她的孩子都大了，也都已经离开了家，她也比原来胖了一些。

埃玛微笑着："玛吉实现了她的梦想。我们很多人都做不到。"

"在我看来，像你现在这样，有一个小小的已经握在手中的梦想更好。我敢说用不了几年你就会像她一样实现你心中的梦想。"

埃玛放声大笑。艾米莉的出生如此艰难，她都不敢想再要别的孩子。漫长痛苦的分娩过程，撕裂、切开、缝合，使她很多天都无法行走。所以埃玛想，能不能有更多的孩子，就顺其自然了。

十一月份，他们搬进新家的两周后，埃玛接到了阿琼的电报，说爸爸得了癌症。埃玛感到浑身发冷。"爸爸，这些年我一直在等着你过来。"埃玛在心里说。她打了一个长途电话给妈妈，妈妈的声音听起来很小、很遥远。

"你需要我飞回去吗？"她问，希望妈妈能告诉她该怎么办。她的脑子快速地思考着，该不该带着艾米莉，他们能不能负担得了这个旅行？

"不用，不用，没理由让你回来。你爸爸现在好些了。你有自己的家庭要照顾。我们也不知道要多长时间……"妈妈的声音穿过大洋，飘到埃玛的耳边。

埃玛紧紧地抓着听筒，看着冬天的冷雨顺着厨房的窗户无情地流淌着。"请向爸爸转达我们对他的爱与关心。"她说。但是这些话听起来更像是美式卡片上千篇一律的问候语，道不出她心中无尽的牵挂与担忧。

"那是自然。"妈妈回答说，然后是一阵杂音。

之后的几天里，埃玛吃不下饭，睡不着觉，觉得心上像压上了石磨般沉重。孩提时代那些迷信的传说与话语又回到她的记忆中。妈妈总是说，祸不单行。所以每当电话响起或有邮件到达时，埃玛总会以为又有什么坏消息在等着她。

几个月过去了，埃玛渐渐忘记了那种恐惧感和迷信的事情。他们在新房子的生活一如既往地舒适而惬意。杰克努力工作，她和艾米莉在新的居住区已经安定下来。她们每天去公园散步，然后艾米莉午睡。埃玛利用这个时间做饭、清洁、给香港的家人写信。拿出画夹的次数越来越多，画的东西也越来越多。她完成了几幅艾米莉的系列素描，正在开始画杰克的。正在这时，电话响了，她赶紧擦了一下手，拿起电话。

“你好。”

电话那端是很强的干扰声，然后是阿琼低低的、沉稳的声音。“谢谢你，接线生。”然后她问：“是妹妹吗?”

“阿琼，是你吗?”埃玛问道，听到姐姐的声音，她感到既惊奇又高兴。

“是的，是我。”阿琼回答。长途电话那种空洞的、不同步的声音在她们之间嗡嗡着，“埃玛，我有坏消息要告诉你。”

“是爸爸吗?”埃玛问。她知道，一直就知道，总会有这个电话。她根本没有时间去想该不该这样问，却已经问了出来。埃玛用手捂着听筒，屏住呼吸，然后听着阿琼慢慢地对她说：

“他是在睡梦中走的。戈姨起来看的时候，他已经走了。”突然，一阵沙沙的噪音干扰着阿琼的话，因此她只能断断续续地听到：“下葬……在香港……后天……埃玛，你在听吗?”

埃玛把话筒抓得更紧地说：“在，在，我在听。妈妈怎么样?”

"还不错。她很坚强。她们俩都很坚强。"埃玛知道阿琼说的"她们"指的是戈姨。埃玛突然强烈地想见到她们，见到她们每一个人。她开始哭泣起来，温热的咸咸的泪水在眼睛里滚动着，但她没有让它们流下来。她清了清嗓子，平息着自己的情绪，说："告诉她们我爱她们。我想念你们每一个人。我真希望我也能在场。"

"我也希望你能在……杰克和艾米莉怎么样？"

"他们俩都迫不及待地想要见我那个名人姐姐。我更是恨不能马上见到我的名人姐姐。"

阿琼笑了。"无论如何，我可不希望又过了一年，我们却还是没能见上面。"

干扰声又强烈起来，似乎在提醒她们，她们之间千山万水的距离和已经流逝的岁岁年年。

"你幸福吗？"埃玛突如其来地问。简单直接。

阿琼不慌不忙的回答在干扰声中传来："我不仅幸福，我还满怀希望。"

旧金山的夜晚，冷风阵阵，寒意袭人。那天晚上，杰克把埃玛搂在怀里。他紧紧地拥着她，吻着她的额头。他带有薄荷味的呼吸在她耳边缭绕。"如果难过，就哭出来吧。"他温柔地低声说。埃玛也紧紧地搂了他一下。然后看着他慢慢睡着，听到他均匀的呼吸，她的眼泪才一点点流了出来……

自从结婚后，埃玛经常收到邀请，参加每周一次的咖啡聚会，杰克说服她去参加。"你可能会觉得有趣，"他说，"我相信欧利里太太会帮着照看孩子。"

埃玛偶尔去一次，因为杰克想让她去。那些太太都是普莱斯蒂军事基地的军官太太们，埃玛觉得自己跟那些太太们无话可说。她们在一起喝咖啡，吃蛋糕。她们脸上的笑容都很僵硬，说话语速很快，埃玛感觉很不舒服。她们的窃窃私语和对东家长李家短的议论使埃玛想到妈妈和跟妈妈一起打麻将的那些人。

“这是个热点问题。”一个军官的太太昨天才说。

“我们应该到越南去，让他们看看到底是谁说了算。”另一个太太说，挥舞着她的胳膊，险些碰到坐在她旁边的人。

埃玛听到另一个声音转移了话题。“喂，各位，你们听说比尔·哈维的太太离开他了吗？”埃玛试图让自己显得兴味盎然。她喝着咖啡，每当周围有人说什么的时候，都尽力装着在认真倾听，然后微笑。尽管这些女人对她很好，埃玛还是觉得在她们中间，她浑身都不自在。她希望她们能多谈论一点关于越南的事，但她也明白没人会说真话，因为这或许会危害到自家丈夫的前途。埃玛的脑海里还在想着那天从收音机里听到的消息。几十个美国士兵在越南遇难，随着紧张局势的升级，她也为杰克的安全担忧起来。

✣ ✣ ✣

刚开始听到杰克从基地打来的电话，告诉她他要被派往南部的时候，她怀疑自己听错了。

“部队让我参加最新的雷达探测的培训，然后我再回到基地，把新技术传授给其他人。就目前来说，这意味着我不会被派到海外了。”他的声音听起来轻松而愉快。

“是洛杉矶吗？”她问。握着挺重的黑色的听筒，她依然能闻到杰克淡淡的古龙水香味，仿佛它们透过细细的电话线，通过听筒上的一个个小孔，向她飘来。

杰克笑了，“不是啊，宝贝儿，我被派到很南边的佐治亚州的奥古斯塔。应该不会超过三个月。”

“什么时候？”

杰克很快地喘了口气，又说：“二月初。”

“奥古——斯——塔。”埃玛重复着。还有不到三周的时间。她的脑子快速地思考着。杰克将要到美国的另一边去，远离旧金山、远离她和艾米莉。“我们能跟你一起去吗？”

他停顿了一会儿。“这么短的时间，用不着吧？我可以待在基地，你和艾米莉就不用背井离乡了。但不管怎么说，我一整天都会待在教室里，而你在那里会无所事事的……”他继续说。埃玛知道这是他已经准备好要跟她说的。

“下个月初？”

“我这几天就会知道确切消息。我今晚回家后我们再详谈吧。艾米莉怎么样？”

埃玛放松下来。“她很好。正在睡觉呢。”

杰克捂着听筒，和别人小声地说着什么。“我得挂了，宝贝儿。替我亲孩子一下。晚饭时再见。”随着很快的咔哒声，电话被挂断了。

埃玛靠墙站着，闭上了眼睛。“佐治亚，奥古斯塔！”她大声说着，几乎要喊叫起来。不过，她还是很欣慰，至少杰克不用去越南了。

那天晚上，埃玛辗转反侧，难以入眠。她痛恨这样的事实：部队可以轻易地扰乱她正常的生活。她躺在床上，杰克温暖的身体就在身旁。埃玛努力咽下心里的恐慌，又想起那次艾米莉发高烧烧到华氏105度的情景。

如果当时杰克没有当机立断地采取措施，事情不知会怎么样，埃玛到现在一想起来还心有余悸。那一天，艾米莉因为发烧，哭闹了一晚上。埃玛陪着她坐在婴儿床旁边，迷迷糊糊地打着盹。半夜的时候，埃玛在黑暗中醒来，被异样的安静吓住了。她仔细地听着，却听不到艾米莉的呼吸声，她的心狂跳起来。她俯下身子摸了摸艾米莉的额头，她的手刚碰到她的皮肤，就被吓了一跳，艾米莉的头太烫了。

“杰克，醒醒。”埃玛摇晃着他，已经顾不得管他是不是第二天一大早就要到基地去了。她对照顾孩子的事儿所知甚少。艾米莉出生后身体情况就一直挺好，埃玛也一直在暗暗感谢上帝。“杰克，孩子烧得烫人。”

杰克动了一下。“她一会儿就好了。小孩子都会发烧的。有利于他们成长。你最好也休息一会儿。”他说，转了下身子，又睡了。

埃玛更使劲地摇着他，有点抓狂：“噢，天哪，杰克，杰克，她烧得太厉害了。”她跑回婴儿床，抱起艾米莉，感到她幼小的身体的热量迅速传递给她。

她还没反应过来怎么回事，杰克已经坐在她身边了。他从她怀里接过孩子，就大喊着让埃玛赶紧往浴缸里放凉水。“快点。”他对她大叫着。

艾米莉被放到盛满凉水的浴缸里。一个小时后，她的体温降了下来。医生来到后，说：“你做得对。烧已经退了。她过几天就会好起来。”

当屋子里洒满柔和的曙光时，埃玛看着熟睡中的孩子，看着她丈夫已经换下湿透的睡衣，换上了军装。埃玛不敢想象，如果杰克不在，她该怎么办。

埃玛一直担心杰克会被派到海外。他们刚结婚的时候，她曾经劝他离开部队。

“你不必非得在部队待着吧。”她央求着他，“你已经三十二岁了，现在也有了家庭。你也已经去过朝鲜了。你已经为国家尽了义务。”

杰克微笑着，他的手指轻轻地划过她的脸庞。“我还有事业要考虑呢。”

埃玛知道她的哀求将无济于事。杰克高中毕业就去了部队，部队是他的生命。他不会违背部队的命令，就如同他不会抛弃他的家庭。但实际上，他正以一种奇特的方式，在这样做着。

1965年2月的第三天。一大早，杰克就离家前往佐治亚的奥古斯塔。天空还是灰蒙蒙的，仿佛还没有睡醒。在特拉维斯空军基地，挤满了前来送行的家属和即将远行的士兵。杰克把他的绿色防水行李包放到黑色的柏油路上。他的另一只胳膊抱着艾米莉。

“我不在的时候，替我照顾她们。”他说，拥抱着威尔森。

“责无旁贷。”威尔森说。

“还有你，我的甜心，”杰克说，抱着艾米莉，“你得照顾好妈妈啊。”他亲着艾米莉的脸颊，然后向她的手心吹着风，这一招总能把艾米莉逗得开心地笑，最后他把她递给威尔森。

“说‘爸爸再见’。”埃玛听到威尔森在告诉艾米莉。

“爸爸，再见。”艾米莉重复着。她胖乎乎的小手握成拳头，手指张开又握紧，张开又握紧……

埃玛告诫自己不要哭，但眼泪还是不由自主地流了下来。杰克把她拥在怀里，说：“你是我的生命，我会尽早回来的。”然后，他亲吻着她，将她眼里的泪擦干。

“不会是永别的。”杰克柔声说。

埃玛摇着头。“不会，不会的。”她说。在令人伤心欲绝的寒冷中，她把艾米莉紧紧地抱在怀里。艾米莉的头触着埃玛的下巴，散发着婴儿洗发露的清香。

即使埃玛看着杰克已经登上了飞机的舷梯，她还想喊：“别走，你还可以回头的。”可是，她只能紧紧地咬着嘴唇，直到感觉到嘴里的血腥味。

杰克离开她们到南方后，埃玛开始给艾米莉讲有关香港的故事。这会多少驱散她的孤独感，好像她的家人就在身边，不是那么遥不可及。

“两个外婆、琼姨，还有宽妈住在一座叫香港的小岛上。妈妈就来自那里。”埃玛说，强烈的饭菜香味和咸鱼的腥味重又回到记忆中，“那是在太平洋的那一端。有一天，爸爸和妈妈会带着你到那里看她们。”

“外婆……琼姨……外婆。”埃玛说着，重复着这些词语，仿佛在唱一首心中的歌。

当收到杰克的第一封信时，埃玛把信的一部分读给艾米莉听，尽管她知道艾米莉不可能听懂。大声地读着杰克的信，也仿佛屋子里到处都是他的声音。

宝贝儿，

我猜我是很幸运的。这里的气候比我想象的凉爽多了。有好几个小子告诉我，我在冬天到奥古斯塔来，是最好的季节，夏天就不一样了。夏天这里既闷热又潮湿，让人喘不过气来。不让人喜欢。这里跟我们那里不一样。我到现在还不习惯“仅限白人”或“仅限黑人”的标志。这些标志贴在餐馆的窗上、自助洗衣店的门窗上，甚至在公共场所的饮水器上。“这会使我处于什么境地？”我不断地问自己。在我的人生中，我第一次认识到，我仅仅因为皮肤的颜色比别人浅，就可以被归入一个种类，而这个种类竟然比其他种类有某些优越感，可以凌驾于他人之上。可喜的是，我可以在基地度过大多数时间，它就像是一个封闭的小世界。你说得对，在这样一个封闭的狭小空间里，我都不知道是怎样挺过来的。

课程很有趣。这里有一些很好的大男孩，当然还有一些不那么好，就像其他地方一样，林子大了什么鸟都有。有一天晚上我和几个小子一起出去吃饭了。我暗自希望有人阻止我出去吃饭，就像华莱士州长在亚拉巴马大学阻止种族融合。有几个人转头回去了，但我没有。那里的肉卷是我吃过的最好的肉卷。

没有语言能形容我对你们的思念。替我吻吻艾米莉。

给你我的爱还有无需言说的一切。

杰克

三月初的天气，出奇的冷。凛冽的寒风呼啸着穿过房子，像鞭子一样抽打着脸庞。在杰克离开的一个月里，威尔森和欧利里太太一周都要过来几次，经常一起吃点饭或喝点茶。

“我最小的儿子，肖恩，想要参军。”欧利里太太前天过来，坐在埃玛温暖的厨房里，说：“上帝白给了他一个好脑袋，他却不会用。”

埃玛从未见过她如此烦恼。“也许他只是说说而已，未必会当真。您知道这些学生的，总是一天一个想法。头一天烧了征兵证，第二天又再去报名。”

埃玛现在三十四岁，却已经感到有些老了。每天国家电台广播的都是日益恶化的越战问题。根据她的经验，战争不能解决任何问题，只会让生灵涂炭，使相爱的人或天各一方，或阴阳两隔。她给欧利里太太又倒了一杯茶，往盘子里加了一些牛油曲奇饼。

欧利里太太摇了摇头。“他一直都是最不省心的。总说要追寻梦想，却到现在也不知道他的梦想是什么。”她叹着气，又拿了一块曲奇。

“车到山前必有路。”埃玛说，拉起欧利里太太的手，她的手上还沾着一点曲奇的碎屑。埃玛在想，如果杰克知道有人为了孩子要去他所热爱的部队，而难过伤心，他会怎么说。到目前为止，这还不是他们所必须面对的问题。

“这和你家杰克不一样啊。他是职业军官。”

埃玛点着头。

“还总是有战争。”欧利里太太说。

第二天，趁着艾米莉午睡的间隙，埃玛调整收音机，里面在说战争在升级，要派遣更多的部队去越南。埃玛不想再听，就关了收音机。她坐下来，开始给杰克写信。他在上一封信里曾暗示过，他们的培训有可能提前结束，那就是说他有可能在四月中旬就能回来。埃玛交叉起手指，暗暗祈祷这会是真的。

午饭吃了点饼干，喝了点热汤。连续很多天难挨的阴冷后，天空现出了一点微弱的阳光。她家的后院后面，是一块面积很大的开放的林地，上面种着一排排的松树。从她家的厨房窗户，正好可以看到这块地。她每天都看着这些高大雄伟的松树，突然想，她可以收集一些松果，给它们涂上颜色，做装饰品。这样她们可以在户外待一会儿，然后下午就可以开始画了。

埃玛从基地的陆军消费合作社买的针织连指手套和帽子，使她们可以抵御外面刺骨的寒风。她给艾米莉穿了两件毛衣,外面又加了件夹克。她拉着艾米莉的手,一起穿过后院跑向那一大片林地。艾米莉咯咯地笑着,她戴着粉色手套的手上下挥舞着,圆圆亮亮的黑眼睛从帽子底下往外窥视。三岁的艾米莉几乎每天都在长大,一天一个样。

成百上千个松果散落在铺满松针的松软地面上。埃玛做了一次深呼吸。强烈的松树气味使她想起宽妈煮的类似味道的茶水。

"就捡这样的松果,艾米莉。"埃玛手里拿着一个多刺的、椭圆形的松果,告诉艾米莉,让她把捡到的这样的松果放到埃玛随身带着的一个褐色口袋里。

"那儿有一个。"艾米莉欢叫着跑过去。"那边又有一个。"她喊着,因为一只手拿了一个,险些跌倒。

"给爸爸捡一个。"埃玛对她喊道,看着女儿绕着小圈地跑着,捡起一个又一个。

"爸爸一个。"艾米莉说到,又放到口袋里一个。然后,出乎她的意料,艾米莉继续拿着松果说着其他人的名字:"这个给外婆……这个给戈外婆……这个给琼姨……这个给宽妈……"她觉得舌头上蹦出的这些词很有趣,开心地笑着。

口袋里已经装满了松果,埃玛带着艾米莉往家走。就在这时,有一阵风在她们身边打着旋地刮着。一下午,她们都在给松果涂着颜色,红的、黄的、橘黄的,还有绿色的。她用彩色丝带把它们串起来,挂在客厅里,就像是亮着的灯笼。

到了四月份,天气渐渐回暖,但是夜晚还是寒气袭人。电话响起的时候,埃玛赶紧跳起来。她刚刚把艾米莉哄睡,不想让电话铃声把她吵醒，所以赶紧拿起电话。

“嘿，宝贝儿，一切都好吗？”杰克的声音很轻松，听起来就像是在隔壁。

“我没想到你今晚会打电话。你那里进展顺利吗？”埃玛问，声音里有一丝丝恐慌。

“一切顺利。还有更好的事儿。有一个人会开车回旧金山，如果我搭他的车回去，可以早到家好几天啊。”

埃玛的心跳加速了。“但那么远的距离，得开很长时间啊。”

“大约五天。好过我在这里干等着他们来接我。另外，这次是个机会，我可以住在不同的旅馆里感受一下。我的这个伙伴跟我说了好几个旅馆的名字。‘藏起你自己旅店’听起来怎么样？还有‘驾驶员之家’，还有我最喜欢的‘白鲸游艇旅馆’，它们用舷窗代替窗户。”

埃玛笑了。“得了，我可不愿让你错过体验真实的美国的机会。”

“我就知道你会同意的。”听筒里传来莫尔斯电码的声音，埃玛听着杰克断断续续的声音：“其中……一个原因……是……我……爱……你，想……早……一点……见到……你。从现在开始算……还有……十天……”

“我也爱你。”她说，随后电话中断了。

当基地的两位军官表情严肃地敲响她家的前门时，埃玛一时不明白他们是怎么回事。她听着他们说：“我们非常难过地通知你……”她的生命被静止在 1965 年 4 月的那个早上。

两天后，埃玛依然精神涣散，不能自已。杰克丧生于交通事故。在亚拉巴马州的利文斯顿附近，一辆卡车失去控制，撞向了杰克坐着的乘客位置。从杰克离家第一天起，埃玛就在经受的焦虑与担忧化成了一片虚无。他死于车祸，而不是残酷的战争。没有一点意义。冷冷的、空洞的黑暗将她吞没。那些曾经填满她生命的色彩转瞬间黯然失色。埃玛想哭、想喊，但她的喉咙仿佛也被冻住了一般，发不出一点声音。

威尔森和欧利里太太帮着照看艾米莉。他们给她香港的家人发了电报。他们的声音很轻，她几乎听不到："……需要吃东西……睡点觉……感觉好些了。"

当艾米莉爬到她的膝盖上，说"妈妈，别难过"的时候，埃玛似乎才感觉出一阵钝痛。她紧紧地抱着艾米莉，感受着她身上的温暖，亲吻着她的脖子后面，因为她不敢看艾米莉的脸，怕她很像杰克的脸庞会让她想起杰克。

隐隐有香水味传来。"我之罪"香水的味道把她带回到童年的回忆中。埃玛突然很想念宽妈简单可口的饭菜。铿锵不断的麻将牌的声音、噼里啪啦的算盘的声音，都在她脑子里挥之不去。她想起沿着拥挤的街道，在欢乐谷的漫步。街道里的小贩们卖着各种各样的东西，从盆栽植物，到煮得沸腾的面条，还有悬挂着的闪着亮光、皮脆肉嫩的烤鸭。

埃玛站起来，聚精会神地听着威尔森和一个人的低声交谈。几分钟后，她的房门响起了敲门声。一阵浓浓的香味传来，接着是阿琼。

"听到消息后，我坐第一班飞机赶过来的。"阿琼说，轻轻地关上房门。"妹妹，我很难过，我……"她停住了。

"真的是你来了吗？"埃玛问，惊奇于自己的声音，干涩嘶哑。

阿琼放下她的手袋，靠近埃玛。"是的，是我来了。"

埃玛摸了摸自己几天没洗的头发、穿在身上躺了两天的皱皱巴巴的衬衫和裤子，肿胀的眼睛。她唯一说出的话是："我真是弄得一团糟。"话语中带着哭音。

阿琼伸开双臂，把埃玛搂进怀里，轻声说："会好起来的，我保证。"

埃玛在姐姐的怀里，呼吸着姐姐身上的香水味、化妆品味、一点点汗味，感受着她身上开司米的轻柔。她回想起她们一同收账的日子，竟然恍如隔世。但是现在阿琼来了，又来保护着她。埃玛发现，随着岁月的流逝，阿琼变得越发漂亮了，她的身上散发着一种成熟女人的韵味。她闭上眼睛，好一会儿才又重新睁开。越过阿琼，她看到一束阳光正透过半开着的百叶窗照进房间，照着她曾经跟杰克共享的、如今却凌乱不堪的木床，她感到内心深处积郁的块垒融化了。在姐姐的怀抱里，她颤抖着痛哭起来，眼泪像决了堤似的滂沱而下。

第17章
家，甜蜜的家　1965

戈姨

当她们的出租车在启德机场停下的时候，这里已经停满了一排排的车。“我们应该早点出来。”坤玲关上粉盒，把它放到随身的手袋里后，低声说。

“还有很多时间啊。”戈姨说，把车钱递给司机，“再说，她们又不是不认识香港。”戈姨笑着，拍着坤玲的手安慰她。

坤玲点点头。打开出租车的门，走了出来。“快点，我们要晚了。”她把裙子抻平，极力掩饰着声音里的紧张情绪。

戈姨微笑着，跟着表姐走出出租车。她知道坤玲在过去的一周里，一直心急如焚地在等着这一天。当她接到阿琼的电报，说她会和埃玛和艾米莉一起回来的时候，戈姨发现多年来坤玲第一次激动得说不出话来。她坐下来，把电报递给戈姨，仿佛那是道圣旨。

戈姨很紧张。最近，她有点害怕看到这薄薄的、黄色的、统一格式的纸。它带给她们更多的是噩耗而不是惊喜。她快速扫视了一下那寥寥几行文字。

“这真是个好消息啊。”她说，长出了一口气，放松下来。

坤玲继续坐着。“我错了吗？”她突然问。

戈姨知道她表姐指的是她没有接纳杰克的事，以及由此造成的这些年的隔阂与沉默。“错了。”戈姨毫不犹豫地回答。

坤玲叹了口气。“我只是希望我的两个女儿都能得到最好的生活。”

戈姨挨着她坐下，脸上是疲倦的笑容。她看着表姐，对她说：“坤玲，到了最后，阿琼和埃玛都找到了她们认为最好的东西。你可以给她们指指大方向，但她们必须得自己找到最适合她们自己的东西。我们每个人都是如此。”

“那现在怎么办？”

“不要再往回看了。”戈姨微笑着，“现在我们应该感到欣慰，我们总算是又合家团聚了。”

出口外，已经有一大批人在等候。戈姨看到坤玲紧张地东张西望，唯恐错过阿琼和埃玛。每一次门一滑开，有人出来，坤玲都要踮起脚尖，伸长了脖子向前看。但等阿琼和埃玛真出现的时候，却是戈姨先看到了她们。

“她们在那儿。”戈姨小声对坤玲说。

“在哪儿啊？”她站直了身子，往前挤着。

阿琼头上戴了一条纱巾，戴着墨镜，避免任何媒体的注意。埃玛走在她身边，比戈姨记忆中要瘦一些。她看起来身心疲惫，虚弱不堪。她拉着艾米莉的手。在戈姨看来，艾米莉除了肤色外，很多地方更像坤玲。

戈姨往后站了站，好让坤玲先走近她们。坤玲张开双臂，抱着埃玛，嘴里不断地说着："对不起，对不起。"

当埃玛最终离开妈妈的怀抱后，她走向戈姨，快速地拥抱了一下，笑了。"这是艾米莉。"

"外婆？"艾米莉问，一会看看坤玲，一会看看戈姨。

"她已经认识我了。"坤玲高兴地说。

"咱们离开这里吧。"阿琼说，推着车走在她们前面，她发现有人已经将镜头对准了她。

她们到家时，宽妈等在门口。在她微笑和说话的时候，金牙依然闪亮着。她微笑地摸着艾米莉的头。

"做的全是你爱吃的。"宽妈说，没看坤玲和戈姨，很快地又返回厨房。

"看到有些东西一点没变，感觉真好。"在宽妈进到厨房后，埃玛说。

那天晚餐时，戈姨高兴地看到坤玲和她的两个外甥女儿的脸上都洋溢着幸福的笑。房间里充满着欢声笑语。长达近十五年的悠悠离情，淡淡别恨，消融在饭菜的扑鼻香味中，化解在相互的谈笑声中。埃玛爱吃的菜一个接一个地摆了一桌子——宫保鸡丁和咸鱼炒饭立即也成了艾米莉的最爱。她已经吃了两小碗，伸出碗来还要再多一点。

"哎呀，她胃口很好啊。"宽妈高兴地说。

"又有一个人要追随你的足迹了。"阿琼说。

"别鼓动她。"妈妈厉声制止。却发现自己说错了，因为她也伸出了碗要再盛一点。

晚餐后，阿琼从桌边站起来。"我得走了。陈先生让我明天去片场。他有一个新剧本要给我看。”阿琼俯下身，使劲拥抱了一下艾米莉，握了握埃玛的手。

“我应该怎么感谢你啊，”埃玛说，站了起来。“如果你不来旧金山，我都不知道应该怎么办了。你做的可口饭菜，你的礼物……”

“你是我妹妹嘛。”阿琼打断她，快速地拥抱了她一下。

埃玛也紧紧地抱了她一下。“老天对我一直都很好。”她小声说。

“对我们俩都很好。”阿琼松开手，说，“我明天给你打电话。”

妈妈清了一下嗓子。她眼光柔和，清澈明亮。“我们一起送琼姨出去，然后我就要哄你上床睡觉了。”她说着，拉起艾米莉的小手。艾米莉转过身，看着埃玛，埃玛点点头，示意她跟着外婆走。

“好了，就剩下我们俩了。”戈姨说。

埃玛微笑着。“总算清净了。”

埃玛跟着戈姨来到客厅。戈姨看着埃玛在房间里四处走着，她摸摸花瓶，摸摸丝质沙发垫，按一下钢琴上的键。然后目光看向屋外的台阶。

“一切都仿佛是昨天。”埃玛说，“我看向窗外，港口里停满了日本的军舰。我依然能听到在小岛上回荡的震耳欲聋的‘家，我甜蜜的家’的声音。现在香港变得我都认不出来了。这么多新楼。”

“香港的变化可以说是日新月异。”戈姨说，“这里没有什么东西是静止不变的，至少不会长时间不变。”

“你还好吗?”埃玛问，坐在戈姨身边。

戈姨微笑着：“我感到越来越力不从心了，所以在削减西风厂的投资。”

“我一直在给艾米莉讲你的故事。你是我的戈姨，是女强人，总是那么精力充沛，那么富有魄力。我觉得艾米莉最喜欢听你的故事了。”

戈姨放声大笑：“你说你都给孩子灌输了一些什么言过其实的东西啊。”

埃玛拉起戈姨的手。“我想让她了解你是一个坚强的了不起的人，让她知道珍惜。我很高兴我们回到了这里，这样她可以学着体会亲情，了解香港。”

“这么说你会留下来了？”

埃玛微笑着点点头：“暂时吧。这样艾米莉会有机会跟妈妈和你相处。你看到她已经很喜欢她的琼姨了吧？或许我们还可以去澳门看利亚。我还想花一点时间和你一起在西风厂工作。”

戈姨难以抑制心中的兴奋之情。这么多年来，她早就希望她的哪一个外甥女能接手她的西风厂。但这几年，她几乎已经无可奈何地放弃了这一梦想。埃玛的话让她吃惊也让她振奋。她抓紧埃玛的手，瞥见了她食指上印有一些标记的金戒指。“这是我最愿意听到的话。”

埃玛笑着说：“几个月以后再看看你是不是还会这么说吧。”

“不管是几个月，还是几年，都丝毫不会改变。”戈姨从沙发上站起来，“我想我这个老太婆该回家睡觉了。”

“我跟你一起走一会儿吧。”埃玛站起来，“我马上回来。”

她匆忙跑进卧室，手里拿着一张卷起的纸返回来，微笑着。“我们走吧。看来妈妈已经安抚好了艾米莉。”

静谧的夜空微风习习，温暖宜人。再过一个月，温度就会上升，香港又会酷热难耐。戈姨挽着埃玛的胳膊，慢慢地挪动着脚步。她膝盖上的伤痛使她不能再长距离飞行。即使是现在，她也感到腿部僵硬，行动很不灵活。埃玛似乎并未注意到，只是随着戈姨慢慢走着。

“对杰克的事，我很难过。”戈姨的声音在夜空里响起。不过戈姨也只会说这一次，不会再提起。她感到埃玛的胳膊战抖了一下。

“我还是不能相信他已经走了……”埃玛的声音哽咽了。她抬起戴着戒指的手。在黑夜中，戒指闪着金色的光。“这是他的，”她最后说，“你肯定会喜欢他的。”

“我从来也没有怀疑过。”戈姨在她房前停住，没再说什么。

“当我们坐车回家的时候，我意识到，我的一部分已经留在了旧金山。我在那里成长起来。我希望艾米莉也能记住那个地方。那儿永远都是她爸爸长存的地方。”埃玛说，语气轻柔舒缓。

“那当然。”不远处，传来孩子的欢笑声。

“但我现在需要待在家里，和你们在一起。”

遥远的记忆牵扯着戈姨的思绪。她想说点什么，关于过去、关于人生：其实关爱你的人无论走到哪里，他们都并没真正离开你。他们的精神始终与你相伴，在漫长的人生岁月中，安慰你、引导你、陪伴你。但想想来日方长，以后有很多机会说，不在乎这一会儿，也就没说什么。

“你没事吧?”埃玛问。

“我没事。”戈姨笑着说，“你也很快就会没事的。现在，你最好赶紧回到你那个漂亮的小可爱身边。我们明天再见。”她拥抱着埃玛。

“噢，对了，这个给你。”埃玛把那个卷着的纸递给戈姨。

“这是什么?”

“你进去后再看吧。”埃玛笑着说。

看着埃玛转过身，快步走到街上，戈姨才慢慢地走上石阶。进了门，打开灯。柔和的灯光给房间蒙上了一层晕黄的、让人安心的光影。她展开那张纸，看到一幅艾米莉的炭笔素描，画上的艾米莉天真可爱，埃玛把她的神情表现得惟妙惟肖。在戈姨手上，这幅画显得轻盈、简单而质朴。